リプレイ2.14

喜多喜久

宝島社文庫

宝島社

REPLAY 2.14

CONTENTS

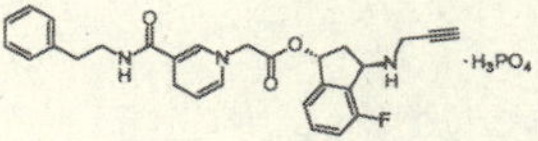

リプレイ2・14

プロローグ

――確定した過去――

「遅い」

一人きりの第一実験室で、本田《ほんだ》宗輔《そうすけ》は呟《つぶや》いた。

気づくと、また貧乏ゆすりが始まっている。本田は聞き分けのない子供を叱りつけるように膝を叩《たた》いて、座ったまま椅子を一八〇度回転させた。

背もたれに体を預けつつ、ウグイス色をした木製の扉を睨《にら》んでみる。が、一向に開く気配はない。物音といえば、局所排気装置《ドラフト》や冷却水循環装置が、それぞれの稼働音を懸命に響かせているだけだ。

気持ちを落ち着けようと深呼吸を繰り返してみるが、じれったさはいよいよ高まるばかりで、いつの間にか貧乏ゆすりが復活していた。静まれとばかりに、今度は両手で太ももをぴしゃりとやった。

これほど緊張するのはいつ以来だろうか。軽く記憶を遡《さかのぼ》ってみたが、それらしき思い出は浮かんでこなかった。

大学院修士課程の二年生ともなると、中高生のように全国模試を受ける機会もないし、一発勝負の入試もない。就職活動をやっていないので、企業からの封筒に胸を高鳴らせることもない。学会での口頭発表もすっかり慣れてしまった。緊張するのは、経験がないこと、結果が読めないことをやる時と相場が決まっている。きっと、愛の告白でもやってみれば、嫌というほどこの種のドキドキを堪能できるだろうが——。

本田は自嘲気味に微笑《ほほえ》んだ。告白ができる勇気があれば、そもそもこのプロジェクトを始めることはなかっただろう。

——それにしても、まさか、こんなところまで来るとはな。

恋心に気づいたのはいつだっただろう。最初は困惑した。そんなはずはない、ただの気の迷いなんだ。そう考えようとした。

だが、結局自分をごまかすことはできなかった。心に巣食う悶々《もんもん》とした想いは徐々に膨らんでいき、とうとう具体的な行動へと姿を変えてしまった。

自分の本来の研究とは全く関係のない、身勝手なプロジェクト。その結果――ラットを使った薬物動態《PK》試験の結果が、もうすぐここにやってくる。

ＰＫ試験では、評価したい化学物質を動物に投与し、それらが血中に移行するかどうかを調べる。いかに生物活性が高い物質であっても、体に吸収されなければ効果を発揮できない。ＰＫ試験の結果が、化合物の良し悪しを決定づけるのだ。

バイオロジーという厳密な規定による、サイエンティフィックな裁き。今回、ファーストロットとして合成した化合物は、全部で十八個あった。そのどれが「アタリ」なのか、あるいはすべてが失敗作なのか。持てる技術と知識は注ぎ込んだ。あとはもう、神に任せるしかない。

悩んでもしようがない。気分転換にインターネットでもしようと、本田は椅子を再度回転させた。

と、その時。後方で、実験室のドアが開く音が聞こえた。

そのまま椅子を強引に一回転させ、その勢いを利用して本田は立ち上がった。

「遅かったじゃ……」

口を衝《つ》いて飛び出した文句が、途中で止まった。

中学生と見紛《みまご》うばかりの童顔、それに見合った小柄な体軀《たいく》、そして、ビターチョコレート色の髪。そこにいたのは、本田の待ち人ではなく、後輩の高村悠真《たかむらゆうま》だった。

「どうしたんです。急に立ち上がったりして」高村は心底不思議そうに呟いて、手にしていたコンビニの袋を持ち上げてみせた。「本田さんの分も買ってありますよ」

「ああ、そうか。外に出てたんだったな」

試験結果のことばかり考えていたせいで、高村が夕食を買いに出ていたことなど、すっかり忘れてしまっていた。

「その様子じゃ、データはまだみたいですね」

「そうだ。約束の時間をずいぶんオーバーしてる」

「ずいぶん？」高村は首をかしげた。「五時半くらい、って話でしたよね。まだ六時にもなってないですけど」

「五分前行動を心がけよ、というのがウチの中学校の校訓だったんだ。あいつだって卒業生なんだから、守ってもらわないと困る」

「未来子《みくこ》さん、絶対覚えてないですよ、その校訓」

高村は自分の席に山と積まれた紙の束をどけて、袋から取り出したカップラーメンを机に置いた。

「明太マヨとんこつラーメン……。なんつーチョイスだ」

「いや、おいしいんですよ、コレ。まったり＆こってり＆さっぱり、って感じで。っていうか、なんだかカリカリしてませんか」

「そりゃ、多少はナーバスにもなる」投げ捨てるように言って、本田はどすんと椅子に座り直した。「焦るなという方が無理があるだろ」

「気持ちは分かりますよ。僕だって、合成に参加してるわけですし、当然気になりま す。こんな大事な日に平然と休める川上《かわかみ》さんはすごいと思いますよ。いや、嫌味とかじゃないですよ。いい意味で、ですから」

本田は腕組みをして、ふんと鼻息を吹き出した。

「用事があるんだと。ま、日曜日なんだから、休むのは自由だ」

「そういや、川上さんって、ここ二ヶ月くらい、日曜は確実に休んでますよね。やっぱりあれですか、修論が完成すると、ゆとりみたいなものが出るんですか」

「ほっとはするけどな。別に就職が懸かってるわけじゃなし、俺はなんとも思わなかったな。どうせ博士課程に入れば、アホほど実験することになる」

「束の間の休息、ですかね。そうでもなきゃ、あんなものを作る余裕はないか」

「そういうことだ。確か、明日が修論の締め切りだったかな。ほとんどのやつはもう提出し終わって、この時期は思い思いの時間を過ごしてるはずだ。ま、短い春休みだな。お前も二年後にのんびりしていられるように頑張れよ」

「ええ、ご忠告ありがとうございます。ところで――」高村は本田の方にぐっと身を乗り出した。「そろそろ教えてくださいよ。誰に使うつもりなんですか、アレ」

本田は質問を無視して、内線電話に目をやった。

「さすがに遅いな。電話してみるか」

「ちゃんと答えてください。いるんでしょ、片思いしてるお相手が」

「……なんだ、今日はやけに絡んでくるな」本田は顔をしかめて、「そういうお前はどうなんだ」と高村に指を突きつけた。

「どうもこうもないですよ。僕には好きな人がいます。本田さんもそうなんでしょ？相手は誰なんですか」

「………」

高村の口をガムテープで塞ぐ想像をしたところで、再び実験室のドアが開いた。

「ごめーん、ちょっと遅れた」

やっと来たか。本田は二つの意味で安堵《あんど》しながら、姉の未来子を迎えた。

「遅かったな。何かトラブルでも起きたか」

「しょーがないじゃない。相手は動物なんだし、プログラムみたいにきっちりスケジュールが組めるわけじゃないもん」

未来子は口を尖《とが》らせながら、手にしたサンプルケースを本田に差し出した。

「ほい、預かってたサンプル。それぞれ一〇ミリグラムずつ使ったから」

ああ、と言って、本田はプラスチック製のケースを自分の実験台に置いた。

「で、肝心の結果はどうなった」

冷静を装いながら訊《き》くと、未来子は笑顔で右手を突き出した。

「なんだその手は」と、本田は姉の細い手首を睨んだ。

「はい、とぼけない。こっちはボランティアでやってるんだよ。それなりの誠意を見せてもらわないと。いくら相手が身内でも、その辺はきっちりしましょ」

「……何が欲しいんだ」

「そーねえ。やっぱりワインかな。どうしよっかな。ロマネ・コンティかモンラッシェ。ああ、シャトー・ディケムなんかもいいよねえ」

本田は閉口した。姉のワイン好きは今に始まったことではない。どういうものなのかは知らなかったが、おそらく相当に高価であろうことは想像に難くなかった。

「……それは、ＰＫ試験の結果を見てから考える」

「あら、ズルイことをおっしゃる」と笑って、未来子はクリアファイルをうちわのようにひらひらと動かしてみせた。「試験結果とあたしの仕事量には何の関連もないじゃないの。交渉としちゃあ下の下だねえ」

「あの、なんなら僕も少しお金を出しましょうか」

高村が割り込んでくるのを、本田は手を上げて制した。

「その必要はない。こいつのペースに巻き込まれたら、いくら金があっても足りなくなるのは目に見えてる」

「これはこれは。姉に対する尊敬が微塵《みじん》も感じられない言葉だ」

未来子は呆《あき》れ顔を浮かべて、わざとらしく肩をすくめた。

「まあいいや。今回はただ働きってことにしてあげる。その代わり、あたしの質問に答えてもらうよ」

「……言ってみろ」

「――あんた、この化合物を誰に使うつもりなの」

本田は姉の表情をうかがった。冗談を言っている顔ではない。長い付き合いから瞬時にそう悟ったが、本田はそれでも首を横に振った。

「相手の名前は言えない」

「……強情さんだね、相変わらず」

未来子は軽くため息をついた。

「じゃあ、こっちから訊いてあげる。どうせ、近くにいる子に使うんでしょ。奈海《なみ》ちゃん？　それとも沙織《さおり》ちゃん？」

「どちらでもない」と本田は明言した。「こいつを二人に使うことはない」

「ふーん……」

未来子は真意を探るようにしばらく本田を見つめていたが、「一応は本音らしいね」

と言って、クリアファイルから数枚の紙を取り出した。

Ａ４判のコピー用紙には、００１から始まる三桁の化合物ＩＤと、各化合物のＰＫ試験の結果が印刷されていた。フェネチルアミンの最高血中濃度《Cmax》、半減期、血中クリアランス、分布容積。それらの数値には、化合物ごとにかなりばらつきがあった。

「で、結局どれが良かったんだ」

「バイアベ的には０１０が一番だね。Ｃｍａｘは０１８の方が上だけど、半減期がちょっと短すぎる」

「使うなら０１０。そういうことでいいんだな」

「ラットが相手ならそうなるかな。あー、疲れた」

未来子はポニーテールにしていた髪をほどいて、うーんと伸びをした。

「お疲れ様です。どうもありがとうございました」

微動だにしない本田に代わって高村が頭を下げた。未来子は「いいってことよお」と笑いながら、高村の頭をくしゃくしゃと撫《な》で回した。

本田は自由奔放な姉の振る舞いに、「さっさと帰ってくれ」とため息をついた。

「はいはい。片付けあるし、言われなくても帰りますよ」

未来子は肩を怒らせ、足音を響かせながら第一実験室を出て行った。

白衣の裾が廊下に消えるのを見送って、本田は「よし」と頷《うなず》いた。

「010は、何ミリグラム残ってる？　調べてくれ」

高村は自分のノートパソコンから研究室の共有フォルダにアクセスし、化合物の残量を一覧にしたファイルを立ち上げた。

「えーっと。合成量は五五ミリグラム、となってますね。PK試験に一〇ミリグラム使ったわけですから、残りは四五ミリグラムです」

「それだけあれば大丈夫だな」

「何がですか」と、高村が首をかしげた。

本田はサンプルケースから、化合物010が収められたサンプル瓶を取り上げた。褐色のガラスを通して、きめの細かい粉末が入っているのが見える。

「高村。お前、ピロリ菌を発見したマーシャルの話を知ってるか」

「聞き覚えがある名前ですね。えーっと、確か、いつぞやのノーベル生理学賞を取ってましたよね」

「二〇〇五年だな」と、本田は頷く。「マーシャルは、胃の中から見つかったピロリ菌が慢性胃炎や胃潰瘍の原因であることを証明するために、自ら菌を飲んだんだ。いわゆる自飲実験というやつだ」

高村は微《かす》かに顔をしかめた。

「で、マーシャルさんはどうなったんですか」

「証明に成功した。つまり、胃炎になった」

「……科学者ってのは、むちゃくちゃなことをしますね」

「そう考えるのは、お前がまだ本気で研究に打ち込んでいない証拠だ。彼はリスクを背負った結果として、ノーベル賞の栄誉に与《あずか》ったわけだ。むしろ、科学者として当然の行為と言える」

「はあ……そんなもんですかねえ。で、それがどうかしたんですか」

本田は口元を引き締めて、実験台の引き出しから薬包紙を取り出した。

「俺は今からこいつを飲む。協力してくれるな」

○周目

――悲劇の朝、オリジナルの未来――

首元にひやりとした気配を感じ、わたしは意識を取り戻した。

ぱっと目を開くと、鼻先にベッドの縁がうっすら見えていた。わずかに遅れて、上半身が布団からはみ出していることに気づく。

またやってしまったと軽く反省しつつ、定位置からズレまくった体を布団の中に戻した。わたしは昔から寝相が悪い。

さあ寝直すか、と目を閉じてみたが、妙に頭が冴《さ》え冴《ざ》えとしている。そういえば、未来子さんにもらった睡眠薬を飲んで寝たんだっけ、と思い出す。目覚めがいいのはそのせいだろう。

――今、何時なんだろう。

わたしはクロールでもするみたいにぐいっと手を伸ばし、ヘッドボードの棚に置いてあった携帯電話を手に取った。冷たい感触に構わず画面を開くと、「06：05」から「06：06」に変わるところだった。

わたしは目をこすって、小さな液晶画面に表示されている日付を確認した。昨日が十三日だったから、今日は当然十四日だ。

14という数字に特別な意味はない。ただし、その前に、「二月の」という形容詞が付くと、日付の持つ意味合いは大きく変わってくる。

2・14。そう、本日はいわゆるバレンタインデーなのである。

わたしは布団を押しのけるようにベッドを抜け出し、素足のまま、壁際のパソコンデスクに近づいた。愛用のノートパソコンの脇に、レンガほどの大きさの箱がぽつんと置いてある。

薄闇の中、そっと箱を持ち上げてみる。熱伝導率が低いせいか、触れていると、不思議と温かみが感じられる。まるで生きてるみたいだな、と思いながら、わたしは箱の底を撫でた。

コレをどう処理するか、という切迫した課題が、錨《いかり》のように思考の底に根を下ろしている。といっても、物騒なものが収められているわけではない。わたしが自らの手で作ったトリュフチョコレートが入っているだけだ。

悩みはシンプルだ。

渡すべきか、渡さざるべきか――。

バレンタインデーにチョコレートを渡す。女子にとってはありふれたイベントも、わたしには初めての体験だ。いざやろうとすると、ものすごく恥ずかしい。いったい、どんな顔をして渡せばいいのだろうか。

「はっ……っしゅんっ！」

くしゃみが出た。背中がぞくぞくする。わたしは箱を元の場所に戻し、二の腕をごしごしとこすった。こんなところで逡巡《しゅんじゅん》していたら風邪を引きかねない。どうせ眠れないのならここにいてもしようがないと思い、靴下をはき、カーディガンを羽織って部屋を出た。

廊下の明かりは消えている。未来子さんは八時を大きく過ぎてから起き出してくる。今頃、大好きなワインをがぶ飲みする夢でも見ているのではないだろうか。音を立てないように、冷え切ったフローリングの廊下を忍び足で進み、なるべく優しい手つきでリビングのドアを開けた。

ここも寒くて暗い。蛍光灯をつけて、エアコンの電源を入れる。それでようやく、朝を迎えたという実感が湧いてくる。

チョコレートに関する悩みは依然として未解決のままだが、今朝も健康にお腹が空《す》いていた。脳に糖分を補給してから、改めてチョコレート問題を吟味しよう。そう決めて、わたしは普段の朝のルーチンに従い、電気ケトルに水を入れ、トースターに八枚切りの食パンを二枚セットした。

食事を終え、洗顔や着替えなどのもろもろの身支度を済ませて、わたしはリビングのソファーに腰を下ろした。

マンションの他の住人たちもまだ布団の中にいるのか、辺りは奇妙なほどに静かだった。

無限に広がっているかのような静寂。思考にはうってつけの環境にわたしはいる。それなのに、ちっとも気持ちは落ち着かない。むしろ、静かすぎて逆にやりにくい。気分を変えようと思い、わたしはテレビの電源を入れた。

時間帯が時間帯なので、どこのチャンネルでも朝の情報番組をやっている。チャンネルが一巡したところで肘掛けに頭を乗せ、わたしはぼんやりと画面を見つめた。

コンビニに強盗が入ったという、最近よく耳にするニュースが流れていた。お金は奪われたが、怪我人は出ていないとのこと。どこかで見たような店舗の外観が映っていたが、チェーン店だから似ていて当然だ。

――いっそのこと、休んじゃおうかな。

今日は月曜日で、大半の人にとっては憂鬱な、週の始まりの日だ。ただ、わたしは修士二年生で、すでに修士論文を提出してしまっている。しかも、就職も決まっているというおまけ付きだ。実験をするにしても、以前ほどの真剣味はない。

休んでしまえば、すべての問題はあっけなく解決する。チョコレートを渡すという行為は、一年のうち、バレンタインデーにだけ特別な意味合いを帯びる。それ以外の三百六十数日においては、実験の合間につまめるちょっと気の利いた差し入れにすぎない。

逃避的な思考に惹《ひ》かれている自分に気づき、わたしは体を起こした。まずい。このままここで悩んでいたら、本当にズル休みをしかねない。

とりあえず大学に行こう、そう決めて、膝を手のひらで叩いて立ち上がった。慣れ親しんだあの場所なら、もう少しまともに頭が働くはずだ。

リビングの明かりを消し、わたしは自分の部屋に向かった。

——せっかく作ったんだし、一応、持っていくだけ持っていくことにしよう。渡せなかったら、みんなで食べればいいし。

わたしはそんな言い訳を頭の中で呟きながら、真っ赤な箱を慎重にバッグに入れた。

マンションの玄関を出ると、清冽《せいれつ》な空気がわたしを包み込んだ。二月の朝らしく、大気はきんと冷え切っている。深呼吸をすると、猫のヒゲのように気分がぴーんと張り詰めた。

昨日の夜、少しだけ雪が降ったらしい。歩道にうっすらと白いものが残っている。

凍った雪を踏む感触を楽しみながら歩いていると、街のそこここから、朝を迎える準備をする生活音が聞こえてきた。通い慣れたいつもの通学路も、時間帯が一時間半ほど前にスライドしただけで感じ方は一変する。街が目を覚まそうとしているという予感。神聖な空気が満ち満ちているような錯覚。全然知らない街に迷い込んだ気分だった。

わたしは首に巻いたマフラーに顎先を埋め、反響する自分の足音をBGMに、本郷《ほんごう》通りの方に歩を進めた。

わたしが住んでいるマンションは、農学部から徒歩で五分ほどのところにある。未来子さんが助手になってから二年。わたしが大学院に入ってから二年。この二年間、わたしたちは一つ屋根の下で生活をしてきた。いわゆるルームシェアリングというやつだ。立地は申し分ないし、2LDKだから自分の部屋もある。一人暮らしだったら、お互いにもっと古くて小さいアパートを選んでいただろう。

わたしは化学系、未来子さんは生物系と、それぞれに専門分野は異なっていて、所属している研究室も違うのだが、なぜだか不思議とウマが合う。

ただ、一緒に生活してみて分かったのだが、未来子さんは料理や掃除や洗濯といった、ごく普通の家事を殊のほか苦手としている。ごはんも炊けない、掃除機も持ってない、洗剤と柔軟剤の区別もついてない、という事実を知ると、今までよく一人暮らしが成立していたな、と感動すら覚えてしまう。

そういう状況を踏まえて考えると、未来子さんは「ちゃんとできる」ルームメイト欲しさに、わたしとの共同生活を申し出たのかもしれない。

食堂や和菓子屋が並ぶ路地を進み、三分ほどで本郷通りに出た。交差点の反対側に、農学部の敷地と外とを隔てる、白と褐色のツートンカラーの塀が見える。すぐ左手に正門があり、そこから緑あふれるキャンパスに入ることができる。

タイミングよく信号が変わった。横断歩道を渡って威風堂々たる正門をくぐり、中央通りと呼ばれる、まっすぐな通りに足を踏み入れる。

歩道側に植えられているイチョウは、とうの昔に幹と枝だけになっていたが、中央分離帯のように左右の道路を区切っている真ん中の区画には、青々としたヒマラヤスギがずらりと並んでいる。

五〇メートルほどで通りは終わり、開けた場所に出る。ここは、農学部キャンパスの真ん中にあるという立地に忠実に、中央広場という通称で呼ばれている。広場の中ほどには、ひときわ背の高いイチョウが聳《そび》え立っている。こちらもすべての葉が落ちてしまっているが、それでもいささかも気品を失っていない。大イチョウの名にふさわしい枝ぶりだ。

大イチョウの手前で左に方向転換し、木立の中をショートカットすると、明るいブラウン系のレンガタイルが貼られた、横長の建物に突き当たる。農学部八号館。わたしは大学四年の四月から今日に至るまでの約三年間、ここで実験漬けの日々を送ってきた。

玄関脇のカードリーダーに学生証をかざし、八号館に入る。いつもの癖で掲示板にちらりと目をやってから、ロビーから左右に伸びる廊下を左に折れた。

早朝の空気に同化するように、辺りはひっそりと静まり返っている。宵っ張りは多いが、朝型の学生は少数派だ。

砂色をしたリノリウムの廊下を進んでいくと、奥まったところに化学実験室が見えてくる。廊下の左側が第一実験室、右側が第二実験室。今は、どちらの部屋も明かりが消えている。

わたしが一番乗りだ――そう思った時、妙なことに気づいた。廊下の奥にある教員室から明かりが漏れている。

そこはウチの教授の居室だが、こんな時間に来る人ではない。おそらく、誰かが消し忘れたのだろう。教員室には、学術系雑誌や過去の生徒の卒論などが保管されており、それらを参考資料として使うこともある。

教員室に近づいていくと、ドアがわずかに開いているのが見えた。いくらなんでも無用心すぎる。わたしは苦笑しながらノブを摑《つか》み、そっとドアを引いた。

すぐに、あれ、と違和感がよぎる。部屋の中から温かい空気が漂ってくる。暖房がついているのだ。誰かが仮眠をとっているのだろうか。

一応、教員室には、来客用のソファーが置いてある。寝ようと思えば寝られなくはない。しかし、泊まり込むくらい研究にのめり込んでいるメンバーは、みんな大学の近くに住んでいる。わざわざここで一夜を明かす理由がない。

釈然としないものを感じながら、わたしは室内に足を踏み入れた。こちらが足音を立てても、物音一つ聞こえてこない。人の気配というものが全く感じられない。

やっぱり消し忘れなのかな、そう思いながら、衝立《ついたて》の向こうをひょいと覗《のぞ》き込んだ瞬間、わたしは息を呑《の》んだ。

ダークブラウンの床の上に、人が倒れていた。黒いタートルネックのセーターに、濃い藍色のジーンズ。うつぶせで顔は見えないが、その後ろ姿を見間違えるはずがなかった。チョコレートを渡すかどうか迷っていた相手が、目の前にいる。

――本田だ。

本田はまるで何かを掴もうとするように、右手を目一杯伸ばしていた。

「ね、ねえ……大丈夫？」

声を掛けながら近づき、本田の体の横でしゃがみ込んだ。横顔が見えた。きつく目を閉じている。

「ちょっと。ほら、朝だよ」

肩を左右に揺すってみたが、本田は何の反応も返してくれない。

わたしは半分冗談で、彼の手首を掴んでみた。

はっとする。

……脈がない。

そんなはずはない。自分の手首で正しい脈の位置を確認してから、もう一度本田の手首に指を当てた。しかし、冷え切った手首をいくら探っても、結果は同じだった。

わたしは本田の背中に耳を押し当てた。鼓動、呼吸、血流。生命が奏でる音が一切聞こえない。

心臓が押し潰されそうなほど息苦しい。冷たい床に座り込んだまま、あえぐように呼吸を繰り返し、ようやくわたしは一つの結論を導き出した。

——死んでいるのだ、本田は。

『それがお前の後悔の源か』

突然どこからか、男性の声がした。

はっと顔を上げると同時に、教員室の景色が一瞬で消え去った。

気づくと、わたしは深い闇の中にいた。

不思議なことに体がぼんやり発光していて、自分の手足を確認することはできた。

だが、足元が真っ暗なので、一歩を踏み出す勇気は湧いてこない。

しばらくその場でじっとしていると、「こっちだ」と声を掛けられた。

いつの間にか、目の前に白衣姿の男性が佇《たたず》んでいた。年齢はたぶん二十代前半。わたしよりいくぶん背が高い。美男子と言って差し支えない容貌をしているが、パーツのどれもが平均的というか、際立った特徴がないので、どこか冷徹な印象を受けた。

彼は白衣のポケットから手を出して、無表情のままこちらに近づいてきた。

「オレはクロト。浅野《あさの》奈海、お前は対象者に選ばれた。非常に運がいいことにな」

「あの……意味が全然分からないっていうか、そもそも、ここはどこなんですか」

「今はまだ、それを語る時ではない。まずは、昨日からのことを改めて振り返ってもらう。何があったか、よく見ておくんだ」

クロトと名乗った男性がさらに距離を詰める。

反射的に後ずさろうとしたが、それより先に、クロトがわたしの手を取った。

冷たい手に触れられた瞬間、体が浮き上がるような感覚と共に、クロトの輪郭がぐにゃりと歪《ゆが》んだ。

自分がどういう状況にあるのか、全く理解できなかった。

だが、戸惑いを覚える間もなく、すぐにわたしは意識を失った。

一周目

（1）——デジャヴの夕べ——

がちゃり、とドアが開く音で、わたしは意識を取り戻した。

ぱっとまぶたを開く。フローリングの床、横長のガラステーブル、白いソファー、オレンジ色のカーテン。そこは、見慣れた自宅マンションのリビングだった。

——ここは……？

「いやあ、きれいなトイレでした」

声の方向に視線を向ける。ごぼうのようにひょろ長い体。リビングに入ってきた沢《さわ》井《い》くんが、爆発物でも扱うかのような手つきでドアを閉めるのが見えた。

沢井くんはハンカチで手を拭きながら、わたしのはす向かいのソファーに座った。

——どうして彼がここに……。

目を細めて沢井くんの顔を見ていると、「私の顔に、何か付いてますか」と彼が怪《け》訝《げん》な表情を浮かべた。

「ううん。なんでもないよ」と答えて、わたしはぎゅっと目を閉じた。

いつの間にリビングに移動したのだろうか。まぶたを軽く指で押さえながら、わたしは自分の記憶を探った。

朝、早い時間に目が覚めた。チョコレートを渡すかどうか迷いながら大学に行った。教員室の明かりがついていて、部屋の中で本田が死んでいた。そこまでの出来事は、非常にリアルな体験として、自分の脳裏に焼き付いている。本田の体に触れた感覚をありありと思い出すことさえできる。

ただ、そこからがどうにも妙だった。突然闇の中に放り出されたかと思うと、目の前にクロトと名乗る、見知らぬ男性が現れた。なにやらわけの分からないことを言って、彼がわたしの手に触れた瞬間、ふうっと意識が途絶えた。そして今、わたしはこうして、リビングでその記憶を探っている。

脈絡のない登場人物に、理解しがたい唐突な断絶。普通に解釈すれば、あれは夢だったということになる。そこに疑いを差し挟む余地はない。

しかし、一つだけ気になることがある。起きたばかりの時はなんとなく覚えていても、すぐに曖昧になる――それが夢だと思っていた。ところが、わたしは自分でも驚くほど克明に夢の内容を覚えている。そのこと自体に違和感があった。それだけ印象が強かった、ままでも、そんなことも、たまにはあるかもしれない。それだけ印象が強かった、ということなのだろう。

――それにしても、本田が死んだ夢を見るなんて、縁起でもない。

わたしは軽く頭を左右に振って、まぶたから手を離した。

「あの、本当にアレで大丈夫なんですかね」使用感が滲《にじ》み出たメガネを触りながら、沢井くんが言う。「未来子さんのお気に召すかどうか、かなり不安なんですが」

「またその話？　大丈夫だよ。きっとうまくいくって」

「そうですかね……。私としては、ああいうベタなのより、自分の得意分野で勝負したいと思うんですけどね。例えば、今だったら、『魔法少女まどか☆マギカ』とか」

「……よく分かんないけど、それってアニメでしょ」

「ええ、面白いんです。すごく。私の友人もかなりの勢いでハマってますよ」

沢井くんが言う友人とは、わたしたちの研究室のワンフロア上、二階の神崎《かんざき》研にいる彼の同級生のことだろう。沢井くんが髪の長い男子学生と廊下で立ち話をしているのを、何度も目撃したことがある。修士一年も終わろうというのに、アニメの話ばっかり。わたしは一つ下の後輩である沢井くんの将来を心配していた。

「いくら面白くても、そういうの、未来子さんは好きじゃないと思うんだけど」

「だからこそ、なんですよ。自分の好きなものを好きになってほしい、っていうのは、自然な気持ちだと思うんですが」

わたしは腕組みをして、「それ、逆も言えるでしょ。相手に合わせるっていうのも大事なんだよ」と言い返す。

「それはそうですが。でも、私はですね……」

　沢井くんが反論しようとしたところで、玄関のドアが開く音が聞こえた。

　わたしは「とにかく、やってみようよ」という前向きな言葉で議論を打ち切り、ソファーから立ち上がった。

　すぐにリビングのドアが開き、「たっだいまー」と未来子さんが入ってきた。

「おりょ、沢井っちじゃないの。珍しい」

「どうも、お邪魔しております」と沢井くんは馬鹿丁寧に頭を下げた。

「お邪魔するのはいいんだけど、何の用事？」

　わたしはすかさず二人の間に割って入った。

「あの、未来子さん。わたしが呼んだんです。沢井くんが、観たいＤＶＤがあるって言ってて、わたし、たまたま友達にそれを借りてたから」

　未来子さんに見せようと、わたしはテーブルの上のＤＶＤケースを手に取った。

『タイタニック』。

　そのパッケージを見た瞬間、立ちくらみのように視界が揺れ動いた。

　わたしがさっき口にした、「きっとうまくいく」という言葉。それは間違っている、と頭の中で警報が鳴っている。強い既視感。

　わたしは、これから何が起こるのかを知っている――？

　……どうかしている。そんなことがあるわけない。わたしは笑顔を作って、未来子さんに向き直った。

「ごはんのあと、みんなで観ませんか」

「別にいいけど」未来子さんはあっさり承諾して、リビングとひと続きになっているキッチンに視線を向けた。「それより奈海ちゃん。今日のメニューは？」

「クリームシチューとコロッケです」

わたしは食卓の椅子の背に掛けてあったエプロンを着けて、コンロの前に立った。クリームシチューは温め直すだけ。ごはんは炊けている。サラダは冷蔵庫。あとはコロッケを揚げれば調理完了だ。

「いいねいいね。早く食べたいし、あたしも手伝っちゃうよ」

未来子さんが髪をポニーテールにしながらひょこひょこ近寄ってきたので、「すぐできますから」とすげなく追い返した。未来子さんの料理の腕前は絶望的だ。三歳児に手伝ってもらった方がまだマシだろう。一から作り直しになったら目も当てられない。

とにかく、ぱぱっと終わらせてしまおう。わたしはいろんな違和感をいったん封印して、夕食の準備の続きに取り掛かった。

食事と洗い物を終えたところで、いよいよＤＶＤを観よう、ということになった。

ＤＶＤを借りてきたのはわたしだ。未来子さんには「友達に借りた」と言ったが、あれは実は大嘘《おおうそ》で、普通にレンタルショップで借りてきた。

ことの発端は、先日開催された、研究室の新年会にあった。

序盤は平穏に正月休みの過ごし方の話をしていたのだが、なぜか途中で話題が恋愛方面に逸脱してしまった。ナヨっとした感じがまずかったのか、沢井くんがスケープゴート役を押し付けられ、秘めた想い——すなわち、未来子さんに対する恋心を告白するハメになったのである。

未来子さん本人はその場にいなかったので、黙っていればたぶん何事もなく終わるだろう。だが、聞いてしまった以上は一肌脱がねばなるまい。そこでわたしは、自宅でのＤＶＤ視聴会を計画した。

『タイタニック』を選んだのは、片思い相手を「落とす」のに使った、という友達の自慢話を聞いたことがあったからだ。わたしは観たことがないので、例の組体操みたいなポーズと主題歌ぐらいしか知らないのだが、それだけ効果が強いのであれば、映画が終わる頃には、普段はがさつな未来子さんも乙女のごとくぽやーんとなっているかもしれず、恋愛経験が皆無と思《おぼ》しき沢井くんであっても、なにがしかのアプローチができるのではないか、と考えたのだ。

ただし、この計画を実行するためには、わたしは途中で席を外さねばならない。

どうしたものかな、と考えながら、ディスクをDVDプレイヤーにセットしたところで、玄関のチャイムが鳴った。

「あれ、お客さんかな」

未来子さんが腰を上げようとするのを、わたしは「出ます」と制した。

リビングを出て、廊下を歩くうち、再びデジャヴがわたしに襲いかかってきた。玄関ドアの向こうに立っている人物の顔がありありと思い浮かんでくる。正直、気味が悪い。

戸惑うわたしを急《せ》かすように再びチャイムが鳴る。わたしは玄関までの数歩を駆け、ドアを開けた。

「こんばんは、奈海さん」

白いコートに、ピンクのマフラー。外気に面した廊下に、沙織ちゃんの姿を認めた時、わたしは自分の予感が正しかったことを知った。

軽いめまいのようなものを感じながら、わたしは何かに操られるように、「どうしたの、こんな時間に」と、驚いた声を上げていた。

「明日の準備をしようと思って」沙織ちゃんは手に提げたスーパーのレジ袋を持ち上げてみせた。「確認してみてください」

馴染《なじ》みのあるロゴの入った白い袋を受け取り、中を覗き込む。板チョコに生クリーム、ココアにラム酒。あとは泡だて器やゴムべらが入っている。
「これって……もしかして」

「はい。手作りチョコの材料です。一緒に作りましょう」

「えーっ。いや、いいよ。作ったってしょうがないし」

「そんなことはありません。新年会で言ってましたよね。片思いしてる人がいるって」

「あ、それは……」

彼女の一言で、わたしはあの時の失敗をまざまざと思い出した。

件《くだん》の新年会で恋愛話を持ち出したのは、何を隠そう、目の前にいるキュートな黒髪ロングの女の子――中大路《なかおおじ》沙織ちゃん、その人だった。

沙織ちゃんは、同じ研究室の二学年下の後輩だ。京都出身の彼女は、普段はお嬢様然とした雰囲気漂う、素晴らしく清楚《せいそ》な子なのだが、アルコール摂取量が一定値を超えると駄々っ子になってしまうという、かなり厄介な体質を持っている。

そして、今年の新年会の席で彼女は見事に豹変《ひょうへん》した。沢井くんが未来子さんへの想いを半強制的に告白させられたのに続き、わたしも沙織ちゃんに絡まれてしまった。

「好きな人、いやはるん？」とストレートな質問が飛んできたので、「えー、別にどうでもいいでしょお」とか「また今度ね」とか言って、なんとか攻撃をかわそうとしたのだが、沙織ちゃんが頬を赤らめながら、「あかん。そんなんあかん」と泣きそうな顔で頭を左右に振り始めたのを見て、仕方なく片思い相手がいることを認めたのだった。酒の席でのこととはいえ、「どうして言っちゃったの!」と、当時の自分を問い詰めたくなる。本田の名前を出さなかったのが唯一の救いだ。

わたしは顎に指を当てて、「あれぇ? そんなこと言ったかなあ」ととぼけてみせた。しかし沙織ちゃんは、「言いました」と譲らない。

「明日はバレンタインデーです。その人にチョコを渡して告白しましょう」

「え、いや、そんな、ねえ。女子中学生じゃあるまいし」

「大丈夫です。奈海さんは可愛《かわい》いです。どんな相手でもイチコロです」

それに、と沙織ちゃんは続けて言う。

「チョコはただのきっかけなんです。こういう時じゃないと、奈海さん、絶対に告白とかしそうにありませんから」

言い切られてしまった。当たっているだけに、何も言い返すことができない。

「ま、まあ、ここ寒いし、とにかく上がってよ。作るかどうかは、それから決めるから」

「分かりました。それでは、お邪魔します」

上品な所作で沙織ちゃんがドアを閉めたところで、未来子さんと沢井くんがリビングから廊下に出てきた。

「おうおう。今度は沙織ちゃんか」

「こんばんは、未来子さん。沢井さんもいらしてたんですか」

「うん。ちょっとね」と、沢井くんがメガネの位置を直す。「中大路さんは、どうしてここに？」

「奈海さんと一緒に、バレンタイン用のチョコレートを作ろうと思って」

「ああ、そっか。明日はバレンタインデーでしたね」わざとらしく手を打って、沢井くんが未来子さんの横顔をうかがう。「手作りですか。うらやましい話です」

「なに、沢井くん。あたしにも作れって言ってるのかな」

未来子さんが長いまつげをしばたたかせる。

「材料は十分にあります。よかったら、未来子さんも参加しますか」

沙織ちゃんの誘いに、未来子さんは「うーん」と低い声で唸《うな》った。

「自慢じゃないけど、あたし、そういうの苦手だから」

思わず「そうですね」と頷きそうになるのを、わたしはギリギリのところでこらえる。

「複雑なものを作るつもりはないです。冷やす時間を含めても、二時間も掛からないと思います」

「いや、やっぱりいいや」未来子さんはひらひらと手を振った。「そんな乙女系キャラじゃないし。あと、これからDVD観るし」

「そうですか……。では、私たちだけで作ります。お台所をお借りしてもいいですか」

「そりゃもう。バンバン使っちゃってよ」

わたしを置き去りにしたまま、未来子さんと沙織ちゃんの間で話が進んでいく。

この光景にも見覚えがあった。なんだかんだと沙織ちゃんに押し切られて、チョコレートを作ることになるのだろうと、わたしはほとんど確信していた。

（2）――チョコレートと着信――

こうして、わたしは手作りチョコに挑戦することになった。

作るのはトリュフチョコレート。作り方は簡単だ。まず、刻んだ板チョコに温めた生クリームを加えて溶かし、よく混ぜ合わせてガナッシュを作る。それを棒状に絞り出して、冷蔵庫で冷やし固める。固まったところで、適当なサイズに切り、手で丸めて形を整え、表面にココアをまぶせば完成となる。

作業は順調に進み、無事にガナッシュを冷ます段階までやってきた。もったりする程度の固さにしてから、絞り袋に入れて棒状に成形するんです、と沙織ちゃんが細かく説明してくれる。

　冷えるのを待つ間は、リビングではなく、わたしの部屋でお喋《しゃべ》りをして過ごすことにした。未来子さんと沢井くんはリビングで『タイタニック』を観ている。沙織ちゃんも沢井くんの片思いを知っている——というか、白状させた本人だ——ので、事情を話すと、喜んでわたしの作戦に協力してくれた。

　三十分ほどそうしていただろうか。沙織ちゃんが「もうそろそろですね」と立ち上がったので、わたしは彼女にくっついてキッチンに向かった。作業の進捗のコントロールは沙織ちゃんに任せている。

　リビングに入ると、食卓でミネラルウォーターを飲んでいる未来子さんと目が合った。

「あれ、映画の方はいいんですか」とわたしは向かいの席に着いた。

「沢井くんがトイレに行くって言ったから、ちょっときゅーけい。そんで、チョコ作りは順調に進んでるの？」

「あ、はい。今、軽く冷やしてるところなんです。これから絞り袋に——」

　説明の途中で、冷蔵庫の前にいた沙織ちゃんが「あっ」と小さな叫び声を上げた。

振り返ると、しゃがみ込んでいる沙織ちゃんの背中が目に入った。冷蔵庫の前の床には、うっすらと白い粉が散らばっている。

「こぼしちゃったんだ。それ、何？」

沙織ちゃんはため息をついた。

「……カルダモンです。変化をつけようと思って準備してたんですけど。手が滑って、容器ごと落としちゃいました……」

「本格的だね」と、未来子さんが感心したように頷く。

わたしは流しにあった濡《ぬ》れふきんを手に取った。

「床に落ちちゃったし、さすがにもう入れられないよね」

「そう……ですよね」

沙織ちゃんの表情は冴えない。それを見て、未来子さんは眉を顰《ひそ》める。

「もしかして、カルダモンってめちゃくちゃ高価だったりすんの」

「そんなことはないです」

沙織ちゃんはふきんを受け取って、躊躇《ちゅうちょ》なく床に散った粉を拭きとった。

沢井くんが戻ってきたのをきっかけに、すぐにチョコ作りは再開されたが、沙織ちゃんはどこか冴えない表情をしていた。きっと、さっきの失敗が尾を引いているのだろう。

　こういう時は、下手にフォローするより、触れないでいてあげた方がいい。わたしは、なるべくお菓子作りとは関係ない話題を出しながら、その後の作業を続けた。

　幸い、それ以降は特にトラブルもなく、一時間後には無事に手作りチョコが完成した。沙織ちゃんが準備してくれた箱に、できたてのトリュフチョコレートを入れ、これまた沙織ちゃんが持ってきた包装紙で丁寧にラッピングした。

「できたね。渡すかどうかはともかく、うん、達成感はある」

「作っただけでは意味がありません」と沙織ちゃんは厳しい。「絶対渡してください」

「う、うん……。善処します」

「約束ですよ。それでは、私はそろそろお暇《いとま》します」

　そう言って、沙織ちゃんは残った材料を片付け始めた。

「あれ、もうちょっとのんびりしていけばいいのに」

「すみません。でも、もう九時半です。帰るのに一時間以上掛かりますので」

「あ、そっか」

　沙織ちゃんは、埼玉県にある母親の実家で、お祖母さんと一緒に暮らしている。あまり遅くなると心配するだろう。それに明日は月曜日。ゆっくり休んで、実験に向けての英気を養ってもらわないと。

沙織ちゃんをマンションの前で見送って、冷えた体をこすりながらリビングに戻ると、沢井くんがDVDをケースにしまっていた。

「あれ、未来子さんは？」

「ついさっき、自分の部屋に戻られました」

「でも、まだ映画は終わってないでしょ」

「もう飽きたとのことで。恋愛映画はお好きじゃないようです」

沢井くんは弱々しい笑みを浮かべた。作戦失敗だ。

「……なんか、ごめんね」

「いえ、浅野さんが謝るようなことじゃないですよ」

沢井くんはそう言って、手にしていた携帯電話を自分のカバンにしまった。

彼は未来子さんと全く同じ機種の、最新型のスマートフォンを使っている。新しもの好きの未来子さんに合わせて、意図的にそれに変えたのだ。話題づくりのために色まで合わせるというけなげな努力を見ていると、なんともいえない物悲しさを感じてしまう。

もしかすると、叶《かな》わない恋なのかもしれないよ。そう言ってあげた方が、沢井くんにとってプラスになる場合だってあるだろう。

それでも、彼が望むなら、告白するまでは協力してあげたい。卒業まであとひと月とちょっと。三月末には、ここを出て行かねばならない。それまでに、沢井くんの片思いに決着を付けてあげられたら――。

そんな思いで、わたしは沢井くんが帰るのを見届けた。

それからわたしは自分の部屋に戻り、ベッドの上でごろごろしながら、チョコレートを渡すかどうかについて考えを巡らせた。迷いを抱えたままお風呂場に向かい、湯船に浸かりながら悩んだが、やっぱり踏ん切りは付かなかった。

長湯しすぎたせいか、少しのぼせてしまった。わたしはお風呂を出ると、水分補給のためにキッチンに向かった。

冷蔵庫からミネラルウォーターを出し、グラスに注いで一気にぐいっと飲み干したところで、どこかから微かな振動音が聞こえてきた。リビングの方から音がしているようだ。

そこでまた、強いデジャヴに襲われる。このシーンを見た記憶がある気がしてならない。わたしは水に濡れた犬のように頭を振って、薄気味の悪い感覚を振り払ってから、明かりの消えたリビングに入った。

音の正体はすぐに分かった。ソファーの上で未来子さんの携帯電話が震えている。未来子さんは、こんな風に、しょっちゅう携帯電話をリビングに置き忘れる。ずぼらというか、大らかというか。わたしが気づかなければ、永遠に放置されてそうな気がする。

とはいえ、勝手に電話に出るわけにもいかない。わたしは振動音が止《や》むのを待ってから携帯電話を拾い上げ、それを持って未来子さんの部屋に向かった。

ノックしてから、「起きてます？」とドアを開けると、未来子さんはベッドの上にうつぶせになって本を読んでいた。

「どしたの、奈海ちゃん」

「ケータイ、リビングに忘れてましたよ。さっき着信があったみたいです」

「ああ、ありがと。また置きっぱにしてたんだ」

未来子さんは携帯電話を受け取って、ベッドの上に放り投げた。

「扱い、雑すぎません？」

「いいのいいの。こう見えても結構頑丈なんだから」

「ならいいんですけど。あ、そうだ。余ってたら、例の睡眠薬をもらえませんか。なんとなく、今日は眠れない気がするんです」

悩みは深い。睡眠薬でも飲まないと、チョコレートを渡すかどうかで一晩中悩み続けるだろう、という予感がある。

「うん、いいよ。結構効果が強いから、飲みすぎないように」

「はい、気をつけます」

未来子さんは実験の都合などでかなり不規則な生活を送っており、効率よく睡眠を取るために睡眠薬を常用している。薬に頼るのはあまり好きではないのだが、本格的に眠れない時などは、わたしもお世話になっている。

「じゃあ、部屋に戻ります。おやすみなさい」

「ちょい待ち」

未来子さんが手を上げて、わたしを呼び止めた。

「奈海ちゃんに、プレゼントをあげようかと思うんだけど」

「なんですか、急に。別に誕生日とかじゃないですよ」

「いやさあ、奈海ちゃんと一緒に住むのも卒業まででしょ。家事とか頑張ってもらったし、お礼をしてあげたくって」

「そんな、気を遣わないでくださいよ。未来子さんの方が生活費を多く払ってるわけですし」

「まあまあ、遠慮しないで。ていうか、もう準備してあったりするんだよね」

未来子さんがベッドから立ち上がろうとした瞬間、彼女の携帯電話がまた震え出した。反射的に目を向けると、画面に「高村悠真」と出ているのが見えた。

未来子さんは、「ありゃ、珍しい」と目を丸くしたが、特に躊躇することもなく、「もしもしぃ？」と電話に出た。

わたしはドアを指差した。未来子さんが頷くのを見てから、部屋をあとにする。他人がそばにいたら話しにくいだろう。

廊下に出たところで、わたしは首をかしげた。

——高村くん、未来子さんに電話なんかするんだ。

高村くんは、沙織ちゃんの同級生だ。本田とは四六時中一緒にいるが、未来子さんとは接点がないので、普段から連絡を取り合う仲ではないはずだ。

実験についての相談か、それとも……。

少し気にはなったが、慌てて訊くほどのことでもない。廊下の明かりを消し、わたしはそのまま自分の部屋に戻った。

不吉な夢に、気味の悪い既視感。奇妙な夜を演出していたそれらに別れを告げるように、わたしは勢い良くベッドに腰を下ろし、思いっきりあくびをした。

次の瞬間、口を閉じる暇もなく、いきなり辺りが闇に包まれた。

この感じは、まさか……。

「戻ってきたか」

聞こえた声に驚いて、わたしは顔を上げた。

白衣を着た男性が——クロトが目の前にいた。

（3）――シミュレーションの始まり――

どうリアクションしていいか分からず、わたしは呆然とクロトの顔を見つめていた。

「どうだ、自分の行動を振り返ってみた感想は」

「振り返るって……」わたしは我に返り、首を左右に振った。「言ってる意味が、全然分かりません。っていうか、あなたは誰なんですか」

「これから説明する。お前に危害を加えることはない。冷静に聞いてくれ」

「……分かりました」

わたしは仕方なく頷いた。逃げ出そうにも、辺りは真っ暗だし、どこに行けばいいのか分からない。

「体感的には五時間ほど前のことになる。お前は、大学の教員室で男が死んでいるのを発見した。そのことは覚えているな」

おかしい、とわたしは思った。あれは夢の中の出来事だった。そのことを他の誰かが知っているはずはない。

ということは、わたしは今、夢を見ているということになる。そうだとすれば、このの奇妙な状況にも説明がつく。一度、夢から覚めたつもりだったが、実はまだ夢の中だった、ということなのだろう。

そうだと分かると、途端に恐怖心は消え失せた。わたしを包み込むように広がる闇でさえ、不思議と心地よく感じられる。

「――少しは落ち着いたようだな。そろそろ説明を始めよう。ただし、その前に確認したいことがある。教員室で死んでいた男。あれはお前の恋人か」

その言葉で、床に倒れていた本田の姿が眼前に蘇《よみがえ》る。

わたしは首を横に振ったついでに、その光景を頭から追い出した。

「違うよ。本田はわたしの……ただの……知り合い」

「それは嘘だな。お前はあの男の死で強い後悔を覚えたはずだ。少なくとも、恋心くらいは抱いていたんじゃないのか」

お前お前と連呼されるのは気に入らなかったが、指摘そのものにはさほど動揺しなかった。これは夢なのだから、このクロトとかいう人物もわたしが作り出した架空の存在であるわけで、当然わたしが知っていることは知っているはずだ。

「……確かに、『ただの』っていうのは嘘かな。なにせ、バレンタインに手作りチョコを渡すかどうか迷ってたくらいだし。ホントに死んじゃったら、きっと……うん、きっと、ものすごくショックを受けて、想像できないくらい落ち込むと思う」

「そうか。それなら、本田の死を防げばいいわけだな」

クロトの言葉に、わたしは首をかしげた。

「死を防ぐって言ってもさ、そもそも死んでないでしょ。これ、夢だし」

夢の中で自ら夢だと指摘する。そんなことを言ったらすぐに目が覚めてしまいそうだったが、依然としてクロトは闇に浮かんでいる。

「確かにこれは夢で、目が覚めれば消えてしまう記憶だ。だがな――」クロトは真顔で言う。「本田は死ぬぞ。このままだと、確実にな」

「これは悪夢だから、また同じシーンを体験するってこと？」

「そうじゃない。お前は今、シミュレーションという形で未来を経験している。これまでに起こったことは、すべて現実に起こる事象ばかりだ」

わたしはため息をついた。何を言っているのか理解できなかった。

「難しいことじゃない」クロトは落ち着き払った態度を保っていた。「お前は、かなり前から夢を見続けている。二月十三日の午後七時から十四日の午前七時までの時間帯を経験し、もう一度二月十三日の夜を繰り返して、今ここにいる。数字の上では、十七時間くらい過ごしたことになる」

クロトは無茶苦茶なことを言っていたが、十四日から十三日へ、という逆向きの時間の流れは、わたしの体感と一致していた。たびたび経験したデジャヴも、同じ時間を二回通過したせいだと考えれば納得できる。

「……まあ、夢なんだし、そういう不思議なことがあってもおかしくないけど。シミュレーション、っていうのはどういう意味なの」

「それを説明するには、いくつかの背景を先に伝えておく必要がある。一番重要な点は、オレはお前たち人間とは別の世界の住人だ、ということだ。存在している次元が違う」

クロトは、夢だと分かっていても、「大丈夫ですか」と声を掛けたくなるようなことを言い出した。リアクションに迷うところだったが、露骨に否定するのを避け、「よく分からないけど、神様とか、天使とか、そんな感じ?」と返した。

「そういう宗教的な概念は一切無関係だ」と、クロトは相変わらず冷静に答える。「だが、やろうとしていることは似ているかもしれない。オレは、魂魄《こんぱく》の救済をするためにここにいる」

「えっと、なんて言ったの、今」

「魂魄、と言ったんだ。いいか、お前たち人間の肉体には、魂魄――いわゆる『タマシイ』が入っている。それは人為的に創り出すことができないという意味では、オレたちにとっても貴重なものだ」

わたしは自分の胸元を見下ろした。もちろん、そこには何かがあるわけではない。着慣れたパーカーの布地が見えるだけだ。

わたしは言葉を選んで、「そういう考えも、まあ、あるかもね」と答えた。

「オレは事実を告げている」クロトは真剣な目付きをしていた。「信じろとは言わないが、受け入れてもらう必要がある。ダメなら夢から覚めるだけの話だ」

わたしは顎を軽く引いて、理解の意志を示した。ここで夢を終わらせてしまうと、寝覚めが悪くなりそうな気がした。

「話を戻すぞ。さっき言ったように、魂魄は特別なものだ。だから、喪《うしな》われたり、穢《けが》されたりするのを防がなければならない。円滑なリインカーネーションが世界の安定化には必要なんだ」

「リインカーネーションって、輪廻《りんね》転生《てんせい》のことだよね」

「そうとも言うな。人間の体に入っていた魂魄は、持ち主の死と共に解放され、自動的に別の世界に移動する。移動した魂魄は回収され、新たに生を受ける別の人間に移される。そういう仕組みで魂魄はリサイクルされている」

「うん、まあ、それはなんとなく理解できる」

宗教観というか、世界観というか。仏教に馴染みがある日本人にはそれなりにしっくりくる考え方だろう。

「リインカーネーションのサイクルをうまく回すためには、需要と供給のバランスを保つ必要がある。特に、供給不足に陥る事態は避けなければならない」

「あ、素朴な質問」わたしは手を挙げた。「魂は新しく作れないんだよね。それなら、人口は常に一定なんじゃないの」

「ストックがあるから問題ない。今のところは、そこから供給されている」

「はあ、うまくできてるんだね」

いや、そうでもない、とクロトはかぶりを振った。

「人間の体に入っている間に、魂魄がダメージを受けることがある。状態が悪くなると、回収したあとに洗浄作業を行う必要が出てくる。これはなかなか大変な作業で、結構な時間と手間が掛かる。それを少しでも減らすのがオレの仕事だ。魂魄に異変が起こることが予測された場合、その持ち主の行動をコントロールし、魂魄が穢れるのを事前に防ぐ、というやり方でな」

「ちょ、ちょっと待って。急に話が飛躍したよ。えーっと、その持ち主っていうのは、要するにわたしのことなんだよね。ダメージってどういう意味？」

「お前は本田の死体を発見する。そして、心に深い傷を負い、一生後悔し続ける。そういう意味だ」

「本田の……」固く目を閉じた本田の横顔を思い出し、わたしはぎゅっと拳を握り締めた。「つまり、あなたは、わたしのためにあいつを助けてくれるってこと？」

「くれる、という言い方は正しくない。お前は自分で自分の未来を変えるんだ。オレはあくまでそれをサポートするだけだ」

クロトは、白衣のポケットに手を突っ込みながら、「お前は運がいい」と言った。

「魂魄は繊細なものだ。例えば、愛の告白に失敗したとか、誰かに怒られたとか、財布を落としたとか、その程度のことで信じられないほど傷つくこともある。実際、この世界には無数の後悔が渦巻いているが、オレたちの仕事量には限界がある。選ばれるだけで相当幸運なんだ。しかも、後悔の内容が人の生死に関わっている。僥倖《ぎょうこう》というやつだ」

運がいいと言われても、全然ピンとこない。喜ぶ気になれず、わたしは無言でクロトの胸の辺りを見つめていた。

会話が途切れたところで、「質問があるなら、今の段階で聞いておく」と言われたので、わたしは頭の中で、今までの話の疑問点をまとめた。

「いくつか質問があるんだけど。まず、どうして本田が死ぬって断言できるの」

「その答えが、最初に言ったシミュレーション——すなわち、計算による未来予測だ。天気予報を究極まで突き詰めたもの、と言えば、イメージが摑めるだろう」

クロトが上方に目を向ける。釣られて見上げたが、真っ暗な空間が広がっているばかりで、何も見えなかった。

「オレも見たことはないが、世界のどこかに、すべての魂魄を管理するシステムが存在している。オレたちはそれを、『アカシック・レコード』と呼んでいる。魂魄は人間の行動を規定しているから、誰がどう動くか正確に分かる。十二時間先まで、という制限はあるが、予測精度は一〇〇%。どんな些細《ささい》な事象でも、確実に予知できる」

「それじゃあ、もう本田の死を回避できないじゃない」

「そうだ。このままいけば、本田は間違いなく命を落とす。だが、それはまだ起きていない、未来の出来事だ。お前の手で死を防げばいい」

そこでふと、根本的な疑問が浮かんできた。

「そもそも、今って何時なの？　夢を見てるってことは……十四日の真夜中？」

「いや、違う。お前が繰り返し経験したオリジナルの未来、その始まりが、現在の時刻を表している。今は、二月十三日の午後七時二分。お前は自宅のリビングで、ソファーに座っている。眠ってはいるが、それは普通の睡眠ではない。非常に短い時間――瞬《まばた》きより短い時間だけ、意識を失っている」

「何時間にも感じたのに、そんな短い時間だったの？」

「そうだ。お前の魂魄に直接アクセスして、情報を圧縮して送り込んでいる。そもそも、人間が見る夢の中では、時間の感覚は曖昧になる。大した問題じゃない」

「確かに変に時間が飛んだりするけど。でも、どうしてわざわざ圧縮してるわけ？」

「対象者に選ばれるかどうかは完全にランダムだからだ。例えば、車の運転中に対象になるかもしれない。だから、意識を失うのは一瞬だけに留《とど》めてある」

「いや、それなら、普通に寝てる時に入ってくればいいじゃない」

「それはダメだ。魂魄へのアクセスが開始される時間は、ダメージが発生する十二時間前と決まっている。なぜなら、そこが一番時間を有効利用できるタイミングだからだ」

「有効利用？」

「そうだ。もし今が十四日の朝で、本田がすでに死んでるとしたら、やり直しをしても意味がない。しかし、今の状況なら、これからの十二時間をフルに使える」

なるほど、確かにクロトの言うことは一理ある。なるべく可能性を広げるような考慮がなされているようだ。

ただし、とクロトは人差し指を立ててみせた。

「本田がいま生きてる、という保証はない」

「縁起でもないこと言わないでよ」わたしは眉を顰めた。「それで、どう動けば本田が助かるの？」

「それはやってみないと分からない」

「なにそれ。矛盾してるじゃない。完璧な未来予知ができるんでしょ」

「予知をするには、すべての魂魄の情報が入力されている、という前提条件が必要だ。

ところが、お前には自分の行動を変えるチャンスが与えられている。お前が本来とは違う動きをするたびに、全部計算をやり直すことになる。だから、動いてみないと分からない」

「……うーん。便利なんだか不便なんだか」

「不満があるなら、上のやつに言ってくれ。オレは自分の仕事をやるだけだ。もっとも、お前がそいつらに会うことはないだろうがな」と、クロトはつまらなそうに言った。「他に質問は？」

「とりあえず、あなたがここにいる理由は理解できたと思う」

「そうか。なら、残りの説明をやっつけておこう。お前はこれから未来改変に挑む。だが、変えられるのは自分の行動だけで、他人の行動を直接変化させることはできない。平たく言えば、普段の生活と同じだ。お前の行動に応じて、周りにいる人間は本人にとって一番自然な動きをする」

「ちょっと待って。肝心なことを聞き忘れてた」

「なんだ」

「夢なんでしょ、これ。それなら、いくら未来を変えたって、結局現実は何も変わらないじゃない」

夢の中にいるわたしは、現実の自分に干渉できない。当たり前のことだ。

「いや、そうじゃない。夢での行動は、魂魄に記録することができる。そうすれば、目が覚めたあと、お前は夢と同じ動きをする。当然、周りの人間もそれに応じて動く。結果は計算したものと寸分違《たが》わず一致する。そういう理屈だ。これはシミュレーションだが、現実と同一だと解釈してもらっていい。一種のバーチャル・リアリティだな」

「バーチャル・リアリティ」

わたしはオウム返しに呟いた。聞いたことはあるが、口にしたのは生まれて初めてだ。

「ただし、未来改変中は、再現不可能な行動を取ることが禁じられる。それと、お前はオレと直接会話をすることはできない。オレは現実にはいないはずの存在だ。実際に声に出したら、不自然な独り言になってしまう。その代わり、魂魄を介した会話は可能だ。テレパシーで意思疎通をする、と言った方が分かりやすいかもしれないな」

「テレパシーかあ……。なんか、あんまり気分がよくない表現だね。頭の中を覗かれてるみたいで」

「それなら、電話で会話するとでも捉えておけばいい。思ったことがすべて筒抜けになるわけじゃなく、自分でコントロールできるからな。行動の制限については、ここでくどくど説明するより、実際にやってみればすぐに飲み込めるだろう。動機がないことをしようとすれば、勝手に体が動かなくなる」

金縛りみたいなものだろうか、と思いながら、わたしは頷いた。

「説明はこの辺にしておこう。まだいくつか言うべきことがあるが、詰め込みすぎても困惑するだろうからな」

クロトが一歩分、わたしとの距離を詰めた。

「あとはお前の意志次第だ。これはチャンスであって、強制ではない。未来改変なんてまっぴらごめんだ、というなら、別に止めはしない。次の対象者のところに行くだけのことだ。どうだ、やる気になったか」

「それは……」

なんと答えればいいのだろう。わたしは迷いを覚えていた。

もちろん、クロトの話を全面的に信じたわけではない。いくら夢でもあまりに荒唐無稽すぎる。

それでも、クロトが現れるまでに体験した出来事は、夢だとは思えないほどリアルだった。わたしは、本田が死んでしまったのだと本気で信じた。

もし、あれが現実になったら――。

考えただけで、体温が二℃くらい下がったような気がした。

わたしは顔を上げた。そうだ。あれこれ理由を探す必要はない。夢なんだから、わたしがやりたいようにやればいい。やって損はないからやる。シンプルな考え方で行こう。

「やるよ。いくら夢でも、本田が死ぬなんて嫌だし」

「そうか。なら、さっそく未来改変シミュレーションを始めるとしよう。実を言うと、お前はすでに、未来の振り返りという形で一周目のシミュレーションに入っている」

「え、そうだったの？」

「既視感があっただろう。それは、オレが干渉して、お前が〇周目という形で経験した、オリジナルの未来を伝えていたからだ。単純にオリジナル周を繰り返すだけなら、何の違和感も覚えなかっただろう」

「ふーん。それで、わたしはどうすればいいの」

「すぐに二周目に入ることもできるが、その場合、一周目はここで終わりということになる。無駄にするくらいなら、最後まで行くべきだろう。本田の死の原因を突き止めておきたい」

「じゃあ、今から大学に行くっていうのは？」

「それが可能なら、そうしてもいい。『できる』と思うか」

わたしは腕を組んで、「うーん」と唸った。

「今の説明だと、普段はやらないことはできないんだよね。なら、難しいと思う」

日曜日の夜中に、用事もないのにわざわざ大学に行く。わたしにとっては、明らかに不自然な行動だ。

「そうか。お前が『できない』と思うのなら、それは間違いなく『できないこと』だ。行動の制限をするのはお前自身だからな。感覚的に可否を判定できる」

「じゃあ……もうすることはないのかな」

「おとなしく眠った方がいいな。少しでも早起きをして、大学に行く時間を早めるべきだ。室内を調べる時間が稼げるし、本田がまだ生きている可能性もある。それでいいな」

分かった——と答えようとした瞬間、クロトの姿が掻《か》き消え、辺りを包んでいた闇が振り払われた。

気づくと、わたしは自分の部屋のベッドに腰掛けていた。

軽く左右を見回したが、クロトの姿はどこにもない。

もしかしたら、一瞬の居眠りのうちに見た夢なのかも、と思ったわたしの心を見透かすように、『オレを探しても無駄だ』とクロトが話し掛けてきた。『オレは、さっきの空間でしか活動できない』

『ああ、そうなんだ』

これがテレパシーか、と感心しながら、わたしはベッドに横になった。受話器はどこにもないが、確かに電話っぽい。

そこで、何かを握っている感触に気づく。手を開くと、一センチ角の銀色のシートが現れた。未来子さんからもらった睡眠薬だ。

わたしは包装を破って、白い錠剤を口に放り込んだ。六時間程度で目が覚めることが経験的に分かっているので、いま飲んで眠れば、かなり早い時間に大学に行くことができるはずだ。

明かりを消して目を閉じると、五分もしないうちに眠気がやってきた。やっぱりこの睡眠薬はよく効く。

わたしは束の間の温《ぬく》もりに身を委ね、二重の睡眠——夢の中の眠りに落ちていった。

（4）——現場検証——

目を覚ましてすぐ、わたしは携帯電話に手を伸ばした。「05：34」。以前の夢より、三十分ほど早く起きることができた。

ベッドを抜け出し、着替えをしようとしたところで、クロトの存在を思い出した。『見てるの？』と訊くと、『ああ』と男性の声が返ってくる。そろそろ現実に戻ってきたかと思ったが、やっぱり夢の中にいるようだ。

一応、クロトの言葉を信じて行動するつもりではいるが、その前に、伝えておくべきことがある。わたしはベッドの縁に腰を下ろし、寝癖の付いた後頭部を撫でた。

『あの、できれば見ないでほしいんだけど』

『いちいち気にするな。オレは人間の下着になど興味はない。時間がもったいないから、さっさとやってくれ』

『……はいはい。今やりますよ』

どうにも高圧的なのでいちいち引っかかるが、あまり強硬に反抗して怒らせたら、あっさり目覚めさせられるかもしれない。とりあえず、ここはおとなしく従っておいた方が無難だ。わたしは覚悟を決めて手早く着替え、コートを持って部屋を出た。

そのまま大学に行くつもりだったが、足が玄関の方に向いてくれない。物理的な障壁があるわけではないが、精神的な抵抗感が強い。未来の「わたし」は、まだ本田の死を知らない。明確な理由がない以上、いきなり大学に行くことはできない、ということか。

自由に動けないのは不便だが、きちんと現実で再現するためなのだからしようがない。とにかく、最低限の支度をしないと外出は無理だ。わたしは進路を右手に変え、リビングに向かった。

なるべくキビキビ動くように心がけながら、前回と同じように食事と身支度を済ませて、六時十分に自宅を出た。手作りのチョコレートを持ってきたが、これは、「大学で渡すかどうか考える」という外出の動機を作るためだった。

溶け残った雪を蹴散らすようにずんずん歩いていると、『シミュレーションの終わりは、十四日の午前七時過ぎだ』と、クロトがテレパシーを送ってきた。

わたしは前を向いたまま、『分かってる。それまでに、情報収集を済ませなきゃいけないんでしょ』と心の声で返した。

『そういうことだ』

テレパシーを交わしながら本郷通りに出て、横断歩道を渡り、農学部の正門をくぐる。

早朝のキャンパスは深い藍色に染まっていて、冷え切った空気と清々《すがすが》しさに満ちていた。静謐《せいひつ》、というのだろうか。スランプの時なんかに散歩すると、いいアイディアが浮かぶかもしれない。しかし、今のわたしにはその雰囲気に浸るだけの余裕はない。早足で中央通りを抜け、最短距離で八号館を目指す。

小走りに玄関に続く階段を上がり、ロビーをななめに通って、廊下を奥に向かう。

教員室にたどり着いたところで、わたしは喉を湿らすように唾を飲み込んだ。やはり、ドアはわずかに開いていた。

ドアノブに手を伸ばし、忍び込むように室内に足を踏み入れる。鼻で浅い呼吸を繰り返しながら、わたしは衝立の向こうにゆっくりと回り込んだ。

ああ、と声が出そうになった。

あの時と同じように、こちらに足を向けた姿勢で、本田が床に倒れていた。

『とりあえず、この時点ですでに死んでいたことが判明したな』クロトは声色を変えずに、淡々と喋っていた。『すぐに情報収集を始めるんだ』

『……手伝ってくれない？』

『それは無理だ。オレはこちらの世界に直接干渉することはできない』

『じゃあ、せめて室内を見て回るとか……』

『それも無理だ。オレは、お前の見ている映像を通して情報を得ている。お前が目を背けてしまったらどうしようもない』

わたしはふう、と息をついた。

『あんまり気が進まないけど。できる範囲でなんとかやってみる』

できないことがあれば、体が勝手に拒否反応を起こすだろう。あれこれ考えずに、思いつくままに動けばいい。

オリジナル周のわたしは、すぐに本田の脈を確認したが、死んでいると分かってしまうと、もう部屋を調べるどころではなくなる。死亡確認は先送りにした方が無難だ。

わたしはまず、本田の周囲に視線を向けた。

まっすぐ伸ばされた本田の右手、その指先から五〇センチほど離れたところに、ブロンズ製の置物が転がっている。一辺二〇センチほどの台座から、テニスラケットの柄とほぼ同じ太さの棒がまっすぐ伸びていて、その上に巨大な昆虫が乗っている。

実はこの昆虫は、ワモンゴキブリだったりする。二十年ほど前、ウチの研究室が世界で初めて、ワモンゴキブリの性フェロモン成分の不斉《ふせい》合成に成功した。それを記念してこの像を作成したそうだ。栄光を称えるのは結構だが、作っていいものと悪いものがある。当時の教授はかなりの変わり者だったようだ。

それにしても、どうしてこの像が床に落ちているのだろう。学生受けの悪いこのオブジェは、ずっと教授の机の上に置かれていたはずだ。

屈《かが》んで手に取り、ブロンズ像をひっくり返してみると、台座の角に赤いものが付着していた。断定はできないが、どうやら血液らしい。横目でうかがうと、本田の後頭部、つむじとうなじの真ん中辺りに血が付いているのが見えた。

『もしかして、このブロンズ像が頭に当たって、それでこうなったのかな』

『位置的にはそう見えるな。だが、その像が自然に落下して、たまたま床で寝ていた本田の後頭部を直撃した、というのは無理がありそうだ』

ブロンズ像の全高は六〇センチほどで、かなり重い。五キログラム以上はあるのではないだろうか。多少の衝撃で動くようなシロモノではない。

『……殺人事件だって言いたいの？』

『十分ありうるだろう。相手に心当たりはあるか』

『わたしの知る限り、本田に恨みを抱いてそうな人はいないけど』

『なら、判断は保留だ。犯人がいてくれた方がやりやすいと思うがな』

『犯人を捕まえれば本田は助かる……ってこと？　理にはかなってるけど、わたしとしては、そうじゃないことを祈りたい』

わたしはブロンズ像を落ちていたところに戻し、教員室の検分作業を再開した。

ソファーの前に置かれたテーブルに、A４判のコピー用紙が数枚置いてある。不要になった資料の裏を利用したメモ用紙らしい。

一番上に、癖が強い本田の字で、『18：40　０１０を飲』と書かれていた。何かのメモのようだが、文章は途中で途切れ、上から二本線で消されていた。

そのすぐ下に、『19：00　０１０を飲む。舌触りは滑らかで、ほとんど無味』と書いてあり、行を開けて、『19：10　ダルさを感じる』と続いている。

『……なにこれ。あいつ、ここで何をやってたんだろ』

『０１０、というのは何だ』

『わたしにも分からない。でも、無味って書いてあるってことは、薬か何かを飲んだんじゃないかな。それっぽい痕跡もあるし』テーブルには水の入ったペットボトルと、二つ折りになった空の薬包紙が載っている。『あ、いいものがあるよ』

ヒントを探そうと、テーブルの隅に置いてあった、本田の携帯電話を手に取った。メールを見ようとしたが、操作の途中で手が動かなくなった。さすがにそれは不自然すぎる行動だと判断されたらしい。

ならばと、発信履歴と着信履歴を確認してみると、こちらは大丈夫だった。どうやら、「操作ミスでボタンを押してしまう」という行為は許容されるようだ。スクロールはできないが、履歴を一瞬確認することはできた。

『なんて書いてあったか読めた？』

『ああ。こちらで時間を止めて確認した』

『え、そんなことができるの』

『映像解析のようなものだ。お前の視野に入っていれば、脳が理解していなくても情報を得ることができる。画面には、五件分の着信履歴が出ていた。一番新しいものは、十三日の夜、午後十時五十五分。相手の名前は高村悠真。知っているか』

『……同じ研究室の、四年生の男の子だけど』仔犬《こいぬ》に似た、高村くんのあどけない顔が脳裏に浮かぶ。『普段から連絡を取り合ってると思うし、何か用事があって電話したんじゃないかな』

『そいつが本田と会話していれば、その時点では確実に生きていたことになるな』

『そうだね。一つ、取っ掛かりができたみたい』

軽く頷いて立ち上がり、ぐるりと室内を見回してみた。

背の高いファイルキャビネット、幅の広い事務机、向かい合わせに置かれた黒い革製のソファー。特に目に付く異常はない。

とりあえず、現時点で分かることはこれくらいか。わたしが医学部の学生だったら、ざっとした死亡推定時刻くらいは出せたかもしれないが、農学部なのでどうしようもない。

『こんなところだと思うよ』

『そうか。そろそろ、未来のお前が本田の死に気づく頃だな。これ以上続けても意味がないから、いったん外に出る』

瞬きをする間に、室内の景色が黒く塗りつぶされていた。例の漆黒の空間にまた飛ばされたようだ。

わたしは再び姿を見せたクロトに、「これで、一周目は終わり?」と声を掛けた。

「そうだ。二周目を始める前に、戻る時間を指定する必要がある。時間帯は、十三日の午後七時から十四日の午前七時までの間。戻れるのは、オリジナル周と、直前にシミュレーションしていた周のどちらかだ。今なら一周目になるな」

「戻ったら、オリジナル周と、一周目はどうなるの」

「オリジナルはただのコピーだから、消えることはなく、何度でも使える。だが、直前の周のデータは、引き継いで改変することはできるが、保存は不可能だ。とりあえず残しておいて、複数のデータを比較していいものを選ぶ、という使い方はできない。そのつもりでいろ」

「……つまり、データの保存領域は、オリジナルのコピーと、改変をやっている周の二ヶ所しかない、ってことだね」

「その理解でいい。ああ、それから、改変に挑戦できる回数は、最大で十回だ。やり直しの際、オレはお前の魂魄からいったん離れて、アカシック・レコードにアクセスする。何度も出たり入ったりすると、魂魄に対する負担が大きくなりすぎる。救おうとしている魂を汚したら本末転倒だ。だから、上限数が決められている」

　十回。それが多いのか少ないのか、わたしにはピンとこなかった。

「ついでに、シミュレーションの終わり方を説明しておく。お前が納得できるパターンが見つかった時点で、改変データをお前の魂魄に書き込む。それで未来改変は完了する。ただし、書き込みは一回しかできない。これも、魂魄への負担を考慮してのことだ」

「はあ、だいたい分かりました」

「さて、それを踏まえた上で、何時に戻るか決めなければならない。もちろん、最初の時間――オリジナル周の、十三日の午後七時に戻ることもできる」

「うーん」わたしは唇に指先を当てて、首をかしげた。「でも、そこに戻っても、大学に行く理由はないんだよねぇ」

「なければ作ればいい。本田に電話をかけてみたらどうだ」

「でも、普段から電話で話すような関係じゃないし……」

「間違えてかけた、という形を取ればいいだろう。アドレス帳、あるいは履歴に残っている番号をうまく使え」

「あ、なるほど。それならなんとかなるかも」

クロトはさくさくと方針を決めて、わたしに近づいてきた。

「手を出せ。次のシミュレーションを始めるぞ」

「ちょっと待って」わたしは手を上げて、クロトを立ち止まらせた。「まだ、タイムリミットじゃないんでしょ。もう一回、教員室に戻して」

「何か気づいたことがあるのか」

「そういうんじゃないけど。なんていうのかな。所信表明?」

「……よく分からないが。あまり無駄な時間は使いたくない。手早く終わらせてくれ」

「うん。一分も掛からないから」

「分かった。終わったら、すぐに次に行くからな」

クロトが姿を消し、同時に重力が戻ってきた。

目と鼻の先に、本田が倒れている。

少しためらってから、そばにしゃがんで、床に投げ出された本田の手を取った。

ごつごつと節が目立つ手。こうして手を握ったのは、高校三年の文化祭でフォークダンスを踊って以来のことだった。

目を閉じると、晩秋の青空がまぶたの裏に広がる。わたしはあの時、どんな顔をしていいか分からなくて、ずっと空を見上げていた。それでも鼓動はごまかしようがなくて、触れ合ったところから気持ちが伝わっていたらどうしよう、なんてことばかりを考えていた。我ながら、どうしようもなく不器用だったと思うが、本田はなんでもない様子でわたしの手を握っていた。

わたしは小さくため息をついた。

当時、わたしを戸惑わせた温かい手は、今はすっかり冷たくなってしまっている。

その温度には、明確な死の気配が満ちている。二度と温もりを取り戻すことはないのだと、人間としての本能がわたしに強く訴えかけてくる。

もしこれが現実になったとしたら、本当に本田が死んでしまったら、切なさに彩られたあの記憶が、最後の触れ合いとして永遠に心に刻まれることになる。

——そんなの、絶対に嫌だ。

『うん。いま決めた』

わたしは心の声で本田の背中に呼び掛けた。

『無事にバレンタインデーの朝を迎えることができたら、手作りチョコをあげる。だから……お願いだから、生きて待っててよ』

両手で本田の手をぎゅっと握った時、心の中に小さな火が灯《とも》ったような気がした。

二周目

(1)――通話と駆け引き――

リビングのドアが開く音が聞こえた。すぐに、「いやあ、きれいなトイレでした」と言って、沢井くんが部屋に入ってくる。今度は、デジャヴのような曖昧な感覚ではなく、はっきり過去を――正確には、一度体験した未来を――繰り返しているんだな、と認識できた。本当の意味での、未来改変が始まったのだ。

わたしは沢井くんがソファーに座ると同時に立ち上がり、「ちょっとごめん」と断って、自分の部屋に向かった。一刻も早く、本田に電話をしなければならない。

ドアを閉め、机の上の携帯電話を手に取ると、アドレス帳を開き、ア行から順に画面を切り替えていった。八行。本田の名前が一番下に載っているので、それを選ぶ――つもりだったが、急に指が動かなくなった。どうも、本田の電話番号を表示させることを「わたし」は不自然な行為だと認識しているらしい。

……いや、不自然というより、単純に怖がっているだけなのかもしれない。

うっかり電話をかけてしまい、しかも特に用がない、となれば、本田は違和感を覚える。そこから自分の気持ちを気取《けど》られるのを恐れているのだ。

本田がそこまで敏感ではないと知っているのに、それでもおいそれと電話番号を表示できない。自分自身の、野生の猫のような用心深さにため息をついた時、玄関のドアが開く音がした。未来子さんが帰ってきた。

食事の準備を、と部屋を出ようとしたところで、視界が真っ暗になった。またあの奇妙な空間に飛ばされたのだ、とすぐに気づく。

「電話は失敗だな」クロトが、滲み出るように姿を現した。「次の手を考えなければならない」

「そうだね。とりあえず、このまま進めて、なんとかチャンスを見て電話をしてみる」

「いや、それは効率が悪い。大した変化もないのに、ダラダラ同じ時間帯を繰り返すのはオレの趣味じゃない。別の方法を考えろ」

考えろ、と来ましたか。態度のでかさにげんなりしてしまう。アドバイザーというより、傲慢な教師を相手にしているような気分だった。

もう少し柔らかい言葉遣いに変えてもらいたいところだが、言って聞いてくれる相手ではなさそうだ。余計なことを考えるのをやめ、新たな方針を探すことにする。

「……とにかく、大学に行くってことを最優先にするべきだよね。でも、沙織ちゃんとのチョコ作りがあるし、そのあとはもう、お風呂に入って寝ちゃうだけだし。チャンスがないんだよね」

「高村に電話をしてみたらどうだ。そいつは、午後十時五十五分に本田に連絡を取ろうとしていた。何か、手掛かりが得られるかもしれない」

「間違って通話ボタンを押した、っていう体裁で、だよね」

「用事がないなら、その手を使うしかないだろう。他に案があるなら言ってみろ」

「いや……それは、特には思いつかないけど」と、わたしは上目遣いに答える。

「なら、オレの意見に従ってもらおう。その近くまで時間を飛ばすぞ」

「飛ばしてる間って、わたしはどうしてるの？」

「こちらが手を加えなければ、お前は最も自然な動きをする。この程度の変化なら、オリジナル周とほぼ同じ状況になるだろう」

クロトがまたわたしの手に触れると、間を置かずに、暗闇が白い光に塗り替えられた。どうやら、接触が時間移動のキーになっているようだ。

ぱちっと目を開くと、わたしは全裸で湯船に浸かっていた。

『わあ！』慌てて両手で胸を押さえた。『ど、どうなってるのこれ！』

『ここはお前のマンションの浴室だ。この時間帯、お前は風呂に入っていた』と、クロトは抑揚のない声で状況説明をする。

『そういうことは、遡る前に言ってよ！』

三歳の子供ならともかく、わたしは立派な成人女性の一員だ。夢の中とはいえ、男性に裸を見られて平気なわけがない。

ところがクロトは『慌てなくても大丈夫だ』と、冷めた声音で言う。『言ったはずだ。オレはお前の視界を通して世界を見ている。お前が目を逸《そ》らせばそれで済む』

『あのね、見る側の理屈は関係ないの。わたしがどう思うかが問題なわけ』

と言いながらも、わたしはしっかり目を閉じて、顎の先まで体を浴槽に沈めた。

『オレは人間の裸体を見ても何も感じない。お前たちは犬猫を見て、いちいち欲情するのか？　ありえないだろう。それと同じだ。そんなことより、早く風呂から出るべきだ。電話をかけるためにこの時間に移動したんだからな』

そうだった。クロトに恥じらいの概念を講義している場合ではない。わたしは浴室を出て、不自然にならない程度に、なるべく自分の体を見ないように下着を身につけた。

洗面所を出ると、目の前がわたしの部屋になっている。部屋に入り、机の上の携帯電話を手に取る。画面を開いて時刻を確認すると、「22：52」と表示されていた。濡れた髪をバスタオルで拭きながらしばらく待ち、五十五分になったところで携帯電話のアドレス帳を開いた。

「さーって、たまにはデータ整理でもしようかな」

わざとらしく言っておいてから、「タ」行のページを表示する。高村くんの名前は一番上。本田の時はここで指が止まったが、今度は何の問題もなくプロフィール画面を表示できた。そこまで本田のことを意識していたのか、と思うと恥ずかしくなった。なんというか、自分の気持ちの持ちようをまざまざと見せつけられたような感じだ。自意識過剰もいいところだ。

いや、今はそのことはおいておこう。わたしは自己分析の結果を心の奥深くに沈めてから、「あ、間違った」と呟いて通話ボタンを押した。

ここまでは問題ない。慌てて切ってしまわないように、『間違えてかけたことを説明しなきゃダメだよね』と心の中で理由をつけて、携帯電話を耳に持っていく。

数回のコール音のあと、ぷつっと小さな音が聞こえた。よし、繋《つな》がった。わたしは姿勢を正し、気持ちを落ち着けるために軽く咳払いをした。

「も、もしもし、高村くん？」

「ああ、はい。珍しいですね、電話なんて。何かあったんですか」

「いやあ、アドレス帳の整理をしてたら、手が滑っちゃって」

「ああ、たまにありますよね、そういうこと」

あれ、とわたしは妙なことに気づく。高村くんはまるで周囲を気遣うように、ヒソヒソ声で受け答えをしている。

「どしたの。なんだか小声だけど。電車に乗ってるの」

「いや、そうじゃなくて……近くに寝てる人がいるんで。ちょっと待ってもらえますか。今、部屋の外に出ます」

『ここだな』

クロトの声がしたのと同時に、度の合っていないメガネを掛けた時のように、リビングの景色が一瞬でぼやけてしまった。

『わ、なにコレ。どうなってるの』

『落ち着け。時間を止めただけだ』

だけ、と言っていいレベルなのだろうか。いろんな物理法則に反している気がするが、シミュレーションだから可能なんだろうな、と納得することにした。

『いま高村は、「近くに寝てる人がいる」と言ったな。それが本田である可能性を挙げて、会話をうまく誘導するんだ。言葉は行動ほどには制限は掛からない』

『なるほどね。無理やりにでも、自分がしたい話題に繋げればいいんだね』

『そういうことだ。それじゃあ、動かすぞ』

ぷち、という微かな音と共に視界がクリアになり、体の自由が戻ってきた。そこですかさず、「まさか、寝てる人って、本田じゃないよね」と高村くんに突っ込んだ。

「え、あれ？　どうして知ってるんですか」

「いや、知らないけど」わたしは思わず拳を握り締めた。ビンゴだ。「もしかして、本田のそばにいるの」

「そうなんですよ。ちょっと……その、色々ありまして」

高村くんに感謝したくなった。彼は嘘がつけないタイプで、ごまかそうとする時はたいてい、こういう曖昧な物言いをする。一〇〇％浮気がバレるタイプだ。

わたしは「色々って、どういうこと？」と畳み掛けた。

「い、いやあ、それは僕の一存では……」

高村くんは相変わらず歯切れが悪い。ますます好都合だ。

「ふーん。で、高村くんは今どこにいるわけ」

「どこって……その、大学ですけど」

「それなら、別に隠す必要ないじゃない。……なんか怪しいなあ。近くに本田がいるんなら代わって。直接訊くから」

「いやあの……その、すみません、勘弁してもらえませんか。起こしたくても起こせないんですよ」

困惑してはいるものの、高村くんの口調は普段とあまり変わらない。どう考えても、死体のそばで話しているテンションではない。

本田はまだ生きている。そう思うと、湯冷めし始めた体とは反対に、心はほかほかと温かくなってきた。

だが、まだ本田の死を防いだわけではない。未来を変えるのはこれからだ。

「ねえ、高村くん。教えてほしいんだけど。ぜ――」
０１０、と言おうとした途端に声が出せなくなった。そうだった。この時点のわたしがその名前を知っているはずがない。
「何か言いましたか」

わたしの不自然な態度に、高村くんが怪訝な雰囲気を醸し出し始めている。まずい。なんとしても情報を引き出さなければ。

『ちょっと止めて！』

わたしは映画監督さながらの台詞《せりふ》を心の声で叫んだ。それに呼応して、部屋に水を満たしたかのように、辺りの景色がぼんやりと滲んでいく。

『どうした。作戦会議か』

『うまくいってるからこそ、慎重に、ね。とりあえず、今の会話で、本田が生きてるってことが分かったよね』

『高村が嘘をついていなければ、だがな。信用できる人物なのか』

『本田の下で実験を学んでるから、わたしと深い付き合いがあるわけじゃないけど、それでも、人を殺して冷静でいられるような性格じゃないってことは断言できるよ』

『そうか。……大学にいると高村は言っていたな。そして、近くに本田もいる、と。それ自体は不自然ではないのか』

『今日は日曜だけど、この何ヶ月か、二人は休みの日も大学に来てたみたい』

『なるほどな。「010」というキーワードを知っている可能性はあるな』

『わたしもそう思う。でも、その単語は口にできなかったよ』

クロトは『ふむ』と呟いた。

『お前は、どちらかと言えば、好奇心が強い方か』

『急にどうしたの。精神分析？』

『そんなところだ。どう思う。客観的に自己分析してみろ』

『そうだね……強いかって訊かれたら、強いと思う、って答えるかな。この歳まで勉強を続けるくらいには』

『それなら、鎌を掛けてみればいい。狙っている単語に繋がりそうな質問をぶつけるんだ。曖昧な答えを言ったり、妙なはぐらかし方をしたら、お前は興味をそそられるはずだ。そうすれば、大学に行って、高村を問い詰めたくなるかもしれない』

『つまり、自分で動機を作り出すってことだね。うん。試してみる価値はありそう』

『方針はそれでいいな。うまくやれよ』

時が動き出すと共に、視界が元に戻る。わたしは慌てずに会話を再開する。

「あのさ、高村くん。大学にいるって言ったけど、どこで本田は寝てるのかな。第一実験室？　第二実験室？　まさか――」少し間を開けて、「教員室じゃないよね」と続けた。

「え、いや、その。そうなんですけど」

「なんで？」わたしはさらに切り込んだ。「さっさと家に帰ればいいのに」

「いや、これにはちょっとした理由がありまして。僕は止めたんですけど、本田さんがどうしても、って言うもんですから」

「ちょっとした、じゃ分かんないよ。もっとちゃんと教えてよ」

「いや、それは……。やっぱり、僕の口からは言えないです」

「ふーん。それならいいよ。本田に教えてもらうから。じゃあね」

わたしはあえて突き放すように言って、通話を終わらせた。高村くんが困り果てている顔が浮かぶ。ごめんね、と心の中で謝罪した。

『展開的にはこれで大丈夫だと思うけど……』

不安を顔に出さないようにしながら、椅子の背に掛けてあったジーンズを手に取る。特に問題なし。ごくりと唾を飲み込んで、慎重に片足を通してみる。

――うん、ちゃんと穿《は》ける。

さっきの電話のお陰で、わたしの中に「大学に行く」という選択肢が生まれたのだ。

間髪入れずにセーターを着て、コートを羽織る。これで外出の準備は整った。

『どうやら、うまく好奇心を刺激できたようだな』

頭の中に響いてくる声に、『うん』と頷いた。『近くに住んでてよかったよ。普通なら、明日の朝まで待つところだよね』

『外に出るのなら、腕時計をした方がいい。好きなタイミングで時間を確認できる』

『了解了解』

クロトの助言に従って、腕時計を左手首に巻きつけてから部屋を出た。

と、そこで隣の部屋のドアが開き、未来子さんがひょいと顔を覗かせた。

「あれ、どうしたの。コンビニにでも行くの」

「いえ、違うんです。ちょっと大学に行ってきます」

「こんな時間に？　なにしに？」

「さっき高村くんと電話で話をしたんですけど、研究室でトラブルが起こってるみたいなんです」

「……ふうん、トラブルねえ。宗輔もいるのかな」

「たぶん」

「……そう。あいつ、もしかして……」

未来子さんは何かを言いかけて、「まあいいか」と途中でやめてしまった。

「どうせ近いし、奈海ちゃんが行くっていうなら止めはしないけどね。ただ、こんな時間だから、チカンとかには気をつけてね。何かあったら電話して」

未来子さんはふわあとあくびをして、ドアを閉めようとした。

わたしはそこで、リビングに携帯電話が置きっぱなしになっていたことを思い出した。

「未来子さん、ケータイ、ちゃんと手元に持ってます？」

「ん？……言われてみれば、しばらく見てない気がする」

「ちゃんと持っておいてくださいね。じゃないと、電話しても意味ないですから」

「そうだね。……うん、たぶんリビングだ。ちゃっちゃと回収しとくよ」

「それじゃ、ちょっと出てきます」

わたしは未来子さんがリビングに入ったのを見届けてから、一人で玄関に向かった。

（２）――そして悲劇は起こる――

マンションのエントランスを出ると、わたしを歓迎するかのように、あちこちから強い風が吹きつけてきた。マフラーをし忘れたので、首元が寒くってしょうがない。

わたしは寒さから逃れるように小走りで路地を駆け抜けて、農学部キャンパスに飛び込んだ。

一周目は早朝に大学にやってきたが、こんなに遅い時間に大学に来るのも初めての経験だった。なんとなく、背徳的な行為に手を染めている気分になってくる。

襟元から忍び込んでくる風に辟易《へきえき》しながら、背中を丸めて中央通りを通り抜け、大イチョウを横目に見つつ、普段と同じルートで八号館にたどり着いた。一階の左端に目を向けてみると、教員室、第一実験室、両方とも明かりがついていた。

わたしは玄関前の短い階段を上がり、自動ドアの前で時刻を確認した。「23：19」。そのまま八号館に入り、ロビーを素通りして廊下に足を踏み入れる。すると、左右にジグザグに並べられたロッカーや冷蔵庫や本棚の向こう、廊下の一番奥に、白衣を着た小さな人影が見えた。高村くんだ。

近づいていくと、彼はあわあわと両手を上げてわたしの前に立ちふさがった。

「ホントに来ちゃったんですか」

「電話で言ったじゃない。本田に直接訊くって。あいつ、教員室にいるんでしょ」

「いや、あの、そうなんですけど。でも、今はまずいですよ」

『怪しいな』と、クロトが訝《いぶか》しげに言う。『部屋に踏み込むべきだ』

『もともとそのつもりだし』

廊下に立ち竦《すく》む高村くんを強引に押しのけて、教員室のドアを二回、拳を叩きつけるようにノックした。

「ちょっと、中にいるんでしょ！」

廊下に響き渡るほどの大声で呼び掛けてみたが、返事はない。白《しら》を切るつもりだろうか。ならば、とノブを摑んだが、ドアには鍵が掛かっていた
「高村くん。ここの鍵は？　本田が持ってるの？」

「いえ、僕が持ってますけど」

「貸して」

高村くんはためらう様子を見せていたが、わたしがキッと睨むと、すぐに教員室の鍵を差し出してくれた。学生が部屋に入る時に使う、共用の鍵だ。それを使ってロックを外し、教員室に乗り込む。

わたしはなるべく慎重に歩を進め、恐る恐る衝立の向こうを覗き込んだ。

ふうっと、安堵の吐息が漏れた。

本田は床ではなく、ソファーに横になっていた。寝ているのだろう。肩の辺りが規則的に上下しているのが確認できる。

ちゃんと生きている。それだけのことで、わたしはほとんど泣きそうになっていた。

『生きてるな』

クロトは感動をぶち壊すほどの冷静さを保っていた。

『……だね。これで未来改変は成功？』

『いや、まだ分からない。死因そのものを回避したわけじゃないからな。ただ、お前

が朝まで一緒にいるつもりなら話は別だが』

『そんなことできるのかな』

『不可能じゃないだろう。男と女なんだ。一夜を共に過ごすこともある』

耳の先端が熱くなるのが分かった。わたしは浮かんできた空想を呼吸と共に吐き出し、『変なこと言わないで』と返してから、本田の肩に手を掛けた。一緒にいるかどうかはともかく、このまま教員室で寝かせておくのはよくない。

「ねえ、こんなところで寝てたら風邪引くよ」

「う……ううむ」と、本田がうめき声を上げげた。左手でごしごしと雑に目をこすり、ナマケモノのようにゆっくりと体を起こす。

「……なんかヘンだよ？　大丈夫？」

わたしの声に反応して、虚空を眺めていた本田の両目がこちらを向いた。明らかに目付きがおかしい。とろんとしていて、焦点が合っていない。

「あれ……浅野じゃないか」

うつろな表情で呟くと、本田はおもむろに立ち上がり、初めて歩いた幼児のような足取りでこちらに近づいてきた。

「好きだ」

「はあっ？」わたしは後ずさりながら訊き返す。「今、なんて言ったの」

「……お前のことが好きだ。大好きなんだ」

え？　え？　いきなり何を言い出してるわけ？

「浅野……俺はお前を愛してるんだ……。だから——」

本田は譫言《うわごと》のように愛の言葉を繰り返して、わたしに抱き付こうとした。

「や……やだっ！」

頭の中が真っ白になっていた。

わたしは、反射的に本田の肩を押し返した。

軽い手応え。抵抗はほとんど感じなかった。

わたしの目の前で、本田の体が、ドミノのようにすーっと後ろに倒れていく。

受け身を取ることさえせずに、本田はテーブルに後頭部を激しく打ち付けた。熟れたスイカを地面に落とした時のような音に、わたしは思わず顔をしかめた。

それきり、辺りは静寂に包まれた。

心臓がひどく高鳴っているのに、頭はちっとも働いてくれない。何が起こっているのか、さっぱり理解できない。

思考停止状態のまま視線を下方に向けると、床に仰向けになっている本田の姿が目に入った。その右手が、小刻みに痙攣《けいれん》している。

はっと我に返り、本田を助け起こそうとした時、視界の隅を赤色が掠《かす》めた。弾かれるように顔を上げると、テーブルの角、本田が頭をぶつけたところに、わずかに血液が付着していた。

「ど、どうしよう……」

呟きを漏らして、わたしは床に座り込んだ。

『落ち着け。すぐに救急車を呼べば、まだ助かるかもしれない』

クロトの声は相変わらず冷静で、そうするべきだと思ってはいたのだが、体が全く動いてくれなかった。浅く、激しくなっている呼吸をコントロールすることすらできない。

きゅう、とドアが開く音が聞こえ、高村くんが衝立の向こうから顔を覗かせた。

「何か、大きな音がしたような——」そこで、彼の視線が本田を捉えた。「うわっ！　どうなってるんですか、これ！」

「ち、違うの。本田が急に抱き付いてきたから……」

「と、とにかく、救急車を呼びます！」

慌ただしく教員室を出て行く高村くんの背中を見送って、わたしは本田の顔に視線を戻した。

いつの間にか、本田の鼻の穴から、さらさらとした血が流れ出ていた。冗談みたいに真っ赤な液体が、頬を伝って次々と床にこぼれていく。本田の耳の周りには、すでに小さな血溜まりができていた。

――なに、これ。

床に赤く広がった楕円《だえん》を見た瞬間、体から急激に力が抜けた。

わたしは横向きに床に倒れ込んだ。衝撃はあったが、不思議と痛みは感じなかった。

目を開けているのに、視界がどんどん暗くなってくる。

また、クロトがわたしを別の世界に連れていこうとしているのかな――。

そこまで考えたところで思考が途絶え、わたしは意識を失った。


次に目を覚ました時、わたしは教員室のソファーに寝かされていた。

体を起こそうとしたところで、「大丈夫か、浅野」と声を掛けられた。横になったまま顔だけを向けると、向かいのソファーに川上くんの姿があった。

「どうしてここに……」

声を出した瞬間、ずきん、と頭に痛みが走った。こめかみに手を当てると、こぶになっていた。

「未来子さんから連絡があったんだ。浅野の面倒を見ててくれ、ってな」

「……未来子さんは？」

「高村と一緒に、病院に行ってるよ。本田の付き添いだ」

ソファーの肘掛けを摑んで起き上がり、わたしは川上くんと向かい合った。坊主頭に、がっしりした顎。彼はよく訓練された兵士のような、精悍《せいかん》な表情を浮かべていた。

「本田は……どうなったの」

「詳しくは聞いていない」川上くんは視線をテーブルに落として、顎の先に生やした髭《ひげ》をつまんだ。「電話をかけまくっても邪魔になるだけだしな。浅野が目を覚ましてから、連絡しようと思ってたんだ」

そう言って、川上くんはソファーから立ち上がり、教員室を出て行った。わたしは左手に巻いた腕時計に目を落とした。「01：08」。すでに日付が変わっていた。

『おい』ふいに頭の中にクロトの声が響く。『今の男は誰だ』

『川上くんは、わたしの同級生だよ。ウチの研究室に所属してる』

『どうしてそいつがここにいるんだ』

『たぶん、近くに住んでるから呼ばれたんだと思う』

クロトとやりとりをしていると、教員室のドアが開き、川上くんが戻ってきた。その手には、真っ黒な携帯電話が握られている。

「連絡ついた？」

「……ああ」川上くんは深いため息をついて、わたしの顔から目を逸らした。「処置は終わったそうだ」

「じゃあ――」

大したことなかったんだね。口にしようとしたフレーズを打ち消すように、川上くんは言った。

「助からなかったそうだ」

川上くんは沈痛な面持ちでソファーに座り、「脳内出血が相当ひどかったらしい」と独り言のように呟いて、教員室の天井を見上げた。

「……畜生。なんでこんなことに……」

何も言えずに、わたしはソファーの背もたれに体を預けた。膝に置いた自分の手が震えていた。

本田が……命を落とした。死を回避することができなかった。オリジナルの未来と同じように、頭部を強打して死んでしまった。

そして、その犯人は……わたし自身だ。

わたしが、この手で本田を殺したのだ。

取り返しのつかないことをした、という喪失感が全身を覆っていた。涙は出なかったが、胃の辺りに、何十本もの針で刺されたような鋭い痛みがあった。

心が悲鳴を上げているみたいだな、思った瞬間、周りの風景と痛みが同時に消えた。

わたしは再び、闇の世界に戻ってきた。

「失敗だな」クロトは苛立《いらだ》った様子で、吐き捨てるように言った。「別のやり方を考える必要がある。あるなら案を出せ」

「……ちょっと待ってよ。今は、何も考えられないよ」

クロトはわたしを見下すような、冷たい視線をこちらに向けた。

「落ち込む必要はない。またやり直せばいいだけだ」

「無理だよ。いくらなんでも、そんなに簡単に切り替えられない」

遺体を目の当たりにした時より、今回の方が衝撃が大きかった。さっきのは、れっきとした殺人だったのだ。せめて、気持ちが落ち着くまでは待ちたかった。

しかし、クロトはわたしの気持ちを忖度《そんたく》することもなく、「途中まではうまくいっていた。二周目をベースにやり直すべきだな」と、勝手に話を進めている。

「待ってって言ってるでしょ！」わたしは両手を広げて、頭を左右に振った。「こんな気持ちじゃ、まともに動けないよ」

「甘えたことを言うな。オレは忙しいんだ。さっさと次に行くぞ」

「どうしてそんなに急ぐわけ？　このシミュレーションって、一秒にも満たない時間なんでしょ」

「違うな。オレは、お前たちとは別の時の流れの中にいる。こうしている間も時間が経過している」クロトはどこか遠くを見るように、視線を上方にずらした。「オレたちは、何人助けたかで評価を受ける。一人の人間にかかずらっている暇はない」

「そっちの事情は分かりました」居丈高な態度は気に入らなかったが、反論してもクロトの神経を逆撫でするだけだ。「でも、その前に、作戦会議っていうか、ちょっと考えなきゃいけないことがあると思う」

「なんだ。言ってみろ」

「告白。教員室に入った時、本田がわたしに告白してきたでしょ」

「大したことじゃない」とクロトはそっけなく言う。「欲情したんだろう」

「そういう露骨な言い方って、どうかと思うけど……っていうか、それはないと思う。だって、あいつとは昔から一緒にいるんだよ。急に態度が変わるなんて、絶対変だよ」

「メモの内容を思い出せ。本田は薬を飲んでいた。その影響で、夢と現実の区別が付いていなかったんだ。こうなった以上、本田への接触は避けた方が無難だな。殺してしまっては元も子もない」

「……そうだね」

寝ぼけて告白してきたってことは――。その先を考えたい気持ちはあったが、今は未来を変えることに集中しなければならない。

「二周目、大学に到着したところからやり直す。今度はうまくやれ」

その命令口調、なんとかならないの。出かかった言葉を呑み込んで、わたしは頷いた。

クロトは表情を変えずに、わたしの手に触れた。時間移動のために必要な行為なのだろうが、金属のようにひんやりした感覚にはなかなか慣れない。

わたしは目を閉じて、自分の行動のどこに問題があったのか考えながら、二度目の時間跳躍が始まるのを待った。

三周目

（1）――ココロを動かす化合物――

止まっていた体が唐突に動き出す。わたしは廊下を早足で歩いている。一〇メートルほど先に、高村くんの姿がある。「23：20」。腕時計で、教員室に乗り込む前の時間に戻ってきたことを確認した。

「ホントに来ちゃったんですか」

「様子がおかしかったからね。本田はまだ教員室？」

「ええ、いるにはいますけど。でも、話はできないですよ。寝てますから」

さっきは強引に突破したが、今度は高村くんの前で立ち止まり、仁王立ちの姿勢を取った。彼はわたしより少し背が低いので、自然と見下ろす形になる。

「寝てるって、どうしてわざわざここで寝るわけ。本田の家、歩いて十分のところにあるじゃない」

休みの日にこっそり見に行ったことがあるから知っている。本田は、根津《ねづ》神社の近くにある、古ぼけたアパートに住んでいる。

「それはそうなんですが……」

「高村くんに実験を押し付けて、一人で仮眠を取ってるとか」

「いえ、そういうんじゃないんです。今は、実験はやってません」

「じゃあ、帰ればいいじゃない。高村くんが居残る理由はないでしょ」

そう指摘すると、高村くんは「その、万が一に備えて……」とうつむいた。

「万が一って、体調を崩してるって意味？　もしそうなら、病院に連れていかないとダメでしょ」

わたしは高村くんの脇を通って、教員室のドアの前に立った。

高村くんは「中には入らない方がいいです」と、弱々しい声で言う。「起こしてしまったら、とんでもないことになるかもしれないです」

「ずいぶん持って回った言い方をするんだね。そう言われると、余計に気になってくるんだけど。起こしたらどうなるのかな」

「それは……」高村くんがふらふらと視線をさまよわせる。「……どうしても、知りたいですか」

「そういう訊き方をされたら、誰でも『知りたい』って答えると思うけど」

わたしがそう答えると、高村くんは長いため息をついた。

「……分かりました。言います。その代わり、他の人には内緒にしておいてください」

「やけにもったいぶるね。分かった。約束する。誰にも言わない」

「じゃあ、立ち話もなんですし、実験室に行きましょう」

高村くんは試薬のシミが目立つ白衣の裾を翻し、第一実験室に入っていった。『とりあえず、このまま進めるよ』とクロトに断ってから、高村くんのあとを追う。

こっちの実験室に入るのは数日ぶりだったが、部屋の様子に、わたしは思わず、「汚いなあ」と口走ってしまった。第一実験室は本田と高村くんと沢井くん、第二実験室はわたしと沙織ちゃんと川上くん、という割り振りになっている。男の子たちだけで使っているせいか、片付けに対する意識は低いようだ。

「すみません。年末に大掃除をしたきりで」

高村くんは申し訳なさそうに言って、窓際の自分の席に向かった。机の上には、論文のコピーや有機化学の教科書や核磁気共鳴《NMR》測定のチャートが山積みになっている。絶妙なバランスで、かろうじて静止している、という感じだ。

今にも落ちそうだな、と思って見ていると、高村くんが椅子に座った拍子に山の上部が崩れ、紙の束がぱらぱらと床に落ちた。

「あ、やっちゃった」

「いいよ。わたしの方が近いから」

屈んで拾い上げようとして、授業のレポートが混ざっていることに気づいた。二年前に自分も受けた、実践科学講義のものだ。企業で研究者として働いている人が講演をする授業で、毎回レポートの提出が義務づけられている。

「……あれ？　これって、同じのが二つあるけど」

「ああ。課題の答えが分からないから、コピーさせてほしいって頼まれまして」

高村くんは照れたように笑っていた。彼は、頼まれたら嫌とは言えないタイプだ。この程度のお願いなら喜んで引き受けるだろう。

「狭くてすみません。そっちに座ってもらえますか」

「はいはい」

勧められて、わたしは隣の椅子に腰掛けた。本田の席だ。高村くんに他意はないとは思うが、なんだかくすぐったさを感じてしまう。

わたしは居住まいを正して、こほんと咳《せき》払いをした。

「じゃあ、その内緒の話、聞かせてくれるかな」

「はい。実は、僕たちは今、ある特別なプロジェクトに取り組んでいます。ただ、いきなり言っても信じるのは難しいと思います。まずは、この論文を読んでもらえますか」

高村くんは層状になった紙の山から、ホッチキスで綴《と》じられた書類を引っ張り出した。日本語で書かれた学術論文を印刷したものだ。タイトルは、『低分子ＨＩＶプロテアーゼ阻害剤とそのダブルドラッグのデザインと合成』とある。

ＨＩＶプロテアーゼ阻害剤はエイズの治療薬として使われている化合物だが、ウチの研究室の主な合成ターゲットは昆虫のフェロモンをはじめとする炭化水素系の物質がほとんどで、医薬品を合成することはない。

高村くんが個人的な勉強のためにコピーしたのだろうか、と思いながら、ざっと内容に目を通す。論文の内容は、HIVプロテアーゼ阻害作用がある二つの化合物を、リンカーと呼ばれる鎖状の構造で化学的に繋ぎ合わせ、投与後に体内で分解するように設計する、というものだった。分野的には、明らかに薬学の範疇《はんちゅう》に入る。

「これがどうかしたの」

「去年の十二月の初めに、本田さんからいきなりこの論文を渡されました。読み終わったら、次はこの資料を読むように言われました」

高村くんは机の引き出しからクリアファイルを取り出し、挟んであった資料を渡してくれた。今度は学術論文ではなく、どこかのウェブサイトの記事をまるまるコピーしたもののようだった。

そこには、フェネチルアミンという物質についての説明が載っていた。

――フェネチルアミンは、人間の脳内に存在する物質であり、神経伝達物質に構造が似ていることから、それらと同じように精神状態を左右すると考えられる。

フェネチルアミンは、ヒトが恋愛状態になった時、特に一目惚《ひとめぼ》れをした瞬間に大量に放出するとされており、恋を引き起こす物質と表現することができる。

フェネチルアミンは特別な物質ではなく、様々な食品、例えば、チョコレートやチーズなどに多く含まれている。このことから、バレンタインデーにチョコレートを贈るのは理にかなっているとも言える――。

　そんな内容が、非常に柔らかい、嚙《か》み砕いた表現で書かれていた。女性が読むようなサイトなのだろう、下の方には恋愛占いへのリンクが張ってあった。

「へえ、フェネチルアミンにこんな効果があるんだ。知らなかった」

　きっと、わたしが作ったチョコレートにもたくさん含まれているのだろう。

「ええ、僕も全然知りませんでした。ただ、フェネチルアミンは、人の体内では簡単に分解されてしまいます。なぜなら、体内にはそれらの神経伝達物質を分解する酵素があるからです」

「ふうん。そうなんだ」と、わたしは軽めの相づちを打つ。高村くんの話がどこに向かっているのか、いまいちピンと来ない。

「ということで、最後にこの資料をご覧ください」

　高村くんは同じクリアファイルから別の資料を引き抜いて、わたしに差し出した。今度は教科書か何かのコピーのようだ。

　そこには、モノアミン酸化酵素《MAO》阻害剤という種類の薬についての解説が書かれていた。

ＭＡＯは、主に脳内に存在する酵素で、その名の通り、モノアミンと呼ばれるいくつかの神経伝達物質を酸化分解する働きがある。ＭＡＯを阻害すると、通常は速やかに分解されるはずの神経伝達物質が壊れなくなり、結果的に脳内に過剰に蓄積されることになる。この作用を利用することで、パーキンソン病やうつ病など、神経伝達物質が不足している病気を治療することができる――そう書いてある。

「読み終わったよ」

「三つの資料を読んで、何か気づくことはないか、と本田さんは言いました。どうです。閃《ひらめ》くものがありませんか」

そう言われても、急には答えられない。軽く首をかしげると、高村くんはわたしの手の中の文献を順番に指差した。

「これらを組み合わせたらどうなるか、ということを想像してほしい――。本田さんが出してくれたヒントです」

「組み合わせる……」

なんだか、本田本人にクイズを出されている気がしてきた。わたしはいま読んだ資料に書かれていた内容を、頭の中で反芻《はんすう》した。

二つの薬物を化学的に結合させたものを投与し、体内で元の形に戻す、という技術が存在する。

フェネチルアミンは恋愛状態を引き起こすが、体内ですぐに分解される。ＭＡＯ阻害剤にはモノアミンの分解を抑制する作用がある。

それらを組み合わせる……。

「――あっ」わたしは思わず膝を打った。「ダブルドラッグだ！」

「そうなんです」

我が意を得たりと、高村くんが大きく頷いた。

「フェネチルアミンとＭＡＯ阻害剤を、適当な長さのリンカーで繋ぎ合わせる。その化合物を投与することで、酵素の阻害を引き起こし、フェネチルアミンの作用時間を延長する。それが、僕たちがやろうとしていることです」

「……ちょっと待って。それを摂取したらさ……フェネチルアミンの効果が思いっきり発揮されちゃう、ってことになるよね。壊れないいんだから」

「その通りです。それが狙いですので」

「そんなことしたら、恋愛状態になっちゃうじゃない」

「それでいいんですよ。なぜなら、僕たちは、惚れ薬の開発を行っているからです」

「惚れ薬ぃ？」突拍子もない単語に、つい声が大きくなってしまう。「そんなの、ありえな……」

わたしは言葉の途中で口を噤《つぐ》んだ。

普通の状態で、いきなり告げられたら、冗談か詐欺のどちらかだと断言するだろう。でも、わたしが読んだ三つの文献が、サイエンスの立場から、惚れ薬が現実に存在しうることを示唆している。ありえなくはない。

わたしは椅子の背もたれに背中を押し付けて、ふう、と息をついた。

「……なんていうか、ほとんど、マッドサイエンティストの領域だよね」

「僕だって最初はビックリしましたよ。惚れ薬――いえ、飲んだ人がメロメロになるわけですから、正確には『惚れさせ薬』と呼ぶべきかもしれませんけど、そんなものを現実に作ることになるなんて」

「でも、大丈夫なの、それ。メカニズム的には、脳内にアミン系の物質を突っ込むようなものでしょ。ドーパミンとかセロトニンとか、そういう神経伝達物質が過剰になったら、重篤な副作用が出る気がするけど」

「確かに、MAO阻害剤にはチーズ効果っていう副作用があるらしいです。チーズやワインには、チラミンっていう、フェネチルアミンによく似た物質が含まれてるんですけど、それとMAO阻害剤を一緒に摂取すると、チラミンが代謝されなくなって、血圧や心拍数が高くなるんです」

「ほら、やっぱり。じゃあ、今回作った惚れ薬も同じじゃない。フェネチルアミンが過剰になっちゃう。危なすぎるよ」

「大丈夫ですよ。その辺は抜かりはありません。ラットを使って副作用の有無を見てありますから」

「……ラット？」わたしは首をひねった。ウチの研究室では動物を一切飼育していない。「そんなのウチじゃやれないでしょ。どこでやってもらったの」

「それは……その……本田さんのお姉さんのところで」

「え、未来子さんも関わってたの」

「そうなんです。実の姉に頼みごとをするのは抵抗があったらしいんですけど、背に腹は代えられない、ってことで、毒性試験と薬物動態試験をお願いしたみたいです。お姉さん、結構乗り気になってくれて。今日も実験に来てくれてて、で、夕方にすべての評価結果が出揃《そろ》ったんです」

「……そうなんだ」

未来子さんが本田に手を貸していた、そのこと自体は不思議ではない。彼女はわたし以上に好奇心が強く、なんでも積極的に首を突っ込もうとする。惚れ薬の話を聞けば、嬉々《きき》として協力するだろう。

ただ、未来子さんがわたしに内緒でやっていたというのは、結構ショックだった。一人だけ蚊帳《かや》の外に置かれたようで、寂しさを感じてしまう。

「……あのさ。その、惚れ薬プロジェクト？　一体、何人でやってたの」

「少人数ですよ。言いだしっぺは本田さんで、僕がそれを手伝うことになって、今年になってから川上さんが加わって、最後にお姉さんが出てきた、って感じです。他の人には完全に秘密にしてました」

「……うそ。川上くんもやってたっていうの、ちょっと信じられないんだけど」

同じ研究室に配属になって、そろそろ三年になるが、川上くんはいつだって実験第一の生活を送っていた。

それにはある理由がある。

わたしの同級生には、藤村《ふじむら》という、ものすごく優秀な人がいる。なんでも、すでに論文を十報以上出しているそうで、ウチの大学だけでなく、化学界においても一目置かれる存在になりつつあるらしい。

公言しているわけではないが、会話の中にしょっちゅう名前が出てくるところを見ると、神がかり的な活躍を見せる藤村くんに対して、川上くんは一方的にライバル心を抱いているようだ。もちろん意識だけの問題ではない。藤村くんに負けないだけの成果を出すべく、彼は土日も欠かさず実験室に来ていた。それだけ実験をすれば当然休む暇はないわけで、浮いた噂《うわさ》などは一切聞いたことがない。

そんな川上くんが、惚れ薬プロジェクトなんてものに参加していた。意外としか言いようがないが、修士論文もでき上がっているし、時間的な余裕はある。それに、本田と川上くんは、大学入学以来の友人同士だ。本田に強引に誘われたと考えれば、なんとか納得できなくはない。もっと他にやることがあるだろう、とは思うけれど。

「……よほど暇だったのかな。本田も、川上くんも」

「理由は聞いてませんが、二人とも、かなり力を入れて合成をしてました」

「ふーん。本田が、惚れ薬を……ねえ」

惚れ薬の開発プロジェクトを提案したのは本田だった。当然、作っただけで満足するはずはない。使いたい相手がいると考えるべきだろう。

ということは、だ。

――もしかして、わたしに使おうとして……？

その可能性はどれくらいあるだろう。こんな時だというのに、わたしはそんなことを考えてしまった。連鎖的に、前の周の情熱的な告白が蘇ってくる。びっくりして拒絶してしまったが、本田は本気だったのかもしれない。

だとしたら、今度は受け入れてやってもいいかな……。

思わず頬が緩みそうになったところで、『おい、ぼーっとするな』とクロトに怒られてしまった。わたしは慌てて背筋をぴんと伸ばす。いけないいけない。今は運命を変えることに集中しなければ。

「だいたいの事情は分かった。で、本田は教員室で何をやってるの」

「実は、自飲実験をやってるんです」

「じーん実験？　なにそれ？」

「惚れ薬を自分で飲んだ、ってことです。ラットでは問題はなかったんですけど、本田さんは副作用をかなり気にしてました。本番で妙なことが起こったら困るから、自分の体で人体実験するんだ、って。言ってみれば、規模の小さい臨床試験みたいなものです」

「それじゃ……」

高村くんの言葉に、わたしはこめかみをぶん殴られたような衝撃を受けていた。

さっきの本田の様子は、明らかに異様だった。ちょっと押し返しただけで、全く受け身も取れずにテーブルに後頭部を打ち付けるくらい、足元がふらついていた。

一周目の現場検証の時に見つけた、本田直筆のメモの内容を思い出す。

『010を飲む。舌触りは滑らかで、ほとんど無味』。

つまり、010とは、惚れ薬につけられたコードネームだったわけで、本田は現在、フェネチルアミンの影響下に置かれているわけで、当然、その効果で一日惚れ状態になっているわけで――。

わたしは奥歯をぐっと噛み締めた。

つまり、さっきの告白は、薬が作り出した偽物の告白だったのだ。

「あの、大丈夫ですか」高村くんが心配そうな表情を浮かべていた。「本田さんのこと、軽蔑しちゃいましたか」

「そんなことないよ」ショックを振り払おうと、強引に笑顔を作る。「でも、惚れ薬を作ったってことは、片思いの相手がいるってことだよね。それって誰なのかな」

高村くんは困ったように頭を掻いた。

「本田さん、全然教えてくれないんですよ。でも、ヒントはあります。夕方、PK試験の結果を届けに来た時に、未来子さんが訊いたんです。浅野さんか、中大路さんに使うつもりなの、って」

「へ、へえ」とわたしは無関心を装って相づちを打った。「で、なんて答えたの」

「本田さんは、どっちでもない、って言ってました。だから、他に好きな人がいるんだと思います」

二度目の衝撃。

わたしはぎゅっと目をつぶった。

――違った。

あの告白は、やっぱり惚れ薬のせいだった。最初から、本田はわたしのことなど眼中になかったのだ。

クリスマスに目撃した、あるシーンが脳裏に蘇る。やっぱり、あれはそういうことで、本田には意中の相手がいたんだ。

「あの、浅野さん？」

高村くんが、気遣うようにわたしの顔を覗き込もうとする。

「――ごめん、ちょっとトイレ」

わたしは椅子を跳ねのけるように立ち上がり、高村くんを置きざりにしたまま実験室を飛び出した。

こんな顔を、誰かに見られるわけにはいかなかった。

（2）――初めての失恋――

いたたまれなくなって実験室から逃げ出したものの、行き先を決めていたわけではなかった。わたしは何も考えずに、目の前にあった階段を勢い任せに駆け上がった。運動不足がたたり、すぐに息が切れてきたが、構わず足を動かしているうちに、やがて行き止まりが見えてきた。

突き当たりにあったドアを押し開けて外に出ると、皮膚を切り裂くような鋭い風が正面から吹きつけてきた。むき出しの太い配管に、ガラス張りの温室。いつの間にか、屋上まで上がってきていたらしい。

わたしは屋上を囲っているコンクリート壁に手を掛け、はあっと息を吐き出した。冷たい空気が、顔の前に白いもやを作り出す。

走ったおかげで、少し――ほんの少しだけ、落ち着きを取り戻せた。

呼吸が整うのを待ちながら、遠くに見える街の灯を眺めた。方角からすると、日暮里、西日暮里辺りだろうか。まるっきり幸福の象徴みたいな眩《まぶ》しい光を見ていると、自分がひどく惨めな存在であるような気がしてきた。

『おい、こんなところで何をぼんやりしている』クロトの声が頭の中に響く。『意図があって実験室を飛び出したんじゃないのか』

『ごめん。あそこにいるのが辛《つら》くって』

『辛い？　本田に裏切られたからか』

『……約束してたわけじゃないし、裏切りっていうのは違うよ』と答えて、わたしは夜空を見上げた。曇っているのだろう、頭上にはのっぺりした灰色が広がっている。

『結局、全部わたしの一人相撲だったんだ。チョコを渡すとか、渡さないとか、そんなことで悩んでたのがバカみたい』

『どうしてそこまで本田にこだわる。男なら他にいくらでもいるだろう。お前たちの間には、強い後悔を生み出すような繋がりがあるのか』

わたしは冷たくなり始めた両手をこすり合わせて、『幼馴染みって言葉、知ってる？』

と尋ねた。

『ああ。子供の頃からの知り合いのことだ』

『そ。わたしと本田がまさにそれ。実家がそもそも隣同士でね。生まれた時、っていうか、まだ母親のお腹《なか》にいる頃からそばにいたの』

『そのまま今に至っている、ということか』

『うん。そんなに都会じゃなかったから、中学までは自然と同じ学校に通ってた。同じ高校に入ったのも偶然で、あの頃は別に、恋愛感情はなかった……と思う』

いや、それは正確な表現ではないかもしれない。

一目惚れ、という言い回しが正しいかどうか分からないが、わたしは幼い頃から本田のことを特別な存在とみなしていた。心の中にある想いに名前を付けるのにかなり手間取ってしまったが、それは「恋」と呼ぶべきものだったと、今は思う。

きっかけは、唐突に……そしてたぶん、予定通りに訪れた。

高校三年生に上がり、進路希望票を提出することになった時、わたしは本田が地元を遠く離れた、東京の大学を志望していることを知った。

理由を訊くと、姉の未来子さんから挑発を受けたのだと本田は言った。

「本気で研究職を目指してるんなら、ウチの大学に来なさいよ。ま、宗輔のレベルじゃ無理だと思うけど」

その言葉が本田を本気にさせた。わたしとさほど変わらない成績だったのに、夏休みを迎える頃には、校内の成績上位トップ10に入るところまで来ていた。このまま行けば、わたしたちは別々の大学に通うことになる。

その時初めて、離れたくない、と強く思った。

どうしてそんな風に感じるのだろうと、自分でも不思議だった。その原因が恋心にあるのだと気づいたのは、夏休みの真ん中、登校日に久しぶりに本田と顔を合わせた時だった。アイロン掛けされたばかりの白いシャツ、薄い生地の黒い夏用ズボン、愛想のない、むすっとした表情。見慣れたその姿が、特別な宝石のように輝いて見えたあの瞬間は、今でも心に焼き付いている。

それから、わたしも本気で勉強に取り組む覚悟を決めた。

本田の志望している大学は偏差値が高かった。今にして思えば、同じ大学への進学にこだわるより、さっさと自分の気持ちを告白すべきだったのだろうが、若気の至りというかなんというか、その当時は、そんな考えはちらりとも浮かばなかった。

必死で参考書に向かい合っている間に、どんどん時間は流れていった。

お互い全然違う方向を見ていたが、必死の努力が実り、わたしと本田は無事に大学に合格した。

それで恋も実れば最高だったのだが、残念ながらそううまくはいかなかった。

落ち着いて考えてみれば、「あんたのために同じ大学に進学してあげたんだよ」なんて、取りようによってはストーカーと見なされかねない。しかも、お互いにもう二十年近く顔を合わせ続けているのだ。どうやって想いを伝えればいいのか、さっぱり分からなかった。

それでも、諦めることはできなかった。告白のきっかけを探して、わたしは本田の背中を追いかけ続けた。

大学四年生に上がる時、わたしは精一杯の勇気を振り絞って本田と同じ研究室を志望したのだが、それでもあいつはこちらの想いに気づいてくれなかった。「おう浅野、奇遇だな」そうやって、軽く流されてしまった。あいつの鈍さはノーベル賞級だと思う。

わたしたちの関係は、地球と月のそれに似ている。わたしが月で、本田が地球だ。月は太古の時代から、一定の距離を置いて、地球の周りをぐるぐると回り続けている。互いに影響を与え合ってはいるが、二つの天体が接触することはない。

そして、月は表側だけを地球に見せている。裏側にある本当の気持ちをひた隠しにしている、わたしと同じように。

だが、天体のように変化のない生活を送ってきたわたしたちにも、とうとう人生の分岐点が訪れようとしていた。

わたしはこの四月に東京を離れ、「旭日製薬《きょくじつ》」という、関西にある製薬企業に就職する。両親には無理を言って修士課程に進ませてもらったが、さすがに博士課程への進学は認めてもらえなかった。

——違う。それは単なる言い訳だ。

わたしはきっと、本田のそばにいることに疲れてしまったのだ。何もできない自分と向き合い続けることに耐えられなくなったのだ。

これは、わたしたちにとって、最初の別れになる。

付き合いが長いだけに、ここで行動を起こせなければ、たぶん永久に言い出せないのではないか、という予感があった。新年会で片思い相手がいることを沙織ちゃんに白状したのも、同席していた本田に気づいてもらいたかったからなのかもしれない。

だが、それは何の意味もない、報われることのない行為だった。本田には他に片思い相手がいて、惚れ薬なんてものを作り出してしまうくらい本気でのめり込んでいる。

わたしは屋上の縁《へり》のコンクリート壁に肘を乗せて、「……敵《かな》わないなあ、きっと」と声に出して呟いた。

『どういう意味だ』

『……去年のクリスマスに、わたし、目撃しちゃったんだ。本田が、コンビニの店員さんと楽しそうに話してるの。……しかも、本田の方から声を掛けてた。あいつがあんなに積極的になってるの、初めて見た』
そのコンビニ――セブンスヘブン向丘《むこうがおか》店は、農学部の目と鼻の先にあり、わたしや本田もよく利用している。しょっちゅう顔を合わせるわけだし、店員の女の子に恋心を抱いたとしても不思議ではない。なにより、その子はすごく可愛い。年は二十歳そこそこ。背がちっちゃくて、尻尾のようなポニーテールをぴょこぴょこ揺らしながら、いつも笑顔で楽しそうに接客している。胸のネームプレートには「ひめがさき」と書いてあった。苗字まで可愛いのは反則だと思う。

わたしはあんな風に、本田の前で女の子らしく振る舞うことができない。付き合いが長いせいで、どうしても態度がぶっきらぼうになってしまう。いまさら猫をかぶっても、質《たち》の悪いイタズラだとしか思われないだろう。

『本田に愛想が尽きたか。なら、ここでシミュレーションは終わりだな。これを確定の未来にする』

『ちょっと待って。まだ、本田を助けてないよ』

『失恋をしたんだ。もう、本田が死んでも後悔することはないだろう。魂魄が傷つくこともない。オレの仕事はこれで終わりだ』

『勝手に決めないでよ！　……わたしはやめるなんて、一言も言ってない。やめるかどうかを決める権利はわたしにある。そうじゃないの？』

クロトは一瞬の沈黙のあと、感情を排した、平板な声で言った。

『ああ、そうだ。オレはしがないナビゲーターだからな。お前がやる気なら、それに従うことしかできない。それが茶番だろうがなんだろうがな』

『人の命をずいぶん軽く見てるんだ。さすが高次元の存在だね』皮肉を込めて、わたしは言った。『今までも、そうやってきたんだろうね』

『これがオレのやり方だ。魂魄を守るためなら、手段は選ばない』

『依頼者がどう感じているかなんて、全然気にしないんだ。それ、本当に未来改変する意味がある？　幸せになれたかどうかが、一番大事なんじゃないの』

『幸せ、だって？』そう呟いたクロトの声には、嘲笑するような響きがあった。『魂魄の運び屋にしかすぎない人間の幸福に、何の意味がある。人間は、欲望に忠実な、くだらない生き物だ』

『そんなことないよ。みんなそれぞれに、他人のことを思いやって生きてるよ』

『綺麗《きれい》ごとだな。反証として、オレが担当した、ある女の話をしてやろう。……その女は、夫を交通事故で亡くす運命にあった。夫の死を知り、女は強い後悔を抱くことになっていた。オレは女の夢に入り、こう尋ねた。「夫を救いたいんだな」と。だが、女は首を横に振った』

『……どういうこと？』

『女の後悔の源は、夫の死にあったんじゃない。「夫に保険金を掛け損ねたこと」にあったんだ。つまりは、金が惜しくて後悔していたわけだ』

わたしはごくりと唾を飲み込んだ。

『それで、どうなったの』

『その日は木曜日だった。ロト6という宝くじの抽選会の日だ。シミュレーションをやれば、当たりの番号が分かる。女は一等を当て、キャリーオーバーを含め、およそ二億五千万の金を手にした。……後悔する未来は見事に回避された。もちろん、夫はオリジナルの運命通り、交通事故で死んだ』

『……それで、人間を軽蔑するようになったんだ』

『蔑視はしていない。そういうものだ、と理解しただけだ。機械の修理工と同じだ。直せと言われれば、種類にかかわらず平等に処理をする』

『そうまでして、魂魄を救う仕事をしてるわけ？　辞めればいいじゃない』

『辞められるものならとっくに辞めている。だが、自分の意志で辞めることはできない。それがオレたちの宿命だ。実績を積んで、上のクラスに移らない限り、永遠に人の夢の中を行き来することになる』

『上のクラスって？』

『オレも詳しくは知らない。ただ、権限は相当に拡大されるらしい。人間の前に現れる姿を自由に決めたり、な』

　クロトが、ふふっと忍び笑いを漏らした。

『気づいていたか？　今のオレは、お前の環境に合わせて作られた姿をしている』

　白衣、タートルネックの黒いセーター、濃い藍色のジーンズ。そして、整ってはいるが、特徴のない顔つき。それが、わたしを取り巻く環境から導き出された姿、ということらしい。

『意外と苦労してるんだ』

『まあな。依頼者をランダムに割り振られる。こちらの世界に直接は触れられない。依頼者の意志を尊重する。自然な行動しか取らせることができない。そんな風に、多くの規則に縛られているわけだからな』

『縛りを無視したら、どうなるの』

『違反者には罰がある。程度に応じて、これまでの実績を取り消される。その手の違反をするやつもいるが、オレは違う。ルール通りに処理をして魂魄を救い、さっさとこの仕事から手を引く。それがすべてだ』

『……あなたにはあなたの理由がある、ってことは分かったよ』

　わたしはコンクリート壁に背中をつけて、屋上の真ん中にある温室を見つめた。照明の薄緑色の光を映すガラスの向こうに、大きなサボテンがいくつも並んでいた。

『でも、わたしはまだシミュレーションを続けたい。たとえ、気持ちがわたしの方に向いていなかったとしても、本田を助けたい』

『それが自分の幸せに繋がらないと知っていてもか』

『幸せにはなれなくても、不幸は回避できるでしょ。本田が死んだら、わたし、絶対泣いちゃうし』笑おうとしたが、不自然な行為と見なされたらしく、中途半端に頬がひきつっただけだった。『それと、お葬式で未来子さんが悲しんでるのを見るのも嫌。みんなが笑っていられる未来があるなら、それを探すための努力はしたいと思う』

『……やめろと言っても聞き入れてもらえそうにはないな。いいだろう。お前の気が済むようにやればいい。ただし、最終周――十周目だけは、オレの命令を聞いてもらう。本田の生き死ににかかわらず、それまでに体験した未来のうち、お前の魂魄に対するダメージが最も少ないパターンを選んでもらう。それでいいな』

『分かった。約束する』

悲劇のヒロインを気取るつもりはない。自分の想いが届かないことは悔しい。それが正直な気持ちだ。

それでも、わたしは本田の幸せを願わずにはいられない。

それがきっと、人を好きになるということなんだろう。

（３）――消えたサンプル――

屋上を出て階段を降りている途中で、携帯電話に着信があった。ジーンズのポケットから取り出してみると、液晶画面には未来子さんの名前が表示されていた。

「――もしもし？　どうかしましたか」

「あ、奈海ちゃん？　なんか妙に遅いから、そっちの様子はどうなってるかなー、と思ってさ」

「うーん、ちょっとトラブってるかもしれないです」

「マジで？　帰ってくるの、遅くなりそう？」

「ごめんなさい。なんとも言えないです。なるべく早く帰りたいんですけど……」

これぱっかりは全く予想がつかない。場合によっては徹夜になる可能性もある。

「……うーん、そっか。ワインを一緒に飲もうかと思ったんだけどなあ。じゃあ、飲み会はまた今度にしよっか。気をつけてね」

未来子さんはそう言って、あっさり電話を切ってしまった。

わたしは踊り場で立ち止まり、首をかしげた。

『飲み会って何のことだろ。オリジナル周じゃ、そんな話はなかったのに』

『お前が外出したことで、気が変わったんだろう』

『そっか。間接的な影響も考えなきゃいけないのか』

『そんなもの、考えなくていい。どの行動がどういう結果をもたらすかを予測するのは難しい』と、クロトは冷たく突き放すように言う。『それでも気になるようなら、自分が何をやったかを覚えておけ』

『そこはさあ、オレが覚えておくから、自由に動けばいい、とか言ってよ』

『……ふん。訊かれたら答えてやる』

『最大限の譲歩？　ま、それで手を打つかな』

多くを望んでも応じてくれないのは学習済みだ。わたしは無駄な口論を避けて、再び階段を降り始めた。


「ああ、ずいぶん遅かったですね」

実験室に戻ると、高村くんがわたしを出迎えてくれた。「トイレに行く」と言った人に掛ける言葉としては、ややデリカシーに欠けているのではないだろうか。

時間を確認すると、午後十一時四十七分だった。そろそろ十三日も終わりだ。

「あのさ、高村くん。いつまでここにいるつもりなのかな」

「そりゃもちろん、本田さんのお許しが出るまでですよ。待機しておきますって約束しましたから」と、高村くんは誇らしげに胸を張る。「脳に作用する物質ですからね。どんな副作用があるか分かりません。例えば、突然吐いちゃって、それが喉に詰まって窒息してしまうこともありえます」

「ふーん。じゃあ、教員室で待機するつもりなんだ」

「いえ、こっちにいます。非常時は連絡するから、呼ぶまでは立ち入るなと言われてますので」

「……あれ。でも、わたしが電話した時は隣にいたんじゃなかったっけ」

「そうなんです。実は、ちょっとした……というか、かなりまずいトラブルが発生しまして。それで、本田さんに相談しようとしたんですよ。電話しても出ないから様子を見に行ったら、ぐっすり寝てて。そこでタイミングよく、浅野さんからの着信があった、って次第です」

「もしかして高村くん、実験で何かやらかしたの」

「いや、そうじゃないんです。……あの、惚れ薬について白状したついでに、相談に乗ってもらえますか」

「まあ、いいけど」

　本田の死を回避するためには、大学に居残ることが望ましい。自然な形で時間を潰せるなら、それに越したことはない。

「じゃあ、こっちに来てもらえますか」

高村くんに誘導され、わたしは本田が使っている実験台の前に移動した。

実験台は、幅が三メートル、奥行きが一メートル半ほどの大型の机だ。真ん中に棚として利用できる仕切りがあり、二人で向かい合って使用する形になっている。

高村くんは、実験台の黒い天板の上にあったサンプルケースを手に取り、「これなんですが」とこちらに差し出した。

サンプルケースはプラスチック製で、大きさは標準的なお弁当箱と同じくらい。中に、等間隔に丸い穴が開けられた板が嵌《は》め込まれており、そこにサンプル瓶を収める仕組みになっている。10×4で最大四十個入れられるが、今はその半分ほどが埋まっていた。

「これ、僕たちが作った、惚れ薬の候補化合物です」

「へえー。いつの間に作ってたの、こんなにたくさん」

「みんなが帰ったあとに反応を仕込んだり、食事時を狙って精製したり……そんな感じです。結構大変だったんですよ。あんまり大っぴらにはできないですから」

サンプル瓶の蓋には、油性ペンで、0から始まる三桁の数字が書き込まれていた。中には「010」と書いてあるものもある。ナンバリングからして、教員室に残されたメモにあったのはこの化合物で間違いないだろう。

どれどれと、ケースから010のサンプル瓶を引き出してみる。サンプル瓶は褐色ガラスでできていて、サイズはわたしの親指とほぼ同じ。入っている粉の量は多くはない。せいぜい五〇ミリグラムといったところか。側面には化合物情報が記載されたラベルが貼られている。二つの化合物を繋ぎ合わせているので、構造式はかなり横長になっていた。

「あ、それが最強化合物ですね」と、高村くんが嬉《うれ》しそうに教えてくれた。最強だから、本田はこれを飲んだのだろう。

「結構複雑だし、作るの大変そうだね。で、これがどうかしたの？」

「僕、午後七時からここで待機してるんですけど、何もしないのももったいないと思って、実験をしてたんです」

わたしは実験台の向こう、壁際に設置されているドラフトに目を向けた。ショーウインドウを思わせる大型の箱の中は真っ暗で、上空を飛ぶジェット機が立てる騒音に似た、あの稼働音も聞こえない。

「ドラフトが動いてないけど」

「ああ、実験は途中でやめたんですよ。ここのところ忙しかったし、眠くなってきたんで、仮眠を取ろうと思って、椅子を並べて寝てたんです。あの辺りで」と言って、高村くんは自分の席を指した。

「ここで寝てたの？　……体に悪いよ」

「それはそうなんですけど、実験室の方がなんか落ち着くんですよ。いやー慣れって怖いですね」

ひとごとみたいに言って、高村くんは屈託なく笑った。「で、それからどうなったの」と、わたしは先を促した。

「はい。疲れてたし、すぐに眠りに落ちたんです。でも、しばらくしたら、ドアが閉まる音が聞こえてきて。それで目が覚めたんです」

「誰かが出入りしたってこと？」

「そうです。夢かな、とも思ったんですけど、現実でした。僕、部屋に鍵を掛けてたんですけど、起きてみたら開いてましたから」

「それがトラブルの正体？　大したことなさそうだけど」

「いえ、ここからが大切なところなんです」高村くんは口元を引き締めた。「確かに、それだけならどうってことはないです。研究室のメンバーの誰かが来て、黙って出て行ったんだろう、そんな風に思いました」

でも、と高村くんは実験台に目を落とした。

「サンプルケースの蓋が開いてたんですよ。確かに閉めてたはずなのに」

高村くんの視線の先に、透明なプラスチックの板がある。サンプルケースの蓋だ。

留め具などはなく、上からぱちんと嵌め込むだけだが、自然に外れるようなものではない。

「誰かがサンプルケースに触れたってことだよね」

「そうです。念のために、一個一個引っ張り出して、中身を確認してみたんです。そうしたら、サンプルが一つなくなってたんですよ」

「でも、見た目は揃ってるけど」

「なくなったのは、一番後ろ、十八番目のところに入れてあった化合物です」

言われて数えてみると、確かに十七個しかない。最後の一つが抜けているので、パッと見た感じ、特に違和感はない。

「犯人は、目立たないと思って、018を持ち出したんだと思います。蓋が外れていなければ、しばらくは気づかなかったでしょうね」

「その化合物って、効果はどうなの」

「本田さんのお姉さんの話だと、体内からの消失はやや早いものの、総合的には二番目に動態が良かったそうです」

『雲行きが怪しくなってきたな』とクロトが呟いた。わたしも同感だった。わたしの知らないところで、なにやら色々と問題が発生していたようだ。

と、そこでふと気づく。

「……ちょっと待って。持ち出した可能性がある人って、すごく少ないよね」

サンプルケースの中身が惚れ薬であることを知っていた人物は、高村くんを除けば三人しかいない。本田、未来子さん、そして川上くんだ。

本田は隣で眠りこけていたから除外できる。未来子さんは夕方以降、ずっと家にいたし、そもそもこの部屋の鍵を持っていないから中に入れない。

となると、犯人は……。

高村くんは強く頷いて、「川上さんしかいません」と断言した。

「論理的にはそうかもしれないけど」わたしは顎の先に指を当てる。「こっそりサンプルを盗み出すタイプには見えないなあ。川上くんって、必要以上に真面目っていうか、侍みたいな、古風なところがあるじゃない。使いたい相手がいる、ってこと自体がかなりの驚きなんだけど」

だが、高村くんは「そんなことはないです」と首を横に振る。

「川上さんの意中の相手は、間違いなく中大路さんです。僕、この間、偶然見たんですよ。農学部の近くの中華料理屋で、二人がごはんを食べてるのを」

「でも、同じ研究室なんだし、たまたまってこともあるでしょ」

「それはそうです。食事をしてたこと自体はどうでもいいんです。注目すべきは態度です。川上さん、ずっと周りをキョロキョロ見回してたんですよ。たぶん、緊張ゆえの奇行でしょうね。その場にいたら、浅野さんもピンと来てたと思います」

「そっか。川上くんが、沙織ちゃんを……」

そう言われてみれば、思い当たる節がなくはない。

川上くんは、沙織ちゃんの向かい側の実験台を使っている。仕切りがあるとはいえ、言葉を交わす機会は少なくないし、時々目が合うこともあるだろう。

たかがそれだけで、と思わないでもないが、沙織ちゃんの清楚な雰囲気は、男性を虜《とりこ》にするだけの魅力を持っている。彼女どころか、奥さんがいるオジサンだってコロリと好きになりかねない。そばにいるのが女性に免疫がない理系男子なら、なおさら簡単に惚れてしまうだろう。

「うーん。川上くんも人の子だったってことかあ。確かに、最近は日曜も休んでたみたいだし、服装も小綺麗になってきてるし、顎髭なんか生やしてるし……。もしかしたら、自分磨きとか始めちゃってるのかもしれない」

「分かってもらえましたか。川上さんは、中大路さんを狙っています。なんとかしないと、手遅れになりかねないです」

「手遅れって、惚れ薬を使われたら困るってこと？」

「そうですよ！　飲んだら一目惚れ状態になるんですよ」

「いまさらでしょ、そんなこと。分かってて手伝ってたんでしょ」

確かに川上くんのやり方は卑怯《ひきょう》だが、ことが恋愛で、しかも相手はあの沙織ちゃんなのだ。ライバルはそれこそ掃いて捨てるほどいる。手元に惚れ薬があったら、黙って持ち出すくらいのことはやるだろう。

「それはそうですけど……。でも、不意打ちすぎるっていうか、もう少し、腹を割って話し合おうと思ってたっていうか。とにかく、こんなのフェアじゃないですよ。そういう約束をしてたんですよ、僕たち。無断で他人に使ってはならない、って」

「でも、そんなに慌てなくてもいいんじゃないの。もう夜中だし、惚れ薬を使おうにも、相手がいないんじゃどうしようもないでしょ。明日、改めて話を聞けばいいと思うよ」

「ええ、僕も頭では分かってるんです。でも、なんだか落ち着かなくて。少なくとも、こっちが気づいてるってことくらいは伝えたいんです」

高村くんはさっきからやけに深刻な表情を見せている。その様子から、わたしはある可能性に思い当たった。

「もしかして、高村くんも、沙織ちゃんのこと」

「……ええ。そうです。大学一年の時から、ずっと好きだったんですよ、僕は」

僕が先に目を付けたんです、とでも主張したいのだろうか。高村くんは右手を上げ下げしながら熱く語り始めた。

「そりゃ、告白もできずにウジウジ遠くから見守ってた僕が悪いですよ。でも、堂々と告白して受け入れられるならともかく、惚れ薬なんて手段で攫《さら》われたら、諦められるものも諦められなくなりますよ。そうでしょう」

「……まあ、気持ちは分かるよ」

これが未来子さんだったら、「グズグズしてたあんたが悪いっ！」と一刀両断しかねないが、わたしも高村くん同様、告白しなかった側の人間なので、強い態度に出ることはできなかった。

わたしは二度、繰り返し頷いて、「惚れ薬で、沙織ちゃんがどうこうされちゃうなんて、考えるだけで気分悪いし。そんなものを使わせるわけにはいかないよね」と同意した。

「分かっていただけますか！」

高村くんが柏手《かしわで》を打つように、両手をばちんと打ち鳴らした。

「そうですよね。やっぱり、僕は間違ってないですよね。浅野さんと話していて、勇気がもりもり湧いてきました。川上さんに電話で文句を言おうかと思ってたんですが、それじゃあ全然ヌルいですよね。……よし、決めたっ！　僕は中大路さんを守るために全力を尽くします！」

『大丈夫かこいつ。妙なことを言い出したぞ』

クロトが呆れたような調子で言う。

『成り行きに任せてたのがマズかったかな。でも、本田はまだ生きてるし……』

戸惑うわたしたちをよそに、高村くんは自分の実験台の片付けを始めた。

「ど、どうしたの急に」

「これから、川上さんのところに行こうと思います。先輩も後輩も関係ありません。バシッと言ってやりますよ」

「これからって……」腕時計で時刻を確認してみる。午後十一時五十九分。「あと一分で日付が変わるけど」

「大丈夫です。僕、スクーターで通学してるんで。終電の心配はありません」

「いや、そういうことじゃなくって。川上くん、もう寝てるかもしれないじゃない」

「そしたら叩き起こしますよ！」

高村くんは真顔で即座に断言した。完全に目が据わっている。

クロトが『ああ』と言葉にならない吐息を漏らした。『本気だな、これは』

『……みたいだね』

片思いを打ち明けたことで、テンションが異様に高くなってしまったらしい。

日曜日の深夜に、いきなり先輩の家に押しかける。明らかに常軌を逸した行動だ。

このまま行かせていいのだろうか、とも思う。普段のわたしなら、高村くんに付き添ってあげたかもしれない。

だけど、今だけは無理だ。本田をそのままにしては行けない。

「分かったよ」わたしは頷いた。「頑張って、っていうのは変だけど、あんまり無茶はしないようにね。傷害事件とか起こしたら、停学じゃ済まないかもよ」

「ご安心ください。僕はケンカはめっぽう弱いんです」

「笑顔で言うようなことじゃないと思うけど。ま、冗談を言えるのなら大丈夫かな」

「じゃ、善は急げということで」

部屋を出ようとしたところで、高村くんは立ち止まって振り返った。

「そうだ。あの、申し訳ないんですけど、しばらくここにいてもらえませんか。本田さんに待機するように言われてるんで」

「うん、いいよ」

むしろ好都合だったので、素直に留守番役を仰せつかった。

夜は長い。これからが本番だ。わたしは決意も新たに、実験室を出て行く高村くんを見送った。

（4）——物音と死因——

高村くんがいなくなると、実験室が妙に広く感じられるようになった。

わたしは本田の席からぼんやりサンプルケースを眺めながら、『そういえばさ』と、クロトに話し掛けた。

『高村くん、未来子さんに連絡を取ってたはずなのに、電話しなかったね』

『おそらく、あれはサンプル盗難についての電話だったんだろう。お前が大学に来たから、相談相手を変えたんだ』

『本田、助かるかな』

『高村がいなくなったことが、どう影響するか……。今のところは、なんとも言えない』

『とにかく、わたしがずっと見張ってれば大丈夫だよね』

より万全を期すなら、教員室で本田を見守るべきだ。しかし、乗り込んでいって、また本田が目を覚ますと厄介なことになる。惚れ薬によって捏造《ねつぞう》された偽りの告白なんて、二度と聞きたくない。

『隣の部屋で何か起これば、実験室にいても分かるのか』

『うん。案外壁が薄いんだよ、ここって』

すでに室内の実験機器類の電源は落としてあるし、日曜の夜中なので他の部屋からの騒音もない。教員室の物音はもちろん、廊下を通る人の足音もバッチリ聞こえるだろう。

わたしは、キャスター付きの椅子を実験室の入口近くに移動させた。こうしておけば、異変があった時にすぐに飛び出せる。

あとは時間を潰すだけだ。何かの役に立つかもしれないので、高村くんが持っていた、惚れ薬に関する他の文献を読んで過ごすことにした。

それから、十五分ほどが過ぎた頃だった。最初の文献に目を通し終わったところで、携帯電話が震え出した。また未来子さんかと思ったが、表示されていたのは高村くんの名前だった。

「どうしたの」

「ああどうも。今、川上さんのアパートに着いたんですが……その」高村くんは一瞬言い淀《よど》んで、「勢いが弱まってきたというか、迷いが生じたというか……どうしましょう」と弱々しい声で続けた。

「それ、怖気《おじけ》づいたってことでしょ」

「まあ、ある意味では」

「それなら、もうやめたら」わたしはため息をついた。「わざわざ揉《も》めごとを引き起こすことはないよ」

「はあ……その方がいいんですかね。僕としては、浅野さんに勇気づけてもらいたかったんですけれども」

「いいから引き返しなさいって。本田の面倒はこっちで見るし、そのまま家に帰って大丈夫だから」

高村くんは「でもなあ」とか、「やっぱり気になる」とか、しばらくごちゃごちゃと呟いていたが、最後には「分かりました」と納得してくれた。

わたしは通話を終わらせ、「やれやれ」と呟いて、再び文献に目を落とした。

その時、壁一枚を隔てて隣り合った教員室から、微かな物音が聞こえてきた。

膝の上の論文を睨んだまま、神経を両耳に集中させる。十秒から十五秒、それくらいの間じっとしていると、ロックが外れる音に続いて、きぃい、とドアが開く音が聞こえてきた。本田が教員室から出てきたようだ。

心臓が高鳴っていた。そっと立ち上がり、慎重にドアを開け、隙間から廊下の様子をうかがう。

——いた。教員室の向かい側にある、男子トイレに入っていく本田の背中が見えた。

かなりフラついている。惚れ薬の影響はまだ残っていると見るべきだろう。

『どうしよう』

『焦る必要はない。下手に干渉するより、様子を見た方が無難だ』

クロトの提案に従い、いったんドアを閉め、座っていた椅子にまた腰を下ろした。

ああして外に出たのは、気分が悪くなったせいだろうかと、不安な気持ちで耳を澄ませていたが、すぐにトイレのドアの開閉音が聞こえてきた。ぴたぴたと廊下を横断するサンダルの音に続き、またドアが開く。まっすぐ教員室に戻ったようだ。単純に用を足しに行っただけらしい。

何事もなかったことにほっと胸を撫で下ろした時、どすん、と何かが倒れたような音が聞こえた。

……教員室からだ。

息を潜めていると、今度は、ごとん、とかなり大きな音が続いた。

『……なんだろ、今の音』

『妙だな。様子を見に行った方がよさそうだ』

『そう……だね』

わたしは肺に溜まっていた空気を思いっきり吐き出し、実験室に漂う薬物臭混じりの空気を吸い込んでから廊下に出た。

廊下の奥に、灰色に塗られた鉄製の非常ドアが見えている。中ほどに嵌まったガラスが、外の闇を几帳面に切り取っている。そちらに異常はない。

教員室の明かりはついたままだ。数歩近づいたところで、猛烈に嫌な予感が襲ってきた。教員室のドアが、わずかに開いている。あの時と――本田の遺体を見つけた時と同じだ。

足が動かない。床材に使われているリノリウムが溶け出して、わたしの下半身を固めてしまったみたいだ。

わたしは唾を飲み下し、なんとか次の一歩を踏み出した。

ドアノブを手前に引き、そろそろと室内に足を入れる。

『……本田に顔を見られたらまずいかな』

『声を掛けてみろ。反応があるかもしれない』

頷いて、奥に向かって「本田。そこにいるんでしょ」と呼び掛けた。返答はない。

このまま引き返したい衝動が、足の裏から這《は》い上がってくる。わたしは太ももを叩いて、ともすれば動かなくなりそうな体に活を入れた。

重い足を持ち上げて、床の固さを確かめるように慎重に歩を進める。

衝立の向こうを覗き込み、わたしは自分の予感が正しかったことを知った。

教員室の床の上に、左頬を床にこすりつけるようにして、本田が倒れ伏していた。

その姿勢は、わたしを待ち受けているオリジナルの未来と全く同じで、まっすぐ伸ばされた手の格好までもがぴたりと一致していた。

わたしはその場にしゃがみ込み、本田の体に手を触れた。

『あったかい……でも……』

まだ温もりがある。しかし、後頭部に付いた血痕が、頭部へのダメージの大きさを如実に物語っていた。手がわずかに痙攣しているが、これも脳が損傷している証拠だろう。

わたしは、本田の頭の近くに落ちているブロンズ像に目を向けた。重量感がある台座と、そこから伸びた太い棒、その先に固定されているワモンゴキブリ。教授の事務机の上に置いてあった、例のブロンズ像だった。

近くの床の表面をよく見ると、少しへこんでいるところがあった。本田の手を離れたあと、置物の台座がぶつかった痕だろう。

わたしは立ち上がり、念のために室内の様子を確認した。ソファーの陰、事務机の下、キャビネットと壁の隙間。そのどこにも、人が隠れているようなことはなかった。

『これで死因が分かったな』

いつの間にか、室内の風景はぼやけている。クロトが時間を止めたのだ。

『本田は、惚れ薬の影響で、足元がおぼつかない状態になっていた。トイレに行って戻ってきたのはいいが、途中でバランスを崩し、床に倒れ込んでしまった。それが、最初に聞こえてきた音の正体だろう』

『おそらくね』とわたしはクロトの説明を引き継いだ。『本田は、何かを支えに立ち上がろうと手を伸ばし、机の上の置物を掴んだ。だけど、ブロンズ像は固定されているわけじゃない。体重を掛けたせいで、ブロンズ像を引きずり落としてしまった。それが自分の後頭部を直撃した』

『意識を断ち切られ、本田は置物を床に投げ出した。それが二回目に聞いた音だ』

『……純然たる事故だったんだね』

『これで一つ謎が解けたというわけだ。安心したか』

『そう、だね。よかった、とは言わないけど、自分の知り合いが、殺したいくらい本田を憎んでた――なんて、たとえ夢でも勘弁してほしい展開だし』

凶器を持った殺人者と対峙《たいじ》したり、身近なものを武器代わりに格闘したり、涙を流しながら相手を説得したり。そんなことは絶対やりたくない。

『原因は分かったけど……。どうすればいいのかな。このキモいブロンズ像をあらかじめ取り除ければ早いんだけど』

『難しいだろうな。動機がない』

クロトの言う通りだ。わたしの行動には制限がある。こうすれば解決する、と分かっていても手を出せない。

さて、どうしたもんかな、と考えを巡らせるうち、わたしはふと、高村くんの存在に思い至った。今はこうしてわたしが見張り役をやっているが、これは本来なら高村くんの任務だったはずだ。

本田の身に起こった出来事は純粋な事故であり、わたしの行動とは独立している。おそらく、発生した時刻もほぼ同じだろう。オリジナル周で本田がこうなった時、高村くんはどうしていたのだろうか。

事故より前に、高村くんは未来子さんに連絡を取っている。寝ていた、という可能性は低い。しかし、それはそれで矛盾がある。本田が倒れた時に聞こえた物音はかなり大きかった。起きていたのなら、間違いなく異変を察知していたはずだ。仮に実験をしていたとしても、そもそも本田の様子を見守るために居残っていたのだから、聞き逃したとは思えない。

となると、考えられるのは、高村くんが大学を離れていた、というパターンだ。惚れ薬が盗まれていることに気づき、今と同じように川上くんのアパートに向かった——そう考えるのが妥当だろう。

ただ、その推理には若干違和感がある。

高村くんは、実験室に待機するように命じられていた。いくら本田が眠っているからといって、言いつけを無視してここを離れるなんてことがあるだろうか。高村くんの性格からすると、なんとなくしっくりこない。

『おい、またぼんやりしているぞ』

クロトの声で我に返る。オリジナル周の高村くんの行動を推定する前に、やるべきことがあった。

クロトに時間停止を解除してもらい、わたしは一一九番に電話をした。まだ、本田が助かる可能性はある。

時刻を確認すると、午前〇時半を三分ほど過ぎていた。本田が倒れたのは、おそらく、〇時二十五分から三十分の間だろう。

不安を抱えたまま教員室で待っていると、すぐに救急車のサイレンが聞こえてきた。わたしはその音で、中央広場で雷に打たれて病院に運ばれた同級生がいたっけ、と場違いなことを思い出した。

本田は救急隊員の手で担架に乗せられ、教員室の脇の非常ドアから外に運び出された。担架に付き添って八号館から出てみると、積もりそうな勢いで雪が降っていた。

同乗していただけますか、と救急隊員の人に訊かれたので、わたしは二つ返事で承知し、一緒に緊急搬送先の病院に向かった。

本田は救急車が停まると同時にストレッチャーに移され、微動だにすることなく、静かに処置室に運ばれていった。救急隊員の人も、病院のスタッフも、みんな難しい顔をしていた。

その表情は、わたしに暗い未来を予感させた。

それから、わたしは未来子さんに電話をかけた。

十分ほどで病院にやってきた未来子さんは、「バカだよ、あいつ」と言ったきり、口を固く閉ざしてしまった。わたしは空気を読んで、惚れ薬の話題を出すことを避けた。

しばらくすると、高村くんと川上くんが一緒に病院にやってきた。未来子さんから連絡が行ったのだろう。高村くんは到着した時からすでに泣いていた。川上くんは厳しい表情のまま、無意味に薄暗い廊下を往復し始めた。

四人の中ではわたしが一番冷静だった。ただ、やり直しがきくと知らなかったら、きっとわたしはこの世の終わりのような顔をしていただろうと思う。

処置の結果はすぐに出た。半ば覚悟していたことではあったが、やはり、本田を助けることはできなかった。わたしが殺してしまった時と同じように、脳内出血がひどく、手の施しようがなかったということだった。

みんなの悲しむ顔を見たくなかったので、医師から結果を告げられた時点で、わたしはあの暗い空間に移動した。

「また失敗しちゃったね」

「いや」とクロトは首を横に振った。「本田の死因が分かったんだ。意味はあった」

「それはそうかもしれないけど」わたしはため息をついた。「あんな顔してる未来子さん、初めて見たよ。……できれば、もう二度と見たくない」

「心配しなくても、次で終わるだろう。ブロンズ像をどけるのが無理なら、本田をなんとかすればいい。教員室に戻る前に引き止めるんだ。三周目をやり直すぞ」

「じゃあ、それでいってみようか。……今度は暴走しないでくれるとありがたいけど」

直接的な接触は避けたかったが、つべこべ言っている場合でもない。

惚れ薬の効果が少しでも弱まっていることに期待しつつ、わたしは時間を遡った。

四周目

新たなシミュレーションが始まった。わたしは実験室にいて、さっきと同じように論文に目を落としている。本田が事故死する直前の時間帯だ。

さて、どうしようかと考える間もなく、高村くんから携帯電話に着信があった。例の、川上くんのアパートに着いたという報告だ。電話口で話す言葉は、当たり前だが前周と全く同一で、高村くんはやっぱり、部屋に乗り込むかどうかで逡巡していた。

わたしは内心面倒くさいなと思いながら、「帰った方がいいよ」と繰り返し説得して、手際よく通話を終わらせた。

ふう、と息をついたところで、教員室のドアが開く音が聞こえてきた。論文を椅子の上に置いて、わたしは素早く廊下に飛び出した。

こちらに気づき、廊下の中ほどに立っていた本田が、緩慢な動作で振り向いた。

「あれ……。浅野……」

「そうだよ、浅野だよ！」

目を覚まさせようと思い、わたしはわざと大きな声を出した。

「……なんだ、もう朝か」本田は錆《さ》びついたブリキのおもちゃのようにゆっくり顔を動かして、非常口のドアに視線を向けた。「暗いな、外……」

「なに寝ぼけてんの。まだ夜だよ。十四日になったばっかり」

「……じゃあ、どうして浅野がここに……？」

「高村くんに全部聞いたよ。惚れ薬を合成してたんだってね。ホント、バカなことばっかりやってるんだから」

告白されるのを回避するために、堂々と正面から本田をなじる。しかし、本田は眩しそうに目を細めるばかりで、こちらの話を聞いているようには見えない。

「そうなんだよな……俺、惚れ薬、飲んだんだよな」

本田は口の中でぶつぶつと呟くと、泥から足を引き抜くような大げさな動きで、こちらに近づいてきた。

「ちょっと、まだ寝ぼけてるんじゃないの」

「……いや、大丈夫だ」と、全然大丈夫じゃなさそうな顔で本田は言う。「……それより、俺、言わなきゃいけないことがあるんだ」

魂が抜けてしまったような、ぼんやりとした表情。あの時と何も変わらない。本田は、惚れ薬が作り出した偽りの恋心に支配されているのだ。

「俺は……」

本田がわたしに向かって手を伸ばす。

わたしは後ずさりをしたが、本田はゾンビのように両手を前に突き出したまま、わたしの肩を掴もうと迫ってくる。

わたしはほとんど無意識に、体をひねってその手をかわした。

勢いがついていたせいか、あるいはバランスを崩しかけていたせいか、本田は前傾姿勢のまま、とととん、とたたらを踏んだ。

倒れる――。本田の服を掴もうと伸ばしたわたしの右手が、虚しく空を切った。

本田の目の前に、地下に続く階段があった。

それに気づいたわたしを嘲笑《あざわら》うように、本田の姿が視界から消えた。

瞬時の静寂のあとに、二つの物体がぶつかり合う音が響く。重力がもたらした暴力――地面と肉体が奏でる音だった。

十秒もしないうちに陰惨な音は消え、辺りには静けさが戻ってきた。

『どう……なったの』

『自分の目で確認してみろ。まず間違いなく、想像通りの光景が広がっているだろう』

クロトに促され、わたしは恐る恐る階段の下を覗き込んだ。

階段の踊り場に、本田が仰向けに倒れていた。ばらばらな方向に投げ出された手足が痛々しい。頭の周囲に、徐々に血が広がっていくのが見える。

わたしはゆっくり階段を降り、本田の手に触れた。指先が痙攣している。きっと助からないのだろうな、とわたしは悟った。

『まさか……これがそうなのか』

『そうなのかって、何のこと』

踊り場の床に手をついて立ち上がったところで、時間が止まった。

『必要がないと思って説明しなかったんだが……ここまで同じような死が続くとなれば、言っておかねばならないだろうな』

『まだ言うことがあったんだ』

迂遠《うえん》な言い方に、不吉な予感が心に広がった。クロトは『ああ』と言って、『運命には、剛直性という性質がある』と続けた。

『……なに、それ』

『バタフライ・エフェクト、という言葉を聞いたことはあるか』

『あれでしょ、北京で蝶が羽ばたくと、ニューヨークで嵐が起こる、みたいな』

大学一年の時に受けた授業で、物理学の先生が話していた。カオス理論というやつだ。

『そうだ。ごくわずかな変化が、最終的には大きな影響を引き起こす。それを喩《たと》えるために、人間が作り出した言葉だ。だが、現実にはそうはならない。微小変化は誤差であり、伝播《でんぱ》していく仮定で周囲に吸収されていく。結果、世界のあり方は何も変わらない。それが運命の剛直性だ。世界は、多数の魂魄によって決められた、一番自然な結果を選ぶ』

『だから、本田は繰り返し命を落としてるってこと？……じゃあ、未来改変なんて絵空ごとじゃない』

『いや、そうじゃない。蝶の羽ばたき程度ならともかく、お前の行動はすでにオリジナルから大きく変化している。三周も繰り返せば、当初の未来から掛け離れた地点に到達できるはずなんだ』

クロトは沈黙を挟んで、だが、と続けた。

『ごく稀《まれ》に、何度繰り返しても結果を変えられない対象者にぶつかることがある。オレたちはそれを、「流転輪廻の軛」と呼んでいる。……実際に体験するのは初めてだがな』

『それがわたしだってこと？』

『その可能性は高いな。こうなった以上、病院に運んでも無駄だろう。やり直すぞ』

静止した世界が、一瞬で黒一色に塗り替えられる。足元に目をやったが、そこにはもう、本田の姿はなかった。

わたしは深いため息をついた。

世界の選択、なんて言うと、気取った言い方になってしまうが、今、世界そのものが、本田を殺そうとしている。それなのに、わたしの行動には制限が掛けられている。動機がなければ、ブロンズ像をあらかじめ取り除くことも、階段の踊り場にマットを敷くこともできない。どうしようもなくもどかしい。

だが、ルールの中で対処するしかない以上、不自由さに文句を付けても始まらない。わたしは気持ちを切り替えて、「結果はアレだったけど、方向性は合ってると思う」と明るく言った。「今度はもっとうまくやってみせる。階段から落ちないように、本田の立ち位置をコントロールするよ」

クロトは不機嫌そうな表情を浮かべて、首を横に振った。

「もっと簡単で、確実な方法があるだろう」

「あ、そっか、惚れ薬を飲むのを防げばいいんだ」

名案だ、と思ったのも束の間、すぐに不可能であることに気づく。こうして十三日と十四日を行ったり来たりしていると忘れそうになるが、わたしの本物の肉体は、二月十三日の午後七時二分にいる。あのメモによれば、その時点ですでに本田は０１０を飲んでしまっている。

「そこまで戻る必要はない。心の準備ができていれば、すぐにでも実行できる」

「そんな都合のいい解決法、ある？」

「本田の行動を見れば分かるだろう。二周目で、強引に教員室に乗り込んだ時。今、廊下で声を掛けた時。本田が何を望んでいるかは明白だが、お前はそれを避けてきた。変えるとすればここだ。剛直性を打ち破るためには、より大きな変化を生み出す必要がある」

クロトが言わんとしていることを、わたしは察した。

「……告白を受け入れろっていうの」

「そういうことだ。間違いなく、結果は変わる」

「……でも、本田は、本当はわたしを好きじゃないんだよ。それを受け入れろって言われたって……」

「まだ四周目だからな。強制はしない。決めるのはお前だ」

クロトはきっぱりと言って、わたしの顔を見つめた。わたしは自分の気持ちと向き合うために目を閉じて、クロトを視界の外に追いやった。

クロトの提案は理にかなっている。放っておけば本田は死ぬ。告白を拒絶しても本田は死ぬ。なら、告白を受け入れてみるべき、という発想になるのは当然だ。

ただ、頭では分かっていても、気持ちはなかなか付いて来てくれない。

わたしは覚悟を決めなければならない。本田の死とは別種の、拭いがたい喪失感。

本田からの告白。それが本物だったら、どれほど嬉しかっただろう。

その場面を無邪気に夢想していた、昨日までのわたし。叶えられることのない、純粋な想いが、手に取って形をつぶさに確認できるほど、ありありと思い出された。

できることなら、今みたいに時を遡って、「それは叶わないんだよ」と自分に教えてあげたかった。もっと早く、諦めさせてあげたかった。両親の反対を押し切って大学院の試験を受ける前に、本田を追って地元を離れたこの大学に進学する前に、過度な受験勉強で高校時代の貴重な時間を浪費する前に、自分の気持ちに気づいてしまう前に――。

自分が記憶を遡ろうとしていることに気づき、わたしは目を開いた。違う。今は、報われなかった自分を慰撫《いぶ》している場合ではない。本田の命が懸かっているのだ。欺《ぎ》瞞《まん》でいい。本田のために、自分に嘘をつこう。

わたしはクロトの瞳をまっすぐに見返した。

「分かった。やる。一度だけ、一度だけ試しにやってみる」

五周目

——新たな未来へ——


膝の上に置かれた論文で、またあの時間帯に戻ってきたのだと気づく。

わたしはそこで、数十秒後に高村くんから連絡が来ることを思い出した。すぐさま携帯電話を取り出し、電源を切る。次で三度目。大事な場面だし、同じやりとりを繰り返すのはさすがに遠慮したかった。

しばらく息を潜めていると、これまでと同じように、教員室のドアが開く音が聞こえた。さっきは慌てて飛び出したが、今度はもう少し余裕を持って廊下に出た。

「ほ、本田」

上ずった声で呼び掛けると、トイレのドアノブを掴んでいた本田が、のんびりした動きでこちらを振り返った。

「あれ……。浅野……。どうしてここに……」

「高村くんに聞いたよ。惚れ薬を飲んだんでしょ」

「ああ……そうか、聞いたのか」

本田は今にも眠ってしまいそうな様子で、わたしの鼻の辺りに虚ろな視線を注いでいる。

「もういいでしょ。人体実験なんかやめて、家に帰ったらどうなの」

あっさりこれで解決してくれたら、と願いながらわたしは言った。だが、本田は首を横に振るでもなく、ただ気だるげに瞬きを繰り返している。

「ちょっと、なに黙ってるの。早く帰れって言ってるの」

「いや……その前に、言わなきゃいけないことがあるんだ……」

ダメだった。やっぱり、回避できなかった。あの一言が、すぐに来る。

衝撃に備えて、わたしはぐっと歯を食いしばった。

「……俺は、お前のことが好きなんだ」

告白されると分かっていた。それなのに、全身が熱くなった。わたしの意志とはうらはらに——あるいは正直に——体が勝手に反応してしまった。本気なんじゃないかと思ってしまうほど、本田の告白はわたしの胸を打った。

それにしても。

現実逃避気味に、わたしは思考の矛先をあさっての方向に向ける。

午後七時に飲んだということは、もう五時間以上経っているわけで、それでまだ恋愛状態が持続しているのだから、惚れ薬というのは相当強い効果があるらしい。あるいは本田たちは、世界の歴史に名を刻みかねない発明をしたのかもしれない。製薬会社が聞いたら、真っ先に特許を取るように進言することだろう。

無関係なことを考えているうちに、なんとか顔のほてりが治まってくれた。わたしは眉を顰めて、「はあ？」と嘲るように言った。

「急にそんなこと言われて、どうリアクションしろっていうの。もしかしてアレ？ドッキリを仕掛けて、ビデオ撮影してるとか？　実は、そこら辺に高村くんが隠れてたりするんじゃないの」

「違う……俺は、本気で……」

本田は顔をしかめながら、わたしとの距離を詰めてきた。その手の動きで、わたしを抱き締めようとしているのだと気づく。

前と同じだ。ここでわたしが拒絶すれば、おそらく本田は転んで頭を打って死ぬ。両手をぎゅっと握り締め、作った握りこぶしを両方の太ももにぴったりくっつけて、わたしはひたすら自分に言い聞かせる。

抵抗しちゃダメ。これは本田の命を守るため。他にやりようがないから、仕方なくやっているだけ。義務であって、わたしの意志なんかじゃない。

だから。

——だから、喜ぶな。

互いの距離が三〇センチを切った時、近づき合った磁石が勢いよくくっつくように、本田は一気に残りの距離を詰めてきた。

わたしは思わず目を閉じ、そして、本田の温もりに包まれた。

ぎこちなく背中に回された本田の手が、置き場所を探すようにわたしの腰を撫でる。触れられたところから、波紋のように痺《しび》れるような快感が広がる。声が出そうになるのを、わたしは必死で押し留める。

密着した胸から、本田の鼓動が伝わってくる。心音を受け止めるように、わたしは本田の左肩に自分の耳を押し当てた。

生まれて初めての抱擁。それは、思い描いていた以上の安らぎをわたしに与えてくれた。必要とされている、そう感じることが、どれだけ生きる力を与えてくれるかが実感できた。好きな人と抱き合うことは、無上の幸福だ。わたしはそれを理解した。

ただ、今のわたしにとって、その幸福は悲劇でしかない。これは偽りの抱擁で、きっと、わたしたちにとって最後の抱擁になる。

それでも……だからこそ、今だけは――。

わたしは本田の背中に手を回し、悲しみに耐えている自分を褒めるように、その温かい体を精一杯抱き締めた。

もしかしてこのまま一線を超えちゃう――？

わたしはそんな不安を抱いていたのだが、告白に成功してほっとしたのか、あるいは元々その気はなかったのか、本田はわたしの手を取って教員室に戻ると、そのまま眠りに落ちてしまった。

わたしはソファーで幸せそうに寝息を立てる本田を見下ろし、色々な感情が入り混じったため息をついた。

「これ、どうしよっか」

『放置して帰るわけにはいかないだろう』

『だよねえ。またフラフラと出歩くかもしれないし。いっそのこと、手足を縛って、動けなくしちゃおうか』

クロトは『やめておけ』と切り捨てるように言う。『そんなことをしたら、今度はソファーから転げ落ちかねない』

なるほど、ありうる話だ。普段ならその程度で死ぬとは思えないが、今の本田は死の運命に付け狙われている。生まれたばかりの赤ん坊よりも危うい存在なのだ。

「……ここで見てた方がいいのかな」

『そうするのが確実だろうな。ただ、あと一時間くらい無事であれば、死の運命は回避できたと考えていい。剛直性の性質上、本来それが起こるはずだった時刻から離れれば離れるほど再現されにくくなるからな』

時刻は午前〇時半を過ぎたあたり。わたしは本田の向かいのソファーに座り、ぐーっと両腕を伸ばした。

『じゃあ、とりあえず一時半までここにいればいいってことだね』

ソファーの背もたれに頭を乗せ、白いパネルに覆われた天井を見上げる。

さっきの告白のドキドキが尾を引いているせいか、全く眠気を感じない。朝まで起きていられるかまでは分からないが、途中で寝てしまっても、いざという時は寝る直前に戻ればなんとかなるだろう。

本田と二人っきりの空間は、思った以上に静かだった。本田の寝息を聞いているうちに、わたしは去年の研究室旅行のことを思い出していた。

夜、男性陣が泊まっている広い和室で、研究室のメンバーみんなでお酒を飲んだ。旅先の解放感も手伝って、みんな普段よりかなり酔っ払っていた。沙織ちゃんが駄々っ子モードを初めて発動したのもこの時だった。彼女に強引に勧められ、わたしもついつい飲みすぎてしまった。

意識を失うように眠りにつき、ふと目を覚ました時、文字通り目と鼻の先に本田の顔があった。どういう経緯でそうなったかさっぱり分からなかったが、どうやら、わたしの方から本田の寝ている布団に潜り込んでいったようだった。

本田は今と同じように、安らかな寝息を立てていた。

その時、わたしは微かな興奮を覚えた。

——これ、どさくさに紛れて、キスできるんじゃ……。

なんというか、我ながらささやかすぎると思うが、結果を言ってしまうと、わたしは手を出さなかった。貞操がどうとか、モラルがどうとか、そんな大仰な理由がわたしを押し留めたのではない。単純に、勇気がなかっただけのことだ。

まぶたの裏がじんと熱くなる。我慢していた涙が、待ちかねたように続けて頬を流れ落ちた。

本田の気持ちが自分に向いていないことを知ってしまったせいで、もう、あの時のような、浮《うわ》ついたときめきが舞い降りることはなかった。

こんなことになるんだったら、キスくらいしておけばよかった。

わたしは本田を起こさないように、声を殺して泣いた。

十分ほどが経過し、少し気分が落ち着いたところで、本田の携帯電話にメールが届いた。中身を見たいが、行動制限のせいで、手を伸ばすことすらできなかった。

ちかちかと点滅する赤い光を見ているうちに、メールが高村くんからの連絡である可能性に思い至った。この周では電話を無視してしまったが、これまでのパターンからすれば、今から三十分前には川上くんのアパートに着いていたはずだ。乗り込んだか引き返したかは分からないが、何らかの成果があって、メールで本田に報告したのかもしれない。

　こっちにも届いているはずだと思い、わたしは自分の携帯電話を取り出した。真っ暗な画面を見て、ずっと電源を切ったままにしていたことに気づく。慌てて電源を入れて確認したが、新着メールは届いていなかった。

　ふと、違和感が脳裏を掠める。高村くんはわたしに留守番を頼んで外に出て行ったわけで、彼の律儀な性格からすると、どのような結果であれ、最低限、連絡のメールくらいは送ってくるはずだ。

　わたしは微かな不気味さを感じながら、確認のために高村くんに電話をかけた。ところが、「電源が入っていないか、電波が届かない場所にいる」らしく、電話が繋がらない。

「おっかしいなあ」と、わたしは声に出して言った。

『なんで出てくれないんだろ』

『連絡がつかないのか』

『あ、うん。電話に気づいてないみたい』

『まさか……いや、考えすぎだな』

『なんなの。言いたいことがあるなら隠さずに言ってよ』

『いいから、本田の方に集中していろ。余計なことは考えなくていい』

逃げるような態度に、わたしは不穏な空気を感じ取った。クロトは、わたしが高村くんの状況を知ることを望んでいないらしい。そういう態度を取られると、ますます気になってくる。少なくとも、川上くんのアパートに乗り込んだのかどうかは確認しておきたい。

左腕のデジタル時計には「00：45」と表示されていた。非常識な時間帯だが、高村くんと話せなかったことが動機になったおかげか、特に問題なく、川上くんに電話をかけることができた。

「もしもし。浅野か」

川上くんは普段通りの声で応答する。寝ていたわけではないようだ。

「ごめん、こんな時間に。あのさ、高村くん、そっちに行かなかった？」

「確かに来たが……どうして浅野がそのことを？」

会話が微妙に嚙み合わない。わたしは軽く首をかしげた。

「あれ？　高村くんに会ったんでしょ。説明を聞いてると思うんだけど」

「会ったのは会ったけどな。あいつ、玄関先で少し話をしたら、すぐに帰っちまったんだ。……なんで俺のところに来たんだ」

「ああ、それは――」

わたしは、高村くんから惚れ薬の話を聞いたことを明かし、「０１８っていう化合物が盗まれてたんだよ。その犯人が、川上くんだと思ってたみたい」と説明した。

「……なるほどな、それで俺を疑ったってわけか。でも、俺はサンプルを盗んだりしていない。018を持ち出した犯人は別にいる。それは間違いない」

川上くんには確信めいたものがあるらしく、少なくとも声の感じからは、嘘をついているようには思えなかった。もし彼の証言が正しいのなら、もう容疑者は残っていないことになってしまう。しかし、サンプルが消失しているのは事実だ。犯人が開発メンバーじゃないとすれば、必然的に惚れ薬の情報が漏れていたことになるが……。

わたしが黙って考えを巡らせていると、「それより、浅野にはまだ連絡は行っていないのか」と川上くんが尋ねてきた。「さっき、本田にメールを送ったんだが」

わたしはテーブルの上の、本田の携帯電話をちらりと横目で見る。高層ビルの航空障害灯のように、飽きることなく赤い光がついたり消えたりしている。

わたしは本田と同じ部屋にいることを隠して、「ううん、わたしには来てないよ。どういう内容？」と尋ねた。

「実は……」川上くんはしばらく言い淀《よど》んでから、沈んだトーンで言った。「高村が、交通事故を起こしたんだ」

わたしは携帯電話を左手に持ったまま、体を投げ出すようにソファーに腰を下ろした。

状況を飲み込むために、右手でこめかみを押さえながら、川上くんから聞いた話を、頭の中で繰り返す。

部屋にいたら、いきなり高村くんが訪ねてきた。ところが、少し話をしただけで、彼は慌てて帰ってしまった。その直後、近くの大通りから激しい衝突音が聞こえてきた。不吉な予感を覚えて駆けつけてみると、高村くんは車道に倒れていて、すぐそばでスクーターが横転していた。目撃者の証言から、車に撥《は》ねられたわけではなく、単独の自損事故だと分かった。すぐに救急車を呼び、事情を話して、一緒に病院まで行った。今はまだ病院にいて、高村くんの処置が終わるのを待っている。処置が終わったら、また連絡する。──川上くんはわたしにそう語って、電話を切った。

そうやって振り返ってみても、どうしてこんな展開になってしまったのか、全く理解できなかった。

わたしの脳内は、一つの疑問で埋め尽くされていた。

──どうして高村くんが事故を起こしたりするのか。

今は五周目だが、わたしの知る限り、高村くんが病院に運ばれるようなパターンは一度も現れていない。ありえないのだ、こんなことは。

わたしは顔を上げ、姿の見えないクロトに向かって、『どういうことなの』と疑問をぶつけた。『最初から、こうなるって決まってたの』

『……たぶん違うな。運命の剛直性が働いた結果、事故が起きたんだ』

『流転輪廻のなんとか、ってやつ？　……もしかして、さっき言おうとしてたのって、このことだったんじゃない』

『ああ、そうだ。どうやら、死の運命が本田から高村に伝播したらしい』

『あのさ、もうちょっと、分かるように説明してよ』

『……お前が取った選択肢が運命を変化させ、結果、本田の死を回避することに成功した。だが、それは死そのものの消失を意味しているわけではない。巡り巡って、本田の代わりに、高村がターゲットに選ばれたようだ』

『なにそれ。意味分かんないよ。どうしてそうなるわけ』

『オレも初めてのケースだからな……どう転ぶか読めないんだ』クロトがため息をついたのが分かった。『どうやら、多数の人間の運命が交差した結果、お前を中心とするコミュニティーにおいて一つの命が失われる、という状態に陥っているらしい』

『つまり、本田が生き残ったら、その代わりに誰かが……死んじゃうってこと？』

『そのようだな』

『そんな……わたしは何もしてないのに』

『それは違う。お前は今回、高村からかかってくるはずの電話に出なかった。これまで、高村はお前に説得されて、川上に会わずに帰っていた。だが、今回は会ってしまった。十分大きな変化だ』

その時、わたしの手の中で携帯電話が震えだした。川上くんからだ。

「――浅野。今、処置が終わったそうだ」

「……うん」

川上くんの喋り方から、その先の言葉が分かってしまった。

「……ダメだった。高村は……助からなかった」

『オレの予想した通りだったな』

クロトは通話の途中で時間を止めた。

『本当に……高村くんが狙われちゃったんだ』

『そういうことだ。だが、これで成功した、とも言える。おそらく、本田はもう死なない。ここでシミュレーションを打ち切って、確定の未来とすることもできる』

『バカなこと言わないで！　こんなの絶対ダメ。高村くんを身代わりにするような真似はできない』

『やはりな。お前なら、そう主張するだろうと思っていた。みんなが笑ってる未来とかいう、どうしようもない綺麗ごとを言うような人間だからな』

『だから、説明を渋ってたんだね。いい加減、覚悟を決めてよ。九周目までは、わたしの好きにやらせてもらうって言ったでしょ。もう一回やり直すよ』

『いいのか、せっかく未来改変に成功したのに』

『こういうのは、成功とは言わないの。他の誰かが犠牲になるなんて……』

言葉の途中で、わたしははたと気づく。

『……ちょっと待って。さっき言ってたの、なんだっけ、コミュニティー？　それって、どの範囲のことなの。この大学の周囲に限定したって、何千人って人が住んでるし、その人たちが死んじゃっても、たぶんわたし、気づかないよ』

『そこまで広くはない。すべてはお前の行動がキーになっている。改変の影響を受けた人間だけが、死の運命に巻き込まれる可能性がある。どんなに近くにいても、接点がなければ何も起こらない。逆に、地球の裏側にいても、何がしかの接点があれば、そこまで影響が及ぶこともある』

『その「接点」っていうのを、もっと詳しく教えてよ。わたしが吸い込む酸素分子が変わったせいで死んだ、とか言われたら、もうどうしようもないんだけど』

『その程度の些細な差異は、運命の剛直性に吸収される。影響力の有無が問題になる。現状で挙げるなら、直接的な接触、電話、あとはメールくらいだろう。……で、どの時間帯に戻るつもりだ』

『それは、高村くんからの電話に出られるあたり……でいいのかな』

果たしてそれでいいのだろうか、と不安になる。少なくとも、以前と同じ受け答えをすれば、高村くんは川上くんに会わずに帰ってくれるはずだ。だが、事故そのものを防いだわけではない。本田があれだけ簡単に死にまくっていたのだから、高村くんだって同じくらい危険な状態に置かれているはずだ。

もし、高村くんがひっそり命を落とし、それに気づかないまま、シミュレーションの終わりの時刻を迎えてしまったら……。ダメだ。見えないところでウロウロされるのは困る。もっと根本的な解決を図る必要がある。

方法はある。高村くんが大学を離れないように仕向ければいいのだ。そうすれば、事故は確実に防げる。

作戦は決まった。あとは、わたしがどれだけうまくやれるかに懸かっている。

六周目

（1）——夢見る乙女——

一瞬の断絶を経て、わたしはまた、実験室に舞い戻ってきた。

今回は、高村くんが実験室を出て行く直前ではなく、それより少し前に戻してもらった。ちょうど彼から惚れ薬の話を聞き終えたあたりだ。

余分に遡ったのは、高村くんが放ったあの一言——本田が、わたし以外の女性に惚れ薬を使おうとしているという証言——を聞かずに済ませるためだった。このことがおそらく、未来の「わたし」の行動を制御するキーになるはずだ。

わたしの目の前には、心配そうな顔をした高村くんの姿がある。

「あの、大丈夫ですか。本田さんのこと、軽蔑しちゃいましたか」

「軽蔑したよ」わたしは躊躇なく答えた。前回は焦ってほとんど思考停止状態になっていたが、今は確かな憤りを感じている。「そんなふうに、薬物で好きな相手をどうこうしようなんて、絶対に許せない」

「そ、そうですか……」高村くんは飼い主に叱られた柴犬《しばいぬ》のようにしゅんとなった。「申し訳ありませんでした」

「高村くんは悪くないよ。悪いのは本田。そうでしょ」

「それはそうかもしれませんが……そうやって女性に言われると……あ、そうだ」

高村くんはぽんと手を打って立ち上がった。

「浅野さん。実は、惚れ薬に関して、とんでもないことが起こってるんです」

来た。サンプルが盗まれた話が始まる。なんとかうまく誘導して、外出しないように持っていかなければならない。

高村くんは本田の実験台の前に立つと、前回と同じように、実験室で寝ていたら誰かに惚れ薬を盗まれたのだ、と説明をしてくれた。

「――ということで、018は二番目に効果が強い化合物であることが分かっています。これが使われたら、大変なことになりますよ」

「なるほどね」わたしは真面目な顔で頷いて、「犯人は川上くんだね」と断言した。

「え、あ、あれ？」自分の台詞を取られた高村くんが首をかしげる。「どうしてそう思ったんでしょうか」

「消去法でいけるでしょ。惚れ薬の開発プロジェクトチームのメンバーは四人。犯人はその中にいる。本田は隣で寝ているし、未来子さんはウチの実験室の鍵を持っていない。残ったのは川上くん。簡単な推理だよ」

「あ、はい。僕もそう思ってたんです。なので、これから川上さんに連絡をしようと思うんです。犯人だと指摘すれば、あっさり返してくれるかもしれないですし」

わたしは「ふむ」と腕を組んだ。前回、わたしがサンプル盗難の件を伝えた時、川上くんは迷うことなく「自分は犯人ではない」と言い切った。おそらく、高村くんが訊いても同じ答えを返すだろう。あまり意味のない行為だ。

ただ、わたしの目的は、あくまで高村くんを外出させないことにある。川上くんと話をすることで高村くんが納得するなら、やらせてあげた方がいい。

賛意を示すために、わたしは大きく頷いた。

「そうだね。試しに電話してみたら」

高村くんは「そうですか、じゃあ」と携帯電話を取り出し、「……でもなあ」と首をひねった。「正直に答えてくれますかね、川上さん」

「どうかな。疚《やま》しい気持ちがあったら、隠そうとするかもね」

「ですよねえ。僕は年下ですし、適当にあしらわれそうな気がするんです」

そう話す高村くんはいかにも自信がなさそうで、何周か前に川上くんのところに乗り込むと息巻いていた本人とは思えなかった。沙織ちゃんへの想いをぶちまけたか否かで、ここまで態度が変わるとは。良し悪しはともかく、恋心がもたらす行動力には相当強いエネルギーが注入されているに違いない。

「そうだ。こういうのはどうでしょう」と、高村くんが指を鳴らした。「これから本田さんを起こして、川上さんを問い詰めてもらうんですよ」

「え、でも、邪魔するなって言われてるんでしょ」

「そうなんですけどね。でも、そもそも自飲実験は、化合物の影響の有無を見るのが大事なわけですよね。ってことは、寝てばっかりいたら実験にならない、ってことじゃないですか。起きて、体調をちゃんと記録しないと」

戸惑うわたしを置いて、「ちょっと行ってきます」と高村くんが実験台の前を離れた。

本田を起こす。予想外の展開になりつつあったが、これはこれでありかもしれない。もし、今の時点で本田が目を覚ましていれば、ブロンズ像で頭部を強打して死んでしまうパターンを回避できる可能性が高い。

そこまで考えを進めた時、あるシーンが克明に頭に浮かんできた。

――本田は今、一目惚れ状態にある。目の前に、可愛がっている弟子が現れる。その瞬間、本田は性別を超えた愛に目覚め、高村くんに情熱的に抱きつこうとする。身の危険を感じた高村くんは、うっかりあのゴキブリのブロンズ像で本田を殴ってしまう。本田は床に倒れ伏し、我に返った高村くんはその場から逃げ出してしまう……。

ありうるかも！　わたしは慌てて高村くんの服の裾を摑んだ。

「わふっ」と、高村くんが犬みたいな声を出す。「ちょ、首が絞まってますって」

「ちょっと待った。やっぱりわたしも一緒に行く」

「はあ、それは別に構わないっていうか、むしろウェルカムっていうか」

「はい、つべこべ言わない。ちゃっちゃとやっちゃうよ」

要は、高村くんの行動をコントロールすればいいわけだ。不測の事態が発生しそうになったところで、強引に割って入ればいい。また告白される可能性もあるが、その時は高村くんが助けてくれるだろう。「しっかりしてくださいい本田さん！　相手が違います！」という風に。

わたしは高村くんと一緒に廊下に出た。彼を先に行かせるか迷ったが、まずは自ら先頭になって教員室に乗り込むことにした。

まだ本田はトイレのために起き出していないので、ドアは施錠されている。わたしは二周目——本田を殺してしまったあの周だ——と同じように、高村くんから教員室の鍵を受け取り、なるべく音を立てないようにロックを外した。

そーっとドアを引き、すり足で一歩目を踏み出した瞬間、ジーンズのポケットに入れてあった携帯電話が震え出した。

わたしは慌ててポケットをまさぐり、画面も見ずに電源を切った。振動が止むと、思わずため息がこぼれた。まだ心臓がドキドキ言っている。

この時間の電話は、確か、未来子さんからのものだ。こちらの様子を訊かれるだけだし、しばらく放っておいても問題はないだろう。

鼓動が収まるのを待ってから、わたしは斥候のように衝立の向こうを覗き込んだ。

「どうですか」

「大丈夫。とりあえず寝てる」

ひそひそ声で答えて、手招きで高村くんに入ってくるように促す。

「惚れ薬の影響があるから、高村くんが声を掛けて。起きたら、いったんソファーに座らせた方がいいと思う」

「了解です」

高村くんが足音を殺しながら本田に近づいて行く。起こしに行くというより、むしろ起こさずにどれだけ近づけるか、という競技でもやっているように見える。

「本田さん。起きてください。すごく困ったことになってるんです」

高村くんの呼び掛けに、本田は沈黙をもって答えた。わたしの時はすんなり起きたくせに。惚れ薬のせいで女性の声に敏感になっているのかもしれない。

わたしは衝立に身を隠したまま、「こらっ！　起きなさいって言ってるでしょ！」と、寝坊助《ねぼすけ》の息子を起こす母親の勢いで声を掛けた。その声に反応して、本田がソファーの上でもぞもぞと動く。

「ほら、高村くんも声を出す」

「あ、はい。本田さん。高村です。起きてください。盗難事件ですよ」

本田は顔をしかめて、「うう……」と唸っている。もう少しだ。わたしはぐっと手を伸ばして、本田の髪の毛を引っ張った。

ところが、力加減がうまくいかず、ぷちぷちと音を立てて髪が抜けた。クロトが『ひどいことを』と呟く。言っておくが、わざとではない。

「……痛いな……誰だよ……」

「お。起きた起きた」本田が体を起こしたところで、すかさず高村くんの背中をつつく。「ほら、体を支えてあげて。そうじゃないと、また寝ちゃうでしょ」

高村くんは「は、はい」と頷くと、本田の隣に腰掛け、寄り添うようにしっかりとソファーに座らせた。

「……なんだ、高村。どうしてお前がここに……。もう朝か」

「いえ、違います。しっかりしてください、本田さん。非常事態なんですよ」

「大げさなことを……」寝ぼけているのか、本田はやけに間延びした喋り方をしていた。「……あれ。さっき、浅野の声が聞こえた気がしたんだが……」

「ええ、そこに――」

高村くんが余計なことを言おうとするので、プラスチック製の衝立にパンチをかまして黙らせる。

「あ、そっか。惚れ薬の影響があるんでしたね」

「……今、変な音がしたぞ」

「僕には聞こえませんでしたが。それより、大変なんです。惚れ薬が盗まれたんです」

「盗まれた……？　誰が盗んだんだ……」

「川上さんですよ。状況からして、そう判断するしかありません」

「……バカを言うな。あいつが、そんなことをするはずがない……」

「いや、友達をかばいたい気持ちは分かりますけど、他に容疑者がいないんですよ」

「……それなら、何か理由があるんだろ……。それより、眠くって……」

どさ、と本田がソファーに倒れ込む音が聞こえた。

「ちょっとお。起きてくださいよ」

「もう少し……寝かせてくれ……」

「本田さぁん……。ああ、ダメだ。また寝ちゃった」

起こすのを諦めたらしく、高村くんがしょんぼりしながら戻ってきた。

「見ての通りです、浅野さん。全然ダメでした。たぶんあれ、惚れ薬の副作用ですよ。半信半疑でしたけど、やっぱり効果が出るんですね」

「みたいだね」

効果も強力なら、副作用も強力、ということか。わたしを相手にしてさえ、あれだけ熱烈な告白をしてくるのだから、万が一本命の相手である「ひめがさき」さんがここにやってきたりしたら、もう、とんでもないことになるに違いない。相手をドン引きさせるどころか、その場で警察を呼ばれる可能性が大だと思われる。

　高村くんは柔らかそうな髪をぐしゃぐしゃと掻きむしった。

「うー。犯人が分かってるのに、手の打ちようがないなんて……じれったすぎます」

「しょうがないよ。明日、ちゃんと本田が起きてから、改めて事件について考えることにしようよ。ね？」

「……そうですね」悄然《しょうぜん》とした様子で、高村くんは頭を下げた。「すみません。お引き止めしてしまって」

「いや、それはいいんだけど。高村くんは、このあとどうするの」

「朝まで実験室にいます。最初からそういう予定でしたから」

「そっか。でも、疲れてるでしょ。代わりに見ててあげるから、休んできなよ」

「そんな。悪いですよ」と、高村くんは恐縮した様子で首を振る。だが、ここは素直に従ってもらわねばならない。「いいからいいから」と、わたしは強引に高村くんを教員室から追い出した。

「一時間。一時間だけ、ここにいるから。それが終わったら交代ね」

「はあ、分かりました。じゃあ、お言葉に甘えて、仮眠を取らせてもらいます。夜は長いですし」

　高村くんが第一実験室に入っていくのを見送り、わたしは教員室のドアを閉めた。

『どういうつもりだ』一人になったところで、クロトが話し掛けてきた。『また愛の告白を聞く気か』

『ううん。本田を起こすつもりはないよ。とにかく、危険な時間帯だけは見守ってようと思って。ここでわたしが帰ったら、もう手出しできなくなっちゃうし』

答えながら、衝立の手前にある共用パソコンを立ち上げる。午前一時過ぎまで、インターネットでも見ながら時間を潰せばいい。

『うまくいくのか。こんな時間だぞ。途中で帰りたくなるんじゃないのか』

『大丈夫。たぶん、未来の「わたし」は、ドキドキしてると思う。心のどこかで、本田が告白してくることを期待してる。だから、こうして居残ることができたわけだし』

『なるほどな。自分のことは自分が一番よく分かっている、ということか』

『あくまで「そう思う」ってだけだよ』

本田が、わたし以外の相手に惚れ薬を使おうとしている――その情報を知らない段階であれば、「ひめがさき」さんが本命であると悟ることはなく、「わたし」は希望を持つことができる。

　未来の自分の心情を知るすべはなく、ただ想像するしかないが、現実での「わたし」は、ネットサーフィンをしながら、主人が帰ってくると信じていた忠犬ハチ公のように、本田と二人で暮らす将来を夢見るかもしれない。

（2）――死の運命は巡る――

わたしはパソコンの画面を眺めながら、時々、画面の左隅に表示された時刻を確認した。

三周目、そして、おそらくオリジナル周、本田がゴキブリのブロンズ像で頭部を強打したのは、午前〇時半より少し前だった。

考えてみれば、四周目で本田が階段から転落したのも、五周目で高村くんが事故を起こしたのもそれくらいの時刻だった。

運命の剛直性の性質上、本来起こるはずの時間から離れれば、そのイベントは起こりにくくなる、とクロトは言っていた。ということは、わたしの周囲の人たちをターゲットにした死の罠《わな》は、二月十四日の午前〇時半前後に発動すると考えていいだろう。

つまり、そこが勝負の分かれ目になるはずだ。

わたしは「The Journal of Organic Chemistry」のホームページからダウンロードした最新の文献に目を通しながら、その時が過ぎるのを待つことにした。

無駄にあれこれ考えているからだろうか、待つ時間は、シミュレーションであっても経過が遅いように感じる。

時々、衝立の向こうで本田が寝返りを打つ気配がして、そのたびにギクリとする。体を動かしたはずみでソファーから転げ落ちるのではないか——杞憂《きゆう》としか思えないようなイメージが、気持ち悪いくらい簡単に思い浮かぶ。

『ずいぶん神経質になっているな』

わたしの緊張を感じ取ったのか、クロトの方から声を掛けてきた。

『そりゃそうなるよ。さんざん酷《ひど》いシーンを見てきたし、そろそろ胃に穴が開きそう』

『心配するな。肉体と魂魄は独立している。未来のお前が不安を覚えていない以上、体に異常が起こる可能性はない』

言われてみればその通りだった。精神的なストレスを感じている割に、体は軽く、胃がしくしく痛むようなこともない。

ただ、自分の肉体が無事と分かっても、焦燥感が消えてくれるわけではない。シナプスの隙間からこぼれた最悪の予想が、折に触れてわたしの心を千々に乱す。一度取り憑《つ》かれてしまったら、もう、不吉な想像を追い払う手段はない。だから、それが生まれないように、可能な限り無心でいるしかない。

こんな時、化学は結構頼りになる。わたしは眉間にぐっと力を入れて、画面に表示された化学構造式に意識を集中させた。

〇時二十五分になったところで席を立ち、衝立の向こうを覗いてみた。本田は不機嫌そうな表情を浮かべていたが、依然として眠り続けていた。

わたしは顔を引っ込めて、『おかしくない？』とクロトに疑問をぶつけた。『そろそろ、トイレに行く時間だと思うけど』

『さっき中途半端に起こしたからな。行動パターンが変化したんだろう』

『そっか。こっちはいいとして……高村くんは大丈夫なのかな』

わたしはドアの開閉音に気をつけながら教員室を出て、第一実験室に向かった。入口から部屋の奥をうかがうと、うつぶせで寝ている高村くんの姿があった。呼吸に合わせて体が動いていることを確認してから、再び教員室に戻った。

『二人とも、ちゃんと生きてるね。……成功したのかな、未来改変』

『おそらくな』とクロトは冷静に答えた。『もう少ししたら、家に帰っても大丈夫だろう。あとは普通に眠って、普通に起きればいい。午前七時を迎えた時点で、シミュレーションは終了する』

『そっか……』

これまでの苦労を振り返り、わたしはため息をついた。間違いなく、未来の「わたし」は、今のため息に特別な意味があることに気づかないだろう。

『でも、できるだけ見てた方がいいよね。高村くんにはあと一時間で交代するって言ったけど、もうしばらくここにいるね』

とはいえ、論文を読むのにも疲れてきた。わたしは椅子に腰掛け、キーボードを脇に寄せてから、空いたスペースに突っ伏した。

ちょっと休むだけのつもりだったが、気が緩んだのか、顔を伏せているとだんだん眠くなってきた。わたしは頬に触れていた髪を払い、眠気を妨げる不快な感覚を取り去った。

……大丈夫、物音がすればきっと目が覚める。

やがて、毛布を掛けられたように、体がじんわりと温かくなってきた。心地良い眠りが、密《ひそ》やかにわたしの頭部を包み込む。

そうしてうつぶせになったまま、まうとうとしていると、ふいに、どこかから電話が鳴る音が聞こえてきた。

……電話？

違和感で、眠りの縁から一気にうつつの世界に引き戻される。どうやら、鳴っているのは第二実験室の電話らしかった。

『電話が鳴るパターンって、あったっけ』

『いや、なかったな。……妙だな。前の周もこの時間帯まで来たはずだが……』

『とにかく、出てみるよ。それが自然な行動だと思うし』

わたしは教員室を飛び出して、第二実験室の鍵を開けて中に入った。白い事務用の電話が、闇の中で電子音を奏で続けている。

廊下に面した窓から差し込む光を頼りに電話機のところまで移動し、受話器を取る。

「——あ、通じた」聞こえてきたのは、沢井くんの声だった。「あの、沢井ですが。どなたですか？」

「浅野だけど。どうしたの、実験室に電話なんて」

「いえ、ちょっと浅野さんに用があったのですが、携帯の方は電源を切っているようでしたので」

わたしはそう言われて初めて、携帯電話の電源をオフにしていたことを思い出した。本田を起こす時に切って、ずっとそのままだ。

「あれ、でも、どうしてわたしがここにいるって分かったの」

「未来子さんから大学に行ったと伺いましたので、こうして実験室の方に電話した次第であります」

わざとらしい軍人口調で言って、沢井くんは早口で説明を始める。

「実は、買ってあったワインを渡し忘れていたので、届けるために、もう一度お宅に伺わせてもらったんです。すぐに帰るつもりでしたが、見事に未来子さんに捕まってしまいまして。しょうがないので、ワインのご相伴にあずかっていたんです」

ああ、と納得する。何回か前の周で未来子さんが言っていた「飲み会」というのは、きっとこのことだったのだろう。

「ところがですね。肝心の未来子さんが酔い潰れてしまったんですよ。鍵を掛けずに出て行くわけにもいきませんし、どうしたものかと思いまして」

沢井くんの説明に、わたしは胸を撫で下ろした。交通事故に遭ったとか、階段から転落したとか、そういうろくでもない情報がもたらされるのではと密かに心配していたのだが、単なる杞憂で終わってくれたようだ。

「分かった。すぐ帰るよ」

わたしは二つ返事で引き受けて、受話器を置いた。この電話を受けた以上、わたしは大学を出なければならない。沢井くんの頼みを無視する動機がないからだ。

わたしは廊下に出て、腕時計で時刻をチェックした。「00：48」。一番危険な時間は終わっている。帰っても大丈夫だろう。

第一実験室に入り、椅子からはみ出た足を軽く揺すって高村くんを起こす。

「あれ……もう一時間経ちましたか」

うつぶせで寝ていたせいか、高村くんは前髪だけに寝癖がついた、不思議な髪型をしていた。

「まだ少し早いけど。ごめん、帰らなきゃいけない用事ができちゃって」

「……そうなんですか」と、高村くんは小さな子供のように両手で目をこする。「もう遅いですし、あとは僕だけで大丈夫です。……どうもありがとうございました」

「うん。でも、何があるか分からないから。できれば、教員室で見守っててあげて」

高村くんが本田を起こそうとした時の様子からすれば、同性には惚れ薬の効果は発動しないことが分かる。同じ部屋にいても問題ないはずだ。

「……分かりました。じゃあ、向こうで寝ることにします」

「よろしくね」

寝ぼけ眼で手を振る高村くんに見送られ、わたしは第一実験室をあとにした。

バレンタインデーを迎えたキャンパスは、今が冬のピークとばかりにひどく冷え込んでいた。おまけに、結構な勢いで雪が降っている。傘がないので見る間にコートが白く染まっていく。

帰ると決めた以上は一刻も早くマンションにたどり着きたいのだが、午前〇時で正門は閉まっているので、最短ルートは使えない。この時間に開いている門は一ヶ所だけ。グラウンドの向こう、地震研究所のところにある裏門から出るしかない。

はあ、っと白い息を吐いてから、わたしは八号館の裏手に回り込んだ。

『本当に、これでよかったのかな』

グラウンド脇の小道に入る前に振り返り、建物の右端に視線を向ける。

『特に問題は起こっていないようだが』

『わたしもそう思うけど……』わたしはでこぼこだらけのコンクリートの上で、くるりと体を反転させ、八号館に背を向けた。『失敗ばっかりしてるから、疑い癖がついちゃったみたい』

『気持ちは分からないではない。オレにとっても初めての経験だが、「流転輪廻の軛」がこれほどまでに厄介な性質を持っているとは思わなかった。ルール破りをしたくなるのも無理はないな』

『……ルール破りって、屋上で話してくれたやつだよね』

手でひさしを作って、顔に落ちてくる雪を避けながら、フェンスと塀に挟まれた細い道に入る。

『そうだ。お前たちの世界でいう、ハッキングだな。特殊なコードを組み込んだプログラムを使って「アカシック・レコード」にアクセスしているらしい。対象者を好き勝手に選んだり、ありえない行動を無理やり記録したりと、かなり自由度が上がると聞いている。しかも、やろうと思えば簡単にやれる。そういうプログラムを作って配布するのが趣味のやつがいるからな』

『それ、使ってはくれないんだよね』

『言ったはずだ。オレはリスクを背負うような愚かな真似はしない。「急がば回れ」というのは、日本のことわざだったか。仮にお前の魂魄を救いそこねても、ペナルティはごくわずか、一人分の実績を消されるだけだ。だが、ルール破りの場合は、最悪、千人単位で取り消しを受けることもある』

『そういうリスクがあるのに、どうして裏技なんか使うんだろう。強引に実績を増やすため？』

『違うな。おそらくそいつらは、対象者に感情移入しているんだ。この人間をどうしても助けたい――そういう気持ちが、冷静な判断を奪い去るんだろう』

『でも、それって……人間っぽいよね』わたしは肩に積もった雪を手で払った。『あなたの場合は、絶対にそうならなそうだけど』

『褒め言葉と受け取っておこう』

そんなことを話しているうちに、裏門のすぐそばまで来ていた。わずかに開いた隙間をすり抜けると、ひっそりと静まり返ったお寺の前に出る。

わたしは進路を左手に取り、塀の外の道をいま来た方向に引き返す。そのまま塀に沿って道なりに進むと、大学の前を通る本郷通りに出られる。

と、角を曲がったところで、赤い光が目に飛び込んできた。パトカーが二台、セブンスヘブンの前に停車している。

近づいていくと、店を出てすぐの歩道で、店員さんと警官が話をしているのが聞こえてきた。

年配の警官はやけに声が大きく、「カラーボール、なんで投げなかったんですか！」とか、「で、犯人はどっちに逃げましたか！」とか、「怪我人はいない、と！」とか、「コンビニ強盗が多いんですよ、最近！」とか、わざと周囲に聞かせるようなボリュームで喋っていた。見覚えのある男性店員は、うんざりした様子で受け答えをしていた。

『コンビニ強盗かあ……これって、さすがにわたしとは無関係だよね』

『ああ。お前は覚えていないだろうが、十四日の朝、お前がぼんやりとテレビを見ていた時に、コンビニ強盗のニュースをやっていた。気づかなかったようだが、あれはこの店舗だった。お前の行動とは無関係だ』

それならよかった……というのは不謹慎だが、被害が金銭だけだったのは、不幸中の幸いと言うべきだろう。

雪はさらに激しさを増している。わたしは赤色灯に右頬を照らされながら本郷通りを横断し、未来子さんと沢井くんが待っている自宅への道を急いだ。

本郷通りを離れ、ひと気の絶えた商店街を三〇メートルほど行くと、緩やかなカーブがあり、そこを曲がると、わたしのマンションの明かりが見えてくる。

やっと、戻ってこれた。

時計を見ると、午前一時を回っていた。家を出たのは午後十一時過ぎだったが、何度も時間を行ったり来たりしているので、ようやく帰ってきた、という達成感があった。

顔を上げ、翼よあれがパリの灯だ、とばかりに、わたしは安堵の吐息を漏らした。

玄関ドアを開けると、フローリングの廊下の向こうに沢井くんの姿があった。

「どうもすみません」

「いや、そろそろ帰るつもりだったし」

「それにしても、珍しいですね、こんな時間に外出なんて」

「ちょっと大学に用があって。未来子さんは？」

「ダイニングのテーブルで寝ておられます。そこで飲み始めちゃいまして」

靴を脱いで「うん、分かった」と、廊下に上がる。

左右に並んだドアの前を足早に行きすぎ、廊下の奥の白いドアを開ける。左手に視線を向けると、テーブルに突っ伏して眠っている未来子さんの背中が見えた。テーブルにはワインのボトルと、ほとんど空になったグラスが二つ置いてある。つまみにしていたのだろう、いろんなチーズが乗った皿もある。

「未来子さん。こんなとこで寝たら風邪引きますよ」

わたしは笑いながら未来子さんの肩を揺すった。ところが、未来子さんはぐったりしたままで微動だにしない。不自然な様子に、いったんは消えたはずの違和感が脳裏に再浮上してくる。

そもそも、酔い潰れたということ自体、妙な話だ。ワインを趣味にするだけのことはあって、未来子さんはアルコールにめっぽう強い。少なくとも、こんな風に泥酔して眠りこけているところを見たことはない。

体を起こすために、投げ出された未来子さんの右手を持ち上げようとして、わたしは目を見張った。指先が、微かに痙攣している。

『様子がおかしいな』と、クロトが冷静にコメントする。

『そんなの、見れば分かるから！』

思わず喧嘩腰《けんかごし》で言い返してしまった。その落ち着きぶりが、今のわたしには腹立たしい。

「どうしました？」

遠巻きに様子を見ていた沢井くんが、心配そうに訊く。わたしは振り返って、首を横に振ってみせた。

「救急車を呼んで。意識がないみたいなの」

「え、そんな……どうして……」

沢井くんは狼狽《ろうばい》を露《あらわ》にするだけで、ちっとも動こうとしない。わたしは「もうっ！」と叫んでリビングに駆け込むと、迷わず一一九番に電話をした。火事ですか、救急ですか、と機械的に尋ねる係の人に、苛立ちを抑えながら状況を説明した。

通報を終え、受話器を置いたタイミングで、沢井くんが「……どうですか」と情けない声で尋ねてきた。

「すぐに来てくれるって」

沢井くんは真っ青な顔をしている。震える声で、どうしよう、と繰り返す姿に、わたしは不穏な空気を感じ取った。

「沢井くん。まさかとは思うけど、未来子さんに変なことしてないよね」

「え、いや、それは」

沢井くんの表情に緊張が走ったのが分かった。

「……したんだね」

「いや、その、性的なイタズラとか、そういうのは一切、はい、誓ってやってません。ただ、あの、ワインに薬を……」

「何の薬？　睡眠薬でも飲ませたの？」

「ち、違います。そういうのじゃなくて……ああ、でも、言っても信じてもらえないと思うんですが」

「いいから、さっさと教えて。病院の人に説明しなきゃいけないから」

「私が使ったのは……その……惚れ薬なんです」

「惚れ薬って、まさか――」

わたしはテーブルのワイングラスに視線を向けた。

高村くんが、惚れ薬の説明の時に言っていた。ＭＡＯ阻害剤には、副作用があると。

飽きるほど何度も読んだ、文献の中の一節が蘇る。

ワインやチーズには、チラミンという、神経伝達物質に似た物質が含まれている。ＭＡＯ阻害剤とそれらを同時に摂取すると、薬の作用によってチラミンが代謝されなくなっているため、高血圧などの副作用が発現することがある――。

「本田たちが合成した化合物を使ったの」

沢井くんは眉根を寄せて、「ご存じだったんですか」と、ため息混じりに呟いた。「浅野さんも関わっていたんですね」

「違う。わたしもさっき、大学で高村くんに聞いたの」

「……そうですか」と嘆息して、沢井くんは目を伏せた。

「もしかして、サンプルを盗んだのは……」

その時、マンションの外から救急車のサイレンが聞こえてきた。

誘導のために外に出ようとしたわたしの背中に向かって、「……すみませんでした」

と、沢井くんが消え入りそうな声で言った。

（3）——犯人はかく語りき——

わたしは沢井くんと共に救急車に乗り込み、緊急搬送先の病院に向かった。

車内では、未来子さんの既往歴や普段の体調、常用している薬などについて矢継ぎ早に質問を受けた。そのせいで、沢井くんとゆっくり話すどころではなかった。

数分で到着した病院は、三周目で頭部を強打した本田が運び込まれたところと同じだった。おそらく、事故を起こした高村くんもここに運ばれたはずだ。近隣で救急車を呼んだのだから、同じ病院に運ばれるのは当然なのだが、どうしてもそこに運命の剛直性を感じずにはいられなかった。

未来子さんは一度も目を覚ますことなく、ぐったりしたまま救急処置室に運ばれていった。わたしは黙ってそれを見送り、沢井くんを連れて待合室に移動した。

待合室は六畳ほどの手狭な空間で、蒸し暑さを感じるほど暖房が効いていた。病院がわざと不快な空間を演出しているのでは——そんな疑いを抱いてしまうほど、わたしの心は苛立ちに満ちていた。

率先して長椅子に座ると、沢井くんは一人分のスペースを空けて、わたしの隣に腰を下ろした。

「……何があったのか、話してもらうよ」

硬い表情で沢井くんは頷いた。

「もう一度確認するけど、惚れ薬を持ち出したのは沢井くんなんだね」

「……はい。私がやりました」

「持ち出したってことは、惚れ薬の存在を知ってたんだよね。いつから知ってたの」

「知ったのは今日……数時間前のことです」

「そうなの？　誰から聞いたの」

「いえ、誰からも教えてもらってません。……惚れ薬の存在に気づいたきっかけは、携帯電話のすり替えでした」

沢井くんは祈りを捧げるシスターのように、顔の前で手を組み合わせていた。

「今日……いえ、もう昨日ですか。夜に、浅野さんのお宅で、ＤＶＤを観ました。途中で終わってしまったのはショックでしたが、特に会話が弾んでいたわけでも、ロマンチックな雰囲気になっていたわけでもありませんでしたから……まあ、正直言って、こんなもんだろうな、という感じでした。ところが、帰ろうとした時に、私は見てしまったんですよ。ソファーに、未来子さんのケータイが置きっぱなしになってるのを」

「うん」とわたしは小さく頷く。置き忘れていた携帯電話を、わたしはこの目で確認している。あれは確か、オリジナル周の出来事だったか。

「……魔が差した、っていうんでしょうね、ああいうのを。メールを見れば、未来子さんの個人情報が得られるじゃないか……そう思ってしまったんです。いま考えれば、無茶なことをしたと思いますが、その時は全く躊躇する気持ちはありませんでした」

沢井くんは、未来子さんと同じ機種のスマートフォンを使っていた。色も、形も全く同じだ。ストラップやカバーなどのアクセサリーも付いていないし、すり替えが成立する余地は十分にあった。

「幸い……と言っていいか分かりませんが、パスワードによるロックは掛かっていませんでした。マンションを出て、すぐにメールの受信ボックスを見ました。……そこで、私はとんでもないものを見つけてしまったんです」

「それってもしかして、惚れ薬に関するメール？」

「ええ、そうです。本田さんや川上さんと頻繁にやりとりをしていました。最初はもちろん冗談だと思いましたが、読み進めるにつれて、手が震えてきました。本物だ、と確信しましたよ。メカニズムが詳細に書かれていましたし、それに関するディスカッションも行われていましたから。……今日の夕方、川上さんに送信されたメールには、動物試験の結果が書いてありました。動態がよかった物質の番号が挙げられていたのを見て、ふと思ったんです。なんだ、慣れないアプローチをしなくても、これを使えば、未来子さんの気持ちを簡単に自分に向けられるじゃないか、と」

わたしは長椅子から腰を浮かして、沢井くんの方に向き直った。

「でも、そんなことをしたって――」

「分かってます！」

顔を伏せて、沢井くんはもう一度、「分かってます」と繰り返した。

「……しょうがないじゃないですか。私には、恋愛なんてできません。どうやって近づいて、どうやって好きになってもらって、どうやって告白すればいいか、全然、これっぽっちも分からないんです。満たされない気持ちを抱えたまま生きるくらいなら、一瞬だけでも振り向いてもらいたい――それが自然な欲求じゃありませんか」

わたしは迷いなく、首を横に振った。

「それで振り向いてもらっても、全然嬉しくないよ」

本田が惚れ薬を飲んだせいで告白してきたと知って、わたしはショックを受けた。そこには何の喜びもなかった。

心の通わない、上辺だけの言葉にどれだけの意味があるというのだろう。それは本来なら、別の誰かに向けられるはずだった言葉なのだ。

愛の囁《ささや》きを知ることは、知らないでいることより辛いと思う。知ってしまえば、それを正しい形で受け取る喜びを、具体的に想像できてしまう。そして、誰かが享受するその言葉は、決して自分に届けられることはない。得られることのない愛情。その遠さを知ることで、自分と誰かの扱いの差を、嫌でも理解してしまう。それは悲劇でしかない。

こみ上げてきた感情に衝き動かされるように立ち上がったところで、『待て』とクロトが割り込んできた。『説教をするつもりならやめておけ。この周を捨てれば消えてしまう言葉だ。無駄話はやめて、本題に戻るんだ』

『……分かったよ』

わたしは衝動をぐっと呑み込んで、長椅子に座り直した。

「惚れ薬の存在に気づいた理由は分かった。それで、そのあとどうしたの」

「浅野さんのマンションを出て、その足で大学に行きました。見つからなくてもしょうがないと思っていましたが、第一実験室の実験台の上に、これ見よがしにサンプルケースが置いてありましたからね。番号も合ってたし、これだと思いました」

「でも、高村くんが部屋にいたでしょ」

「椅子を並べて寝てましたから。たとえ見つかったとしても、実験をしにきたとごまかせば済む話です」

すっかり吹っ切れたのか、沢井くんは悪びれることもなく、淡々と、ニュースでも読み上げるように自分の行為を語っていた。

「サンプルを持ち出したあと、いったん自宅に戻りました。ケータイの入れ替わりに気づいたことを話そうと、何度か未来子さんに電話をしましたが、なかなか繋がりませんでした。その時はやきもきしましたが、考えてみれば、当たり前ですよね。リビングに置いてあるわけですから。ですが、時間を空けて何度かかけているうちに、未来子さんが出てくれたんです」

「……わたしが外に出る時に回収したんだよ。そうじゃなかったら、たぶん、明日の朝まで気づかなかったと思うよ」

わたしは今、二周目をベースにして、微妙に修正しながら、何度も時間を往復している。その繰り返しが始まる前、自宅を出る時に、未来子さんに携帯電話を手元に置いておくように伝えた。そのあと、未来子さんは沢井くんと通話したのだろう。

「私は、その日のうちに計画を実行するつもりでした。決意が鈍りそうでしたし、大学で二人きりになるのは難しいですから。ところが、お互いのケータイが入れ替わっていることを伝えても、未来子さんはあっけらかんとしてました。私は届けに行くと申し出たのですが、明日でいいよ、なんて言うんです。そういう、イマドキの女性らしくないところは……なんというか、魅力的ですよね」

「そうだね。普通のルールに縛られない感じとか、わたしも憧れてるよ」

わたしたちの間に、わずかに弛《し》緩《かん》した空気が——未来子さんの普段の様子を思い出したせいだ――下りてきたので、わたしはふっ、と短く息を吐いて、「それで？」と続きを話すように促した。

「私は苦し紛れに、お詫《わ》びにワインを持っていきます、と申し出ました。すると、未来子さんの態度はがらっと変わりました。すぐにおいでよ、と言ってもらえたので、近くのコンビニで適当に買って、急いでマンションに向かいました」

「それって、何時くらい？」

「……正確には覚えていませんが、午後十一時半にはなっていなかったと思います。その時にはもう、浅野さんはいませんでした。……ちなみに、どうして大学に？」

「たまたま高村くんに電話したら、なんだか様子がおかしかったから、それで大学に行ったんだけど……あっ」

わたしは、高村くんと二人で教員室に侵入した時に、自分の携帯電話に着信があったことを思い出した。あれは未来子さんからの電話で、内容は「飲み会をやろう」というものだったはずだ。

……そうだったんだ。

どうしてこれまで、未来子さんが病院に運ばれる展開にならなかったか。ようやく事情が理解できた。二周目は、本田が病院に搬送されたから飲み会どころではなかったし、他の周では、わたしは未来子さんの電話にちゃんと出ていた。「帰るのが遅くなる」という返事を聞いて、ワインを開けるのを自重したのだろう。今の事態をもたらしたことになる。いくら予想不可能だったとはいえ、後味は極めて悪い。

「それで――」わたしは気持ちを切り替えて、事情聴取に戻った。「二人でワインを飲み始めたんだ」

「はい。隙を見て、未来子さんのグラスに惚れ薬を混ぜました。……でも、思っていたような効果は出ませんでした。途中で眠ってしまって、それで終わりです」

「眠ったんじゃない」自分でも驚くほど冷たい声で、わたしは沢井くんの言葉を否定した。「ワインとチーズに入ってる物質が分解されなくなったせいで、血圧が異常に上がって、意識を失ったんだよ」

「そんな……」沢井くんが呆然と唇をわななかせた。そこで初めて、自分の行為がもたらした結果の重大さを理解したようだった。「私は、そんなつもりじゃ……」

黙って聞いていたクロトが『やれやれ』とつまらなそうに言った。『サンプル盗難事件は無事に解決したようだな』

『みたいだね。別に解決するつもりはなかったけど。……でも、どうしてオリジナル周ではこういう展開にならなかったんだろ。もし沢井くんがウチに来てたら、未来子さんはわたしを呼びに来たはずなのに。それがなかったってことは、沢井くんは来なかった、ってことでしょ』

『……ここから先は単なる想像だ。オリジナル周で本田の姉が携帯電話を受け取るのは、今より遅い時間帯だった。二十分、三十分の差だが、その間に沢井と会話をしたかどうかがトリガーになっていたんだろう。何度も電話をしたと、沢井は証言していた。いくらかけても繋がらないとなれば、だんだんやる気もしぼんでいく。気後れしたんだ』

『結果、沢井くんは惚れ薬を使うのを諦めた、ってことか。このパターンって、やっぱり……失敗なのかな』

『その可能性は高い。念のために確認してみろ』

『そうする』

わたしはソファーから立ち上がり、「ちょっと、電話してくる」と断って部屋を出て、ロビーに向かった。照明が落とされているのでひどく暗かったが、隅の方にある自販機コーナーだけは不謹慎なほどに明るくて、わたしは光に誘われる蛾《が》のようにそちらに近づいていった。

高村くんに電話をかけると、すぐに応答があった。

「もしもし。どうかしたんですか」

「本田って……起きてる？」

「いや、まだですね。ずっとソファーで寝てますよ」

本田が助かり、高村くんも生き残っている。死の運命はそこを離れたのだ。

「あの、浅野さん。何かあったんですか」

「うん……実は――」

どう答えようかと迷っていると、薄暗い廊下の奥から、白衣に身を包んだ男性医師が姿を見せた。

「ごめん、またあとで」と電話を切り、わたしは近づいてきた医師に向き直った。年齢は四十代くらいか。何の表情も浮かべていなかったが、隠し切れない翳《かげ》りのようなものが全身から発せられていた。

「……どうなりましたか」

わたしが尋ねると、医師はすっと目を伏せた。

「……残念ですが、先ほどお亡くなりになりました。運ばれた時にはもう、手の施しようがない状態でした。脳出血による脳幹の圧迫が、直接の原因だと思います」

覚悟はしていた。それでも、医師の口から事実として告げられてしまうと、思っていた以上に強い衝撃があった。

膝が震え出しそうになるのをこらえて、わたしは頭を下げた。

「そうですか。ありがとうございました」

『三人目の犠牲者か。……本当にキリがないな』

クロトがうんざりしたように言う。それを聞きつけたようなタイミングで、沢井くんが転びそうになりながら駆け寄ってきた。

「あの、どうでしたか」

わたしは無言で首を横に振った。それですべてを察したのか、沢井くんは崩れ落ちるように廊下に両膝をついた。

「……こんなことなら、別の化合物を使えばよかった……。018は血中濃度が高くなりすぎるってメールに書いてあったのに……」

そんなことをいまさら言っても――。

こみ上げた怒りが、アドレナリンの分泌を急かす。言葉にならない叫び声にしかできない、獣のような昂《たか》ぶり。奔流のごとき激情で体が震え出す直前、わたしはふと、奇妙な点に思い至った。

沢井くんが口走った、「018」というコード番号。盗まれていたのは、二番目に活性が高かった化合物だった。どうして沢井くんは、最強化合物である010を盗まなかったのだろうか。

やり方はさほど難しくない。サンプル瓶は、褐色ガラスでできた本体と、白いプラスチック製のキャップで構成されている。上から見て判別できるように、キャップには化合物の番号が書かれていた。逆に言えば、キャップをすり替えれば、それで十分にごまかせるということだ。

どうせ、これは消えてしまう未来だ。得られる情報はすべて得ておくべきだ。場違いだと知りながら、思い浮かんだ疑問を沢井くんにぶつけることにした。

「ねえ、沢井くん。どうして、010の方にしなかったの」

顔を上げた沢井くんの顎の先から、涙が落ちるのが見えた。

「……しょうがなかったんです。010の瓶は空になってましたから」

「空だった……？」

『そんなはずはない』クロトが沢井くんの証言を冷静に否定した。『オレが知っているんだから、お前も見たはずだ。あの瓶には粉が入っていた』

クロトの言う通りだ。沢井くんの証言は間違っている。すでに消してしまった未来だが、わたしは一度、この手で010のサンプル瓶に触れている。サンプルケースから出して、中身が入っていることを確認した。

「本当なの？　高村くん、何も言ってなかったよ」

「でも、私が見た時には……いや、そうか……そういうことだったのか」

沢井くんは頬を伝う涙を袖で拭い、床に手をついて立ち上がった。

「それなら、答えは簡単です。川上さんが補充したんです。おそらくは、別の化合物を」

「……なんで？　なんで、そんな風に断言できるの」

沢井くんは涙に濡れた瞳でわたしを見た。

「私は、サンプル瓶を持ち出す直前に、第一実験室で川上さんに会いました。それが理由です。たぶん、それまでは第二実験室にいたんです。明かりがついてましたから」

「それって……どういうこと？」

「川上さんは、私が第一実験室に入る前に、010を盗み出していたんです。隣の部屋にいたのは、空の瓶に入れる化合物を準備するためでしょう」

沢井くんの表情には、憑かれたような凄《すご》みが生まれつつあった。

「あの時、私がサンプル瓶を取ろうとした瞬間に、実験室のドアが開いて、川上さんが入ってきたんです。それで、私は慌てて018の瓶を抜いて、何気ないふりをして実験室を飛び出したんです」

わたしは頭の中で呟いた。

『……じゃあ、高村くんの推理は間違ってなかったんだ』

——惚れ薬を盗み出した人間は二人いた。

過程はともかく、高村くんは犯人の一人を言い当てていたことになる。

『……ちょっと待ってよ』

別の可能性。それに思い至った時、わたしは思わず拳を強く握り締めていた。

『あの時、高村くんは、川上くんを問い詰めに行ったんだよ。それで、結果的に事故を起こしたんだよね。それって、本当は……』

『事故なんかじゃなかった、という可能性もあるな』

『……やっぱり、考えないことにする。何があったかなんて、知りようがないし、知ったところで、いまさらどうしようもないし』

『そうだな。どうせ、またやり直すんだろう』

『うん。今度は、未来子さんに惚れ薬を飲ませないようにしないと。……今度こそ、全部がうまくいってほしいよ。残りの回数も減ってきたし』

自分で言って、はっとする。七、八、九、十——あと四回。いつの間にか、もうそんなところまで来ている。

最善の未来を本当に見つけられるのか——。

クロトと共に闇の世界に移動する直前、隙間風のように吹き込んできた不安が、わたしの心を揺らしていった。

七周目

（1）――恋人になる、ということ――

闇を抜けると、目の前に高村くんの小さな背中が見えていた。まさに今、本田を起こしに行こうとしているところだ。

すでにどう動くかは決めてある。わたしは飛びつくように、ぐいっと高村くんの服を引っ張った。

「わふっ。ちょ、首が絞まってますって」

「ちょっと待って。いいアイディアを思いついた」

「なんですか」と、高村くんが振り返る。

「本田を起こすんなら、未来子さんに頼んだ方がいいよ。呼んじゃおうよ、ここに」

電話でワインを飲むのをやめさせても、沢井くんが別の手段で未来子さんに惚れ薬を投与する可能性がある。それを防ぐためには、目の届く場所にいてもらうのが一番だ。

わたしの提案に、高村くんは「おっ！　名案じゃないですか、それ！」と、上々のリアクションを見せてくれた。「お姉さん、頼りになりますもんね」

「じゃあ、さっそく」

わたしは自分の携帯電話で未来子さんに電話をかけた。

「うわ、グッドタイミング、奈海ちゃん！　ちょうど今、電話しようと思ってたんだ」

「どうしたんですか。妙にテンションが高いですけど」と、わたしは何も知らないふりをして尋ねる。

「いやね、実は沢井くんがあたしのケータイを持って帰っちゃっててさあ。ぜひ届けたいっていうから、家に上げてあげたの。お詫びのしるしにワインもらっちゃった。飲み会やろうよ、飲み会」

どうやら間に合ったらしい。わたしは「それどころじゃないんですよ」と、これまでの経緯を手短に説明した。

未来子さんは自飲実験のことを知ると、「あちゃあ、宗輔のやつ、そんなことをやらかしたんだ。アホだね、アホ」ときっぱり言い切った。

「飲んだのはずいぶん前なんですけど、あいつ、全然起きなくって。どうしましょうか」

「使ったのは010なんでしょ。今の時点で何も起こってなければ、ほっといても平気だと思うけど。コートでもかぶせておけばいいんじゃないの」

「サンプルがなくなってる件はどうします？」

「明日でいいよそんなの。それより、みんなを連れて帰ってきなよ。早くしないとワインが逃げちゃうよ」

未来子さんの口調には深刻さのかけらもない。しかし、これはこれで逆に好都合かもしれない。

「飲み会をやってもいいんですけど、なんか本田のやつ、高村くんに『帰るな』って命令してたみたいで。あいつが起きないと、高村くんが動けないんですよ。申し訳ないんですけど、こっちに来てくれませんか」

「じゃあ、そっちで飲み会やりましょ。——沢井くんも来るよね」

未来子さんがそばにいる沢井くんに確認を取る。沢井くんはおそらく断ったりはしないだろうが、これでもう、少なくとも今夜に関しては、惚れ薬を飲ませるチャンスはなくなった。周りに男性がいる環境では怖くて使えないはずだ。

『うまくいったようだな』

未来子さんとの会話を終えたタイミングで、クロトが話し掛けてきた。

『まあ、結果オーライって感じだけど。なんか、こうしてみんなを大学に呼んでると、館ものの推理小説を思い出しちゃう』

『なんだそれは』

『外界から隔離された古い館とかで、周りの人がどんどん殺されていくの。それを防ぐためにって、誰かが提案するんだよ。——殺人者はこの中にいる。みんなで一緒にいれば、殺人事件が起こることはない、ってさ。今がまさにそんな感じ』

『確かに、状況はそうなりつつある。だが、メンバーが全員揃うわけではないな。川上は呼ばないのか』

『うーん。呼び出したら、たぶん高村くんは、サンプル盗難の件を持ち出すと思うんだ。そうなると、沢井くんのことがバレちゃって、なし崩し的に川上くんの行為も表に出ちゃうような気がするんだよね。それって、もう無茶苦茶じゃない。殺伐とした感じになるし、もう飲み会どころじゃないよ。それにほら、寝た子を起こすなって言うでしょ。うまくいってるんだから、今はやめとこうと思うんだ』

『なるほどな。不確定要素が増えれば、また妙なことになりかねない、か』

『でしょ。だからやらない。——さ、飲み会の準備をしなきゃ』

わたしは高村くんを促して、実験室の戸締まりに取り掛かった。


二十分後、未来子さんは宣言通り、沢井くんを連れて第一実験室にやってきた。

農学部前のセブンスヘブンに寄って買ったのだろう、沢井くんはビールやワインが入った袋を右手に、スナック菓子やチーズが詰まった袋を左手に提げていた。

「どこでやるの？」と、未来子さんがポニーテールを揺らしながら辺りを見回す。

「会議室でいいんじゃないですか。あ、でも、飲み会の前に本田を起こさないと」

「よし。そんじゃあ、ちょっくら行ってきますか！　ついでに高村くんも行こうね！」

と、未来子さんは高村くんの肩を抱いて、楽しそうに実験室を出て行った。

わたしは二人を見送り、「じゃあ、今のうちに会議室に行こうか」と、沢井くんに声を掛けた。「袋、一つ持つよ」

「そうですか。では、お言葉に甘えて」

沢井くんはおつまみが大量に入った袋をこちらに差し出した。

「そっち、重そうだね」

「お酒が入ってますから」

沢井くんは笑いながらコンビニの袋を持ち上げてみせる。その表情はあまりに自然で、ついさっき本人から聞いたはずなのに、惚れ薬を盗んだ話は嘘だったんじゃないか、と思ってしまうほど邪気がない。

わたしの視線に気づき、「どうかしましたか」と沢井くんが首をかしげた。

「……ううん、別に。ただ、沢井くんも大変だな、と思って。未来子さんに振り回されて、ここに来ちゃったわけでしょ。わたしや本田は修士《M》二年《2》だからいいけど、沢井くんはまだ実験で忙しいのに」

「構いませんよ。楽しいのは好きなんです。一応言っておきますが、アニオタがみんな飲みニケーション嫌いというわけではないんですよ」

「別に、そんな風には思ってないけど」

　わたしは苦笑しながら、沢井くんと一緒に廊下に出た。

　と、そこで教員室のドアが勢いよく開き、未来子さんが上半身を覗かせた。

「起きたよ、宗輔。みぞおちにパンチしたら一発だった」未来子さんは物騒なことを最高の笑顔で言う。「で、いま思ったんだけど。せっかくだしさ、川上くんも呼ぼうよ。この近くに住んでるんでしょ。参加者は多い方がたのしーよ」

「え、でも、もう遅いですし」

「そんなの百も承知だっつーの。とりあえず、電話だけでもしてみなきゃ」

　未来子さんは廊下に出てきて、右手をこちらに突き出した。

「な、なんですか」

「ケータイ。持ってくるの忘れちゃった。奈海ちゃんの貸して。あたしが川上っちに連絡するから」

「え、その……」

　やばい。未来子さんは言い出したら聞かないタイプだ。ここで下手に携帯電話を差し出したりしたら、問答無用で川上くんを呼び出すだろう。

　わたしが躊躇していると、「ほら、早くう」と、未来子さんがわたしの胸を触り始めた。完全なセクハラだ。わたしはやんわりその手を押し返して、「分かりました、じゃあ、わたしが連絡します」と携帯電話を取り出した。

「お、それでもいいよ。さっそくかけてみてちょ」

未来子さんは熱い視線をこちらに向けている。いなくなってから、「電話をしたけどダメでした」と報告するつもりだったが、その手は通じないようだ。

わたしはしぶしぶアドレス帳を開き、川上くんに電話をかけた。

短い呼び出し音のあと、すぐに電話が繋がった。

「もしもし。川上くん？」

「――残念ながら違います。えへへ、誰だか分かりますか」

耳に飛び込んできた声を聞いた瞬間、携帯電話を取り落としそうになった。

「……さ、沙織ちゃん……だよね」

「そうですよ」と、沙織ちゃんは楽しそうに言う。自分がどうして沙織ちゃんと会話をしているのか、全く理解できなかった。

「あ、もしかして」

とっさに浮かんだ可能性にすがりつくように、わたしは明るい声を出した。

「ケータイを取り違えたとか、そういうの？」

「違いますよ？　川上さんの部屋にいるんです」

「……沙織ちゃん、今、何時だと思ってるの」

「えーっと、あ、もう十四日になってますね。バレンタインデーのチョコ、渡す気になってくれましたか」

「そ、そんなこと言ってる場合じゃなくって。どうして……どうして、沙織ちゃんが川上くんのところにいるの」

「そうでしたね。そちらを先に説明しなきゃ、ですよね。実はですね……」

沙織ちゃんはわたしの質問に答えようとしていた。だが、それを遮るように「おいっ」と野太い声が聞こえ、何かがぶつかる物音がして、それっきり、電話は切れてしまった。

すぐさまかけ直してみたが、繋がるなりすぐに切られてしまい、あとは何度繰り返しても、電源が入っていないと言われるだけだった。念のために沙織ちゃんの携帯電話にかけてみたが、こちらも何の反応もなかった。

わたしは自分の汗で湿った携帯電話を片手に、「どうなってるの、これ」と呟いた。

『どうした。やけに驚いているな』

『それはそうだよ。だって、二人はあくまで研究室の先輩後輩でしかないんだよ。こんな時間に部屋にいるなんて、そんなのまるで……』

『まるで恋人同士だな』

それまで完全な他人だった二人が、一瞬で恋愛関係になる。そんなことがありうるだろうか。

いちいち自問自答する必要はなかった。ありうるのだ。

沢井くんの証言。川上くんは化合物010を盗み出していた。本田で実証されているように、あれには人を問答無用で恋愛状態にする効果がある。どうやったのかは分からないが、川上くんは010を沙織ちゃんに投与したに違いない。

『どうしよう。このままじゃ、沙織ちゃんが……』

『放っておけ』クロトはあっさり言う。『生き死にが関わってるわけじゃない。一夜限りの関係で終わるのなら、どうということはないだろう』

『それはそうかもしれないけど！　でも、無理やりなんだよ！　そんなの、沙織ちゃんが可哀想だよ』

『死ぬよりマシだ』

『そんなことないよ。死ぬより辛いことだって、世の中にはあるんだよ。それに、さっき、川上くんの声が聞こえたんだ。たぶん、沙織ちゃんが勝手に自分の電話に出たことに気づいたんだよ。それがきっかけで争いが起こったら……』

『それはまずいな』

このままここで、事態が収束するのを待つつもりはなかった。わたしは第一実験室に戻り、保管されている住所録で川上くんのアパートの場所を確認した。根津神社の前を通って、不忍《しのばず》通りに沿って千駄木《せんだぎ》方面へ。自転車なら十分、車なら数分の距離だ。

未来子さんに捕まると根掘り葉掘り聞かれそうなので、会議室で飲み会の準備をしている沢井くんに「ちょっと出てくる」と伝えて、わたしはこっそり大学を抜け出した。

（２）――裁く者、裁かれる者――

時刻は、午前〇時二十分。

幸い、本郷通りに出てすぐにタクシーを捕まえることができた。いささか近いが、遠慮している場合ではない。わたしは手短に川上くんのアパートの住所を告げた。

ちらりと横目でセブンスヘブンの様子をうかがったが、まだパトカーは到着していなかった。店の様子にも異変はない。これから強盗がやってくるのだろう。

走り出してすぐ、フロントガラスにぽつぽつと小さな白い花が咲き始めた。雪だ。なかなか幻想的だが、それを楽しむ余裕はなかった。もっと速度を上げて、とやきもきしながら、流れる景色を黙って見つめた。

タクシーは空いた道路を北上し、最初の信号で交差点を右に折れた。長く続く坂道を下っていくと、左右に並ぶ街路樹の向こうに大学病院が見えてきた。本田や未来子さんが運び込まれた病院だ。目をそむけるように右手に視線を向けると、根津神社の鳥居がぱっと現れ、すぐに後方に消えていった。

タクシーはそのまま直進し、不忍通りに出る交差点に突き当たった。「そこ、左です」と、すかさず運転手さんに指示を飛ばす。あと一、二分走れば、川上くんが住んでいるアパートに続く路地が見えてくるはずだ。

ところが、あと少しというところで、ガラガラだった道が渋滞し始めた。見る間に車間距離が詰まっていき、赤信号でもないのに停車してしまった。

「あー、お客さん、これたぶん事故だわ」中年のドライバーさんがこちらを向いた。「どうします？　結構時間掛かるかもしれないですけど」

「じゃあ、ここでいいです。もう近いですから」

料金を支払ってタクシーを降りる。雪は少しずつ強さを増している。傘がないので、また濡れていかなければならない。

ぎっしりと並ぶ車を横目に歩いていくと、右側の車線を、サイレンを鳴らしながら救急車が走り去っていった。そのあとを追うように、乗用車が数台続く。左側の車線は動かなくなっているのに、右側はちゃんと流れている。どうやら、事故の対応のために、現場付近が片側交互通行になっているようだ。

『えーっと、ここを渡らなきゃいけないんだけど』

横断歩道を探しながら先に進むと、赤いランプを激しく点灯させているパトカーが見えてきた。道路のセンターライン付近に立ち、交通整理をしている警察官の姿も見える。ちょうど、横断歩道のところで事故が起きたらしい。

わたしはメモしておいた川上くんの住所と、電信柱についている街区表示板を比較した。もう、川上くんのアパートは目と鼻の先だ。

『あ、そうだ。いきなり行っても出てくれないかもしれないよね。今のうちに、もう一回電話してみよ』

フロントが大きくへこんだダンプカーの脇を通りながら、川上くんの携帯電話を鳴らす。さっきは電源が切ってあったが、今は呼び出し音が聞こえている。

「――もしもし」

応じた声に、わたしは違和感を覚えた。川上くんの声ではない。

「あの……どちら様でしょうか」

「警察です。こちらの携帯電話の持ち主の方とはお知り合いですか」

左耳に押し当てた携帯電話から聞こえる声と、右側から聞こえた声がシンクロした。

まさか、とそちらに顔を向ける。

目の前に、見覚えのある携帯電話で通話をしている警察官がいた。

「今、持ち主の方が事故に遭われたんです。身元確認にご協力いただけませんか」

『そんな……』

横断歩道の白いラインを染めた赤い斑点と、それを彩るように散らばる、ヘッドライトの破片。軽微な事故だとは到底思えなかった。

『やれやれ』クロトはいかにも辟易した様子で呟く。『新たな犠牲者の登場か』

『なんで……なんで、こんなことに……』

『自分で調べるんだな。まだ続けるつもりなら、な』

わたしは、ともすれば自暴自棄になりそうな心を押さえ付けて、電話をしている警官に近づいた。

「あの……すみません」

「はい？」と、若い警官がこちらを向く。

「その電話の相手、わたしなんです」

「え、はあ、それはまた……奇遇ですね」警官は戸惑った表情を浮かべて、電話を切った。「電話をおかけになったということは、当然お知り合いなんですよね」

「はい。大学の、同級生です。……彼は、事故に遭ったんですか」

「そうなんです。なんでも、女の人がいきなり道に飛び出したみたいで。それをかばおうとして、携帯電話の持ち主の人が撥ねられちゃったんですよ」

警官は制帽のつばを手でつまんで、停まっているパトカーに視線を向けた。釣られて後部座席に目をやり、わたしは「あっ」と声を上げた。

窓ガラスに頬を付けるように、ぐったりとシートにもたれ掛かっている、黒髪の女性。沙織ちゃんだ。

わたしは慌ててそちらを指差して、「彼女は無事なんですか」と警官に尋ねた。

「ええ。意識を失っていますが、外傷はありません。救急車に乗せるかどうか迷ったんですが、男性の搬送を急いだ方がいいということで、とりあえず見送りました」

「そうなんですか……」

わたしはクロトに言って、そこで時間を止めた。

とにかく、落ち着いて冷静に考え直したかった。

沙織ちゃんの身に何が起こったのか。

チョコレートを作り終えたあと、沙織ちゃんはまっすぐ帰宅したと思っていた。だが、そうではなかった。経緯は分からないが、どこかで川上くんと接触し、言葉巧みに化合物010を飲まされたのだ。彼女は惚れ薬の効果で川上くんに恋をしてしまい、あっさりアパートに連れ込まれた。

ところが、わたしと通話したことがきっかけになって、二人の間に争いのようなものが起こった。その過程で、沙織ちゃんは正気に戻り、川上くんの部屋から逃げ出したのだろう。彼女がコートを着ていないのがその証拠だ。きっと、着の身着のままで部屋を飛び出したに違いない。

沙織ちゃんは逃げるのに必死で、周りがよく見えていなかった。路地から通りに飛び出し、車に轢《ひ》かれそうになったところを、追いかけてきた川上くんが身を挺《てい》して助けた——きっと、そんな感じだったのだと思う。

この事故を引き起こした犯人は……わたしだ。

やはり、川上くんに電話をかけたことが間違いだったのだ。未来子さんに言われたとはいえ、その気になれば防げたのではないか、と自責の念が湧いてくる。

わたしは、自分の携帯電話に恐怖を感じ始めていた。電話をかけた。電話を無視した。些細な違いが、とんでもない結果を引き起こす。死神にでもなった気分だった。

川上くんは、おそらく助からないだろう。わたしは七周目を諦め、例の黒い空間に移動した。

「……あとちょっとだったのに」

肩を落としたわたしを見て、クロトは小さく首を横に振った。

「その言い方からすると、終わりにする気はないようだな。本当にしつこいな。死の運命も、お前も」

わたしは腰に手を当てて、クロトをキッと睨んだ。

「わたしが納得するまで付き合ってくれるって約束したじゃない」

「ああ、確かに言った。だが、アドバイスくらいはしても構わないだろう。お前はこれからどうするつもりなんだ」

「何その質問。事故が起こらないようにするんだよ。当たり前でしょ」

「そうする必要があるのか、と訊いているんだ。あくまで偶然ではあるが、川上は罰を受けた、と考えることもできる」

「……惚れ薬を沙織ちゃんに使った罰？」

「そうだ。因果応報というやつだ。罪を犯した川上が死んで、他の連中は生き残る。これは、お前が言っていた幸せな未来とは違うのか」

クロトの言わんとするところは理解できた。確かに、川上くんのしたことは許されざることだ。惚れ薬を使って沙織ちゃんを自宅に連れ込むなんて、あまりに酷すぎる。現実世界で、正しく法の裁きを受けるべき行為だと思う。

それでも、わたしはこの未来を受け入れるつもりはなかった。

「あなたの言う通り、これも一つの結末だとは思う。でも、やっぱり、そんなのは嫌。わたしは閻魔《えんま》様なんかじゃないんだよ。誰かを罰する権利なんて持ってない。もっと良い未来を摑むチャンスがあるのなら、何度でもやり直してみたい」

クロトは整った眉を顰めて、わたしを見つめていた。外見は二十代なのに、どこか老成した雰囲気があるのは、彼が人ならざる存在だからだろうか。

「次が八周目か。これだけ繰り返したのは初めてだ。記録更新だな」

「えーっと、それって、誇っていいことなのかな」

「そんなわけないだろう」と、クロトは苦笑した。「お前は相当な変わり者だ。これまでにオレが処理してきた対象者は、もっと利己的だった。他人を犠牲にしてでも、自分の幸福だけを求めていた。それが人間の本質だと思ってたんだがな……」

困惑しているクロトに向かって、わたしは微笑んでみせた。

「それは勘違いだよ。わたしは、自分のことを特別だとは思ってないし。他人を大切に思う気持ちは誰でも持ってるよ」

「平時ならそう言うのは分かる。危機感がない状態であれば、綺麗ごとを並べ立てることもできるだろう。だが、実際にシミュレーションに挑めば、本性がむき出しになるものだ。お前は明らかに異常だ。極めて特殊なメンタリティーを持っている」

「……それって、褒め言葉じゃないよね、絶対」

クロトは「さあな」と肩をすくめた。

「無駄話は終わりだ。次はどの時間に戻る」

うん、とわたしは力強く頷いてみせた。

「今までの路線を踏襲する、っていうのが、基本的な作戦。それに加えて、沙織ちゃんが惚れ薬を飲まないで済むように持っていく。だから、オリジナル周に戻ろうと思う。沙織ちゃんとの接点があるところね」

今までは運命に翻弄され続けてきた。しかし、今回の失敗で、わたしの周囲の人がどう行動していたのかほぼ把握できたはずだ。

「オレとしては、特に異論はない」

クロトはわたしに向かって手を伸ばした。その手を摑もうとしたところで、「あと三回しかないぞ」とクロトが囁いた。

「分かってる」

「最後まで行っても、お前の望む、理想の未来とやらを実現できない可能性もある。その時は、オレは今と同じような質問をすることになるだろう。本田以外の誰かを犠牲にできるのか、とな。今はまだいい。だが、答えは考えておいてくれ。いいな」

わたしはクロトの瞳をまっすぐ見つめながら答えた。

「分かった。迷わないように、ちゃんと決めておく」

あと三回。きっとやれる。

次が最後になることを祈りながら、わたしは二月十四日に何度目かの別れを告げた。

インターローグ

――あるコンビニ店員の日常――

「……っざいましたあ」

俺は、これ見よがしに手を繋いで出て行くカップルを、やる気の抜けた挨拶と共に見送った。

それにしても、今日はやけに客が少ない。今、店内には、小一時間立ち読みを続けている行儀の悪い客しかいない。

店の奥、サラダが並ぶ棚の上部の壁に掛けられた時計に目をやる。午後九時二十分。商品補充のトラックが来るまではまだ時間があり、これといった仕事はない。

雑誌でも読んで過ごしたいところだが、サボっていると店長に判断されれば、たっぷりとお小言を頂戴するハメになる。ここがベテランバイトの腕の見せどころだ。仕事をしているように見せるため、俺はレジを出て棚の整頓を始めた。

棚を見て回りながら、空になっているところに後ろの方の商品を持ってくる。客は前から商品を取るため、放置していると見栄えが悪くなる。だから、こうして時々並べ直す必要がある。

作業の途中で、カップラーメンの棚にメロンパンが置かれているのを見て、俺はうんざりする。たった数歩がそんなにダルいのか。偏差値が高い大学の目の前に店舗を構えていても、ふらりと来る極上級のアホまではコントロールしきれないらしい。

メロンパンを菓子パンコーナーに陳列し直し、次の棚に向かおうとして、俺は足を止めた。入口に一番近いレジの正面に設けられた、特設コーナー。そこは、映画やドラマなどの企画系の商品や、季節に応じたイチオシ商品を並べる場所だ。

今日は二月十三日。特設コーナーには、バレンタインデー用のチョコレートがところ狭しと並べられていて、その周囲には、店長がノリノリで描いたポップが貼りつけられている。「彼のハートをがっちりキャッチ！」とか、「とっておきの告白であいつを振り向かせちゃお！」とか、若干センスが古い。

だがしかし、店長の努力もむなしく、少なくとも俺がシフトに入ってからは、チョコレートはほんの数個しか売れていない。

売れ行きが芳しくない理由は、今日が日曜日であることと無関係ではないだろう。

ウチは、乗降客の多い駅のそばにあるわけでも、立派な商業施設の近くにあるわけでもない。あくまで大学関係者をターゲットにした店舗だ。それゆえ、大学が休みの日には顕著に売上げが落ちる。チョコレートもその例外ではなかったということだ。

(チョコレート、か……)

俺は監視カメラに映らないように、こっそりため息をついた。

意中の相手にチョコレートを渡す。最後にその儀式めいた行為に巻き込まれたのは、いったい何年前のことだっただろうか。

生活のためにフリーターを始めて五年。四捨五入すれば余裕で三十になる年齢になり、普通に就職した友人たちとの距離は、もはや修復不可能なところまで広がってしまった。当然、女性との出会いなどあるはずもなく、せいぜい新しいバイトの女の子に期待を寄せるくらいのトキメキしかない。

今のバイトの子——姫ヶ崎《ひめがさき》唯那《ゆな》は、かなり可愛い。仔馬の尻尾のようなポニーテールがトレードマークで、そのルックスとちょこまかした動きのおかげで、ちょっとした看板娘に成長しつつある。

だが、残念なことに、姫ヶ崎には意中の相手がいるような節がある。目の前の大学に通っている男に片思いしているらしく、聞いてもいないのにそいつの話題がしょっちゅう飛び出してくる。若い二人の間に割って入るほどの熱意は、今の俺にはない。

手前に陳列されたハート型のチョコレートを手に取り、ふっと息をつく。

自己主張の強いカカオの香り。舌にいつまでも残るような甘ったるい味。無駄に高いカロリー。どちらかといえば、俺はチョコレートが苦手だ。

ただ、こんなものに一喜一憂していた頃、俺は確かに「人生」を生きていた。

友達とバカ話をしたり、片思い中の女の子と話せたことに有頂天になったり、全然意識もしていなかった相手からチョコレートをもらってドギマギしたり、なんだかんだ言って結局その子と付き合ったり――。

そんな日々が無性に懐かしかった。俺は物語の主人公で、御し難いところはあっても、世界は俺の望む方向に動いていくと信じていた。

もちろん、それは何の理由もない、ただの思い込みだった。

俺は、俺という生命を持つホモ・サピエンスは、間違いなく生きている。心臓は秩序正しく血液を送り出しているし、食事を抜けば腹が減るし、飽きることなく酸素を吸って、常に二酸化炭素を吐き出している。

だが、それが何だというのか。

動物として生きる毎日、そんなものに意味があるのか。

答えは簡単だ。

——何の意味もないのだ。

俺の人生には何の価値もない。俺が生きていても、死んでいても、世界は何も変わらない。卑下ではなく、それは事実だった。

俺はいつの間にか、華々しい舞台を降りていた。遠く離れた三階席から、オペラグラスも持たずに、生き生きと演技をする俳優たちを眺めるだけになっていた。

どうしようもなくしょぼくれている。自分の境遇もそうだが、人生が腐りかけていると知っていて、それを変えようとしない自分が一番しょぼくれている。

こんな状況で、生活費を稼ぐためのバイトに真剣になれるはずもない。

手にしたチョコレートを元の位置に置き、俺はレジに戻った。

立ち読みをしていた客が、別の雑誌を手に取るのが見えた。全制覇するつもりか、こいつは？　見ているだけでうんざりする。

と、その時、制服のポケットに入れてあった携帯電話が震え出した。俺はレジを離れ、トイレに入ってから、届いたメールを確認した。姫ヶ崎からのメールだった。

〈手作りチョコに挑戦中ですが、失敗する（汗）かも、です～。なので、お店の特売チョコを一個、確保しておいてもらえませんか？　見た目がカワイくて、値段もお手頃なのをお願いします☆　マジ失敗したら、今日中に取りに行きます♪〉

……こいつ、俺をパシリか何かだと思ってるんじゃないのか？

るだろう。

俺は返信もせずに携帯電話をポケットに戻した。いちいち確保しなくても、どうせ売れ残るに決まっている。今日中どころか、今月末まで放置してもたっぷり残ってい

何もかもがつまらない。俺はまたため息をついた。

こんな日には、「あさの」の顔が見たくなる。

彼女はウチの店に結構な頻度で来店する。二日に一回くらいだろうか。お得意様と言ってもいいだろう。この前来店したのは、二日前、金曜の夜だった。彼女はいつもの、ファーの付いたキャメル色のダッフルコートを着ていた。派手ではないが、よく似合っていると俺は思っている。

俺は「あさの」とは何の面識もない。好みのタイプの女性だから目が行ってしまう。個人的に気にかけている、ただそれだけのことだ。

コンビニでバイトをしていると、常連客についていろいろな情報を得ることができる。役得と言えるほどではないが、個人情報を知ってしまうこともある。

一緒に来店した知人と交わす会話から、俺は彼女の名前が「あさのなみ」であることを知った。宅配便なんかの受付をやったことがないので、残念ながら漢字は分からない。苗字は「浅野」でほぼ間違いないだろうが、下の名前はお手上げだ。

「あさの」は時々、「みくこ」と呼ばれる女性と来店する。彼女は「あさの」とはか

なり親しいようだ。いつもワインを買っていくので、バイト内では「ワインのお姉さん」というあだ名が付いている。

そんなストーカーもどきな方法ではなく、推理によって得られる情報もある。「あさの」は、昼間にウチに来ることがある。正午から午後一時までの、いわゆる昼休みだけではなく、午後三時とかの中途半端な時間にも来る。夕方に来てパスタを買っていくこともあれば、夜中に近い時間に菓子パンを買っていくこともある。不定期に外出しているところを見ると、目の前の大学の関係者、おそらくは学生と考えて間違いないだろう。

「あさの」が来店すると、少しだけやる気が湧いてくる。

「温めますか」「お箸は何膳お付けしますか」「ストローはお付けしますか」——。マニュアル通りの事務的な会話しか交わせないが、それでも好みの女性に会えるのは嬉しい。男の性《さが》というやつだ。

だが、彼女のことを知れば知るほど、むなしさも増していく。

「あさの」にとって、俺はただの店員にすぎない。もし俺がこの店を辞めても、彼女がそれに気づくことはないだろう。それが今の俺の立ち位置なのだ。

それでも、一つだけ、心に誓っていることがある。

彼女に会えた日くらいは、仕事を真面目にやってやろう。

「あさの」はいつも生き生きとした表情をしている。お釣りを渡す時、俺に笑顔を見せてくれる。そんなことができる人間が極めて少ないことを、俺はよく知っている。彼女がどんな人生を送っているかは分からないが、きっと、華々しい舞台の上に立っているのだろうと思う。それを見て何も感じなくなったら、俺は本当に終わってしまう。もはや観客ですらない、完全な人生の部外者だ。

彼女に近づくことはできなくても、せめて前を向いていたい。それが俺に残された、唯一の矜持《きょうじ》だった。

シフトが終わり、店を出れば消えてしまう、儚《はかな》い意欲であることは理解している。それでも、仕事に対するやる気が出るのは事実で、それを無理やり押し込めるほど、俺はひねくれてはいない。

客が入ってくれば元気よく挨拶をする。公共料金の支払いのような面倒な作業にも笑顔で対応する。万が一、コンビニ強盗がやってきたら、反撃の一つくらいはしてやる。

俺は新人バイトのように張り切る自分を想像しながら、退屈な時間を少しずつ潰していった。

八周目

（1）――外出と幸運――

時間が飛ぶ感覚にもすっかり慣れてきた。

今回、わたしは久しぶりにオリジナル周に戻ってきた。時刻は午後九時二十七分。わたしは自宅の玄関に立っていて、ドアの前には、帰り支度を済ませた沙織ちゃんの姿がある。これから彼女をマンションの外まで見送りに行くところだ。

『ここからどうする』

『うん。なるべく早く大学に行こうと思うんだ。外に出るチャンスがあれば、なんとかなると思う。ま、しばらく見ててよ』

沙織ちゃんがレバーハンドルに手を掛けたタイミングで、「ねえ、沙織ちゃん。やっぱり駅まで送って行くよ」とわたしは声を掛けた。

沙織ちゃんは驚いたような表情を浮かべて、軽く手を振ってみせた。

「そんな。寒いですし、別に大丈夫ですよ」

「寒いのなんかいいから。夜道の一人歩きは危険だよ」

わたしが食い下がると、沙織ちゃんは「そうですか。じゃあ、お願いします」と、柔らかく微笑んでくれた。きっと、何度も断ると逆に失礼になると判断したのだろう。

これで、最初のステップはクリアだ。次は……。

「ちょっと待ってね。コート取ってくるから」と振り向いた時、リビングに続くドアが開き、未来子さんが廊下に出てきた。

ベストタイミングだ。わたしは「あれ、『タイタニック』はどうしたんですか」と尋ねた。

「ああ、あれね」未来子さんが頭を掻きながらリビングを振り返る。「どうにも退屈でさあ。もういっかな、って感じ」

「それはもったいないですよ。これからが面白いんですから」と、わたしは適当なことを言った。完全な当てずっぽうだが、有名な映画だし、最後まで観れば盛り上がりの一つや二つはあるだろう。

「でもなあ……」

「せっかく借りてきたんですし。ね？　あと少しだけ」

だんだん、飽きっぽい幼稚園児に言い聞かせているような気分になってくる。しかし、ここでＤＶＤの視聴をやめてしまうと、沢井くんは間違いなく携帯電話をすり替える。それを防ぐためには、映画を観続けてもらわねばならない。

「えー。面倒くさいんですけど」

「そんなこと言わずに。最後まで観てくれたら、いいものをあげますから」

「え、何くれんの」

微笑みながら、わたしは人差し指を鼻の前で立ててみせた。

「ワインのボトルを一本プレゼント。これでどうですか」

「ホント？　やったね！」

そう言って喜んだ未来子さんの笑顔が、花がしおれるように急に曇る。

「……と言いたいとこだけど、なんだか怪しいよ。どうして映画くらいでそんなに親切にしてくれるわけ？」

「え、えっとお……」

想定外の質問だった。さすがに交換条件が不自然すぎたか。

戸惑いながら未来子さんの表情をうかがうと、彼女は口を尖らせて、「沢井くんのため、ってことか。なるほどね」と頷いた。

「あの、未来子さん。別に、騙《だま》そうとか、そういうんじゃなくて……」

「分かってる。分かってるよ。奈海ちゃんなりに、気を遣ってくれたんだよね。うん、あたし、別に怒ったりしないよ。むしろ、嬉しいくらい」

未来子さんはわたしの肩を叩いて、「あとはあたしたちの問題だよ」と言って、リビングに戻っていった。

「大丈夫なんでしょうか」

心配そうな様子の沙織ちゃんに、「分かんない」とわたしは笑顔を向けた。「ちょっと失敗しちゃったけど、たぶん、未来子さんならそのうち気づいてたと思う。なるようになるよ、きっと」

思っていた展開とは違ってしまったが、結果オーライだ。これで第二段階もクリア。あとは、わたしが大学に行く動機を作り出すだけだ。

だが、ここからが難しいところだ。運の要素が絡んでくる。

わたしは行動手順を確認しながら、自分の部屋に上着を取りに戻った。

「それじゃ、この辺でいいかな」

農学部正門前の横断歩道の手前で、わたしは立ち止まった。本郷通りを渡ってすぐのところに、南北線の駅の入口がある。

「わざわざありがとうございました。チョコレート、ちゃんと渡してくださいね」

「うん、まあ、善処するよ」

と、そこで横断歩道の信号が青に変わった。沙織ちゃんは「また明日」と手を振って、わたしと別れて駅に向かった。

『大学に行くなら、一緒に渡った方がいいんじゃないのか』

『ダメだよ。まだ行く理由がないからね』沙織ちゃんの姿が完全に見えなくなるまで待って、わたしは踵《きびす》を返した。『それをこれから作るんだよ』

『どうやって作るつもりだ』

『寒いから、説明は店の中で』

わたしは、目と鼻の先にあるセブンスヘブンに視線を向けた。

『何か買い物があるのか』

『違う違う。ただ時間を潰すだけだよ』

わたしは気合を入れるように、冷たくなった指先に息を吹きかけてから、まっすぐ店に向かった。さっき、未来子さんとの会話の中でワインの話題を出したのは、「ワインを買って帰る」という動機を作るためだった。その効果か、特に立ち止まることもなく、無事に入口にたどり着くことができた。

店内に足を踏み入れると、わたあめのような、ふわっとした暖気に包まれた。緊張していた体がじんわりと弛緩する感覚。この時ばかりは、自分が未来のシミュレーションをしていることを忘れそうになる。

わたしは入ってすぐのところで足を止め、本田の片思い相手の「ひめがさき」さんを探したが、バイトの時間帯ではないのか、彼女の姿は見当たらなかった。

店内を見回すうち、レジにいた男性店員がこちらをじっと見つめていることに気づき、わたしは我に返った。

仮に「ひめがさき」さんを見かけたとして、どうするつもりだったのか。現時点のわたしはまだ惚れ薬のことを知らないわけで、まさか「本田があなたを狙っています。飲食物には気をつけてください」などと忠告できるはずもない。

無意味なことをやめて、本来の行動に戻ろう。わたしは特設コーナーにずらりと並ぶチョコレートに目をやってから、雑誌類が置かれた一角に向かった。

棚の前には、夢中で週刊誌を読んでいる男性がいた。わたしはその隣に陣取り、適当なファッション雑誌を手に取った。

『さて、っと。ここからが難しいんだよね。うまく見つけられるといいんだけど』

『……どういうつもりなんだ。そろそろ説明してもらおうか』

『大学に行く動機を作る、って言ったでしょ。ここで、川上くんが通り掛かるのを待とうと思って』

雑誌を開く前に腕時計で時刻を確認した。「21：52」。六周目で聞いた沢井くんの証言によれば、川上くんは沢井くんより先に実験室に着いていたらしい。到着した時刻までは分からないが、010のサンプル瓶を空にしたまま第二実験室で作業をしていたわけだから、何時間も前からいたとは考えにくい。もし、今の時点でまだ着いていないのであれば、大学に向かうところを目撃できる可能性はある。

ただ、これは確証のない賭けだ。すでに到着しているという可能性もあるし、正門ではなく裏門の方から入られたら、いつまで待っていても無駄になるだけだ。

わたしは自分の運が人並み以上であることを願いながら、雑誌のヘアアレンジ特集記事を読み始めた。


五分ほどしたところで、レジにいた男性店員がわたしのそばにやってきた。

わたしは彼の横顔を見て、この店でコンビニ強盗が発生することを思い出した。今から三時間くらいあとのことになるが、警官から事情聴取を受けていたのは、この店員さんだった。できれば一言、「気をつけてくださいね」と忠告してあげたいが、脈絡がなさすぎて、「はあ」と困惑されるだけだ。

川上くんが現れるまで立ち読みをしようと思っていたのだが、店員さんはなかなか立ち去ってくれない。元の位置から外れてしまった雑誌を、黙々と並べ直している。他にも立ち読みをしているお客さんがいるし、「さっさと帰れ」的なプレッシャーをかけようとしているのかもしれない。

まずい展開だ。立ち読みをやめてワインを買ってしまったら、もうあとは自宅に戻るしかない。

ちらちらと店員さんの様子をうかがいながら、わたしは微妙に立ち位置を調整した。

ふと、店の外に目を向けた時、「あっ」と、思わず声が出た。

道路を挟んだ向かいの歩道に、待っていた人物の姿があった。川上くんだ。大学の正門に向かって一人で歩いている。

……歩いている？

『なんか、ちょっと引っかかるんだけど』

川上くんは自転車で大学に通っている。徒歩で行けない距離ではないが、わざわざ歩いてくる理由はない。

『タイヤがパンクしたとか、自転車を盗まれたとか、理由はいくつでも考えられる。それより、早く追いかけるべきじゃないのか』

『おっと、そうだった』

クロトの言う通りだ。今は些細な疑問について考えている余裕はない。とにかく、このチャンスを生かさなければならない。

ろくに見ていなかった雑誌を棚に戻し、わたしはセブンスヘブンを飛び出した。

（２）――異変――

わたしは夜の帳《とばり》が下りて久しいキャンパスに足を踏み入れた。

数十メートル先、中央通りの終わり辺りに、川上くんの背中が見えている。

わたしはわざと足音を立てながら、小走りに中央通りを駆けていった。大イチョウの手前で川上くんが振り返ったので、「おーい」と呼び掛けた。

息を切らせながら追いついたわたしを、川上くんは「どうしたんだ、こんな時間に」と、驚いた様子で出迎えた。

「それはこっちの台詞だよ。そこのセブンスヘブンにいたら、偶然川上くんを見かけてさ。どうしたのかな、と思って」

川上くんはニット帽を触りながら、「いや、大したことはないんだ」と視線を逸らした。

「研究室に行こうとしてたの?」

「あ、ああ。そうだった。調べ物をしようと思ってたんだ」

川上くんはかなり動揺していた。惚れ薬を盗みに行く途中、いきなり呼び止められたのだから、困惑するのも無理はない。

わたしは視線を八号館に向けた。第一実験室、教員室、どちらにも明かりがついている。

わたしはいま気づいた、という口調で、「あれ、実験室に誰かいるよ」と、建物の左端を指差した。

「……そうみたいだな。本田か、高村が実験してるんだろうな」

「せっかくだから、顔出して行こうかな。もしかしたら、いかがわしい実験してるかもしれないし」

そう言って歩き出すと、「まさか」と川上くんは引きつった笑みを浮かべて、わたしの隣に並びかけた。

実験室にたどり着いたところで、「俺、こっちに用があるから」と、川上くんが第二実験室の鍵を取り出した。わたしは頷いて、彼が部屋に入るのを見届けた。

『とりあえず、妨害は成功だね』

『そうだな。０１０を盗むつもりでここに来たのだろうが、これですっかり予定が狂ってしまったはずだ』

『あとは、向こうで見張ってればＯＫ、と』

わたしは大きな満足感と共に第一実験室に向かった。

ぐっとドアノブを回すと、硬い手応えが返ってくる。これで、「鍵を掛けて寝ていた」という高村くんの証言が正しいことが証明された。

「あれ」とわざとらしく首をかしげておいてから、自分の鍵を使って解錠し、開いたドアの隙間からそっと第一実験室に体を滑り込ませた。

入口に近い方、本田が使っている実験台の上に、サンプルケースが置いてある。

そちらに近づき、上から覗き込んでみると、上部に透明な蓋が嵌まっていることが見て取れた。まだ誰も手を触れていない証拠だ。沢井くんが持ち出していないので、二列目の途中、十八番目までちゃんとサンプル瓶が収まっている。

実験台の前を通りすぎ、部屋の奥をうかがうと、椅子を並べて寝ている高村くんの頭が見えた。

『とりあえず、起こしてみるよ』

六周目に仮眠を取っていた時と同じように、高村くんはうつぶせに寝ていた。癖なのかもしれない。

「ねえ、高村くん」と呼び掛けたが反応はない。深い眠りに落ちているらしい。沢井くんや川上くんがサンプルを盗みに来ても気づかなかったのも当然か。仕方がないので、強引に目を覚まさせることにした。

体を揺すると、高村くんは「わ、わあ！」と驚きの声を上げた。

「な、誰……って、あれ。浅野さんじゃないですか」

「こんばんは。どうしたの、こんなところで寝ちゃって」

「え、いや、ほら、実験があって」

「へえ、そうなんだあ」わたしは芝居がかった仕草で実験室内を見回した。「でも、ドラフトは動いてないし、反応もやってないっぽいけど」

高村くんは口をぱくぱくさせて、ええと、を何度も繰り返した。

「ど、どうして浅野さんがここにいるんでしょうか」

「コンビニで買物してたら、たまたま川上くんを見つけてね。声を掛けようと思って構内に入ったら、実験室の明かりがついてたから、誰がいるんだろう、と思って」

「そうでしたか」

高村くんの表情に安堵の色が表れる。わたしが惚れ薬の話題を出すのでは、とビクビクしていたのかもしれない。

「ところでさ、なんとなく気になったんだけど。これ、何の化合物」

わたしは本田の実験台の前に移動し、サンプルケースを持ち上げてみせた。

「え、それは……えっと、特に大したものでは……」

「ふーん。ちょっと見せてね」

高村くんは生きた心地がしないだろう。われながら意地が悪いな、と思いつつ、わたしはサンプルケースの蓋を外した。

今、目の前に化合物010がある。わたしはふと、それを捨ててしまいたい衝動に駆られた。こんなものを作り出したせいで、沙織ちゃんは川上くんに無理やり連れ去られることになったのだ。跡形もなく消えてしまった未来ではあるが、そんな未来が存在したかもしれない、と思うだけで、名状しがたい嫌悪感が心の底から湧き上がってくる。

女性に興味がなさそうだった川上くんが、人知れず沙織ちゃんに恋心を抱いていた。それ自身は確かにサプライズではあるが、おかしなことだとは思わない。どんな堅物であっても、人を好きになることはあるだろう。しかし、だからといって、想いを実現する手段として惚れ薬を使っていい、ということにはならない。

わたしの憤りの根底には、本田に対する苛立ちもあった。

沢井くんや川上くんと同じように、本田までもが惚れ薬を使おうとしている。相手は、セブンスヘブンの店員さんだ。「ひめがさき」さんに対する好意は、惚れ薬を開発し、自ら飲んで副作用の有無を確かめるくらいに強い。それがわたしを苛立たせている。

しかも、そんなろくでもないことに手を染めているのに、わたしは本田を嫌いになれずにいる。それも癪《しゃく》に障る。そんなやつに心を乱されている自分に対しても腹が立つ。あっさり次の恋に向かえばいいのに、それができない自分の不器用さがムカつく。

『ずいぶんイラついているな。感情の高ぶりがこちらまで漏れてきている』

『……ごめん。つい』

『気持ちは分からないではない。もしオレが現実の世界に干渉できたら、本田を殴ってやりたいと思うくらいだ。本田が余計なことをしなければ、こんなとんでもない対象者に巡り合うこともなかったわけだからな』

『なんて言うか……わたしまでまとめて怒られてる気がするけど』

トンデモ扱いはちょっと酷いのではないだろうか。

『気のせいだ。それより、今のうちに惚れ薬の件を聞いておいたらどうだ。どの道、本田を起こしに行くことになる』

『そうだね。じゃ、構造式を見て、そこから高村くんを問い詰めちゃおうかな』

わたしはサンプルケースに指を入れ、化合物010のサンプル瓶をつまみ出した。

「……あれ」

小さなガラスの瓶を持ち上げた瞬間、はっきりとした違和感があった。

――何かがおかしい。

慎重に目の高さに褐色のガラス瓶をかざし、わたしは眉を顰めた。

サンプル瓶には何も入っていなかった。

『空っぽ……だな』

『嘘……。だって、わたし……』

わたしは川上くんと一緒にここまで来た。断言できる。絶対に、010を盗み出すチャンスはなかった。サンプル瓶が空であるはずがないのだ。

『ということは……論理的な帰結は明白だな』クロトが静かな声で言った。『お前がここに来る前に、サンプルは盗み出されていたんだ』」

わたしは手の中にある空のサンプル瓶を見つめた。全く予期していなかった事態の到来が明確に突き付けられている。頭の中が、軽いパニック状態に陥っていた。

サンプル瓶を凝視していると、怯《おび》えた様子で高村くんが近づいてきた。

「あの、何か気になることでも……」

この時点では、わたしはまだ、中身が惚れ薬であることを知らない。わたしは何気ない風を装って、「これ、なんで空っぽなの？」と尋ねた。

高村くんは「そんなはずは」とわたしの手元を覗き込み、彫像のように固まった。

「――ちょ、ちょっと貸してください！」

高村くんはわたしの手からサンプル瓶を取り上げて、上下左右、あらゆる方向から綿密に観察し、「ホントだ……」と消え入るような声で呟いた。

「いつの間になくなってたの？」

「そう……なりますよね。少なくとも、僕は触ってないです」

「じゃあ、盗まれた……のかな」

確かに、０１０を持ち出すチャンスはあった。高村くんは居眠りをしていた。わたしが声を掛けても起きなかったのだから、気づかれずに第一実験室に侵入することもできたはずだ。

――犯人は誰なのか。

本田は隣で寝ている。未来子さんは鍵を持っていない。沢井くんはウチでＤＶＤを観賞していた。沙織ちゃんはわたしと一緒にチョコレートを作っていた。高村くんは居眠りをしていた。となれば、犯人はやはり川上くんをおいて他にはいない。

わたしと同じ結論に達したのだろう。高村くんが真剣な表情で、「川上さんの仕業です……たぶん」と呟いた。

「川上くんが？　ちょうどいいよ。隣にいるし、話を聞いてみようよ」

第二実験室に向かおうとしたわたしを、「……いや、待ってください」と、高村くんが呼び止めた。「もしかしたら、サンプルを補充しに来たのかもしれません」

「どういうこと？」

状況はすでに、わたしの計算していた展開を大きく外れていた。高村くんは空のサンプル瓶をサンプルケースに戻してから、プラスチックの外蓋をしっかり嵌め込んだ。

「僕に考えがあります。外に出ましょう」

わたしは高村くんに追われるように第一実験室をあとにした。戸惑うわたしを引っ張って、高村くんは地下に向かう階段を数段降りた。

「あの、どういうつもりなの、高村くん」

「しっ。すみませんが、しばらく静かにしておいてください」

確信めいた閃きがあるのか、高村くんの態度には決意のようなものが感じられた。わたしは頷いて、おとなしく階段に腰を下ろした。

　息を潜めて待っていると、二分ほどでドアが開く音が聞こえてきた。顔を出してそっと覗くと、第一実験室に入っていく川上くんの横顔が見えた。

　さらに待つこと二分と少し。リノリウムの床との熱交換でお尻が冷たくなり始めたあたりで、川上くんが実験室から出てきた。彼は第二実験室の明かりを消してドアを施錠すると、振り返ることすらせずに、廊下を歩いていってしまった。

「帰ったみたいですね。実験室に戻ってみましょう」

「う、うん」

　高村くんに続き、第一実験室に向かう。高村くんは本田の実験台に近づくと、迷いのない動きでサンプルケースの透明な外蓋を外し、サンプル瓶をつまみ上げた。

　高村くんは大きく頷いて、わたしを手招きで呼んだ。

「――見てください」

　予定調和の不可解な現象。マジックショーの観客になった気分で、わたしは褐色ガラス瓶に顔を近づけた。

　高村くんの予想が裏切られることはなかった。

　さっきは空だった瓶に、細かい粉体が充填されていた。

（３）——アリバイ崩し——

高村くんは、川上くんが補充したサンプルの分子量を調べるために、地下の分析室に向かった。

質量分析法《MS》は、わたしたち化学者がよく用いる分析手段の一つである。

原理はシンプルだ。

まず、なんらかの方法で対象の物質をイオン化する。真空中でイオン化された物質は、装置の中を物理的に飛翔《ひしょう》する。飛翔距離は、その物質の持つ分子量、すなわち質量によって変わるため、イオンを分離、検出することで分子量が分かる。距離を重さに換算する、と言い換えてもいい。

炭素原子は十二、窒素原子は十四、酸素原子は十六。原子はそれぞれ固有の重さを持ち、それらの集合体である分子もまた、元素の比率に応じた固有の分子量を持つ。分子量が分かれば、自分が作ったものの分子式を、数値として見ることができる。

高村くんが戻ってくるのを待つ間に、クロトにそんな説明をしてあげた。詳細に語っても意味がないので、ウチではＦＡＢと呼ばれる方法でイオン化を行っているとか、資料をグリセリンに混ぜてから、ターゲットと呼ばれる金属片に乗せるとか、イオン化の際にキセノン原子をぶつけているとか、そういう細かい話はことごとく省略した。

『要するに、分析をすれば、その物質の正体を特定できるわけだな』

『大まかに言えばそうだけど、特定するところまでは行かないよ。同じ分子量で違う構造って場合もありうるし。まあ、今回に関して言えば、010かどうかを判断するために使う、って感じかな』

ざっとした説明をするうち、高村くんが実験室に戻ってきた。

「どうだった？」

「NMRで確認しないと構造は分かりませんが、分子量は010とは明らかに違っていますね。たぶん、川上さんが持っていた、別の化合物を入れたんでしょう」

「じゃ、それを探しに隣に行ってたんだね」

「それだけじゃないと思いますね。さっき容器の重さを量ってみたんですけど、ちゃんと元の重さと合ってたんです。たぶん、向こうのノートパソコンから、サンプル瓶に入っていた010の残量を調べてたんですよ」

「それで時間が掛かってたんだ」

ウチの研究室では、ファイルサーバーを使って、二つの実験室＋教員室で実験データの共有を行っている。どのパソコンからでも共通フォルダにアクセスし、格納されているファイルを開くことができる。

「ただ、ＰＫ試験後の量より一〇ミリグラム重かったですけどね」

「ん？　どういうこと？」

「ファイルにはまだ反映されてないんですけど、実は、今日の夕方に一〇ミリグラム使ってるんですよ」

ここだ、と判断し、高村くんを睨みつける。

「あのさ、肝心なことを教えてもらってないんだけど。それ、一体何の化合物なの？」

「いえ、あの、これはですね……」

高村くんの目が泳ぐ。さっきまでの威勢の良さは、今のわたしの一言で砕け散ってしまったようだ。

「言えない？」

「すみません、僕の一存では……」

「そう。ところで──」わたしは廊下に視線を向けた。「教員室の明かりがついてるんだけど。中に誰かいるの」

「ああ。本田さんがいるんですよ」

「何の用があって？　ずっと出てこないけど」

「それは……」と、高村くんが口ごもる。

「はは一ん。本田も一枚嚙んでるみたいだね。いいよ。高村くんが言えないんなら、あいつに直接訊くから」

実験室を出ようとするわたしを、高村くんが慌てて押し留めた。

「そ、それはダメです。今の本田さんに会ったら、とんでもないことになります」

「それで納得しろって言うのは無理でしょ。ちゃんと説明してよ。川上くんが何か良くないことを企んでるのなら、止めなくちゃいけないでしょ」

強い口調で言って、そこでふっと微笑んでみせる。

「ね？　わたしも協力してあげるからさ」

「……分かりました。お話しします」

さんざんこちらの要求を突き付けておいて、不意を突いて優しい言葉を掛ける。周回を重ねるごとに、交渉術が上達している。何事も練習だな、とわたしは感心した。


「……というわけなんです」

惚れ薬に関する一連の説明を終えた高村くんは、ほっと息をついた。

説明の内容は、これまでに聞いていたものと一致していた。未来子さんも開発に関わっていたこと、本田が自飲実験を行っていること、トラブルが起こった時の対応のために、高村くんが実験室に待機していたこと。これで、惚れ薬に関しては、これまでに得ていたのとほぼ同レベルの情報を確保できたことになる。

ただ、展開が違っているために変わった点もあった。沢井くんが盗みに来ていないので、018は手付かずで残されている。もちろん、それに付随して繰り広げられた犯人捜しの推理も省略された。

論じるべき謎の中身は完全に変わっていた。010はどの時点で盗まれたのか。そして、なぜ川上くんは、タイミングをずらしてサンプルの補充を行ったのか。

これらの問題を解決しなければ、きっと沙織ちゃんはこれまでと同じように、惚れ薬の毒牙にかかってしまうだろう。その結果、川上くんか、場合によっては沙織ちゃんが命を落とすことも考えられる。これは高村くんだけの問題ではなく、わたしにとっても解決すべき問題なのだ。

「浅野さんは、川上さんを見かけて、一緒に大学に来たんですよね」

「うん、そうだよ。川上くんは大学に向かって歩いてた。出てきたところを見たわけじゃない。それは確実」

「となると、もっと前の時点でサンプルが盗まれちゃったことになりますけど」

「なりますけど、って……。ここで寝てたんでしょ。その時に取られたとしか考えられないじゃない」

「はい、それは否定はできないです。でも、不自然ですよね。どうして、抜き取り作業と補充作業を同時にやらなかったんですかね」

ふむ、とわたしとクロトは同時に呟いた。

「そこなんだよね、問題は。高村くんって、何時くらいから寝てたの」

「そんなに長い時間じゃないです。正確には分からないですけど、九時半とか、それくらいからだったと思いますね」

壁の時計は、午後十時四十七分を指している。わたしが高村くんを起こしてから三十分以上経過していることを考慮すると、眠っていたのは一時間にも満たないわずかな時間だったことになる。

川上くんの不可解な行動の理由。いったん盗み出しはしたものの、補充しなければバレると思って戻ってきた、とかだろうか。……どうにもしっくりこない。

『いっそのこと、川上に直接訊いてみたらどうだ』

『そうだね。ここで考えてても埒《らち》が明かないもんね』

わたしは振り返って、椅子の背に掛けてあったコートから、自分の携帯電話を取り出そうとした。

と、左手の肘が高村くんの机の上に積まれていた書類の山にぶつかり、軽い雪崩が発生してしまった。文献のコピーやＮＭＲのチャートが滑り落ち、床に散らばった。

「あ、ごめん」

「あー、いや、どっちかというと、謝るのはこっちですよ。片付けないといけないとは思ってるんですが、本田さんが非整頓主義を貫き通しているので……」

「悪い師匠だよね、あいつ」

わたしはその場にしゃがんで、床に落ちた紙の束を拾う作業に加わった。

「……あれ、これって」

わたしは実践科学講義のレポートを手に取った。どこかで見た気がする。

『前にも同じように拾っただろう』

『あ、そっか』

クロトに言われて思い出した。何周か前、今と同じように床に落ちたレポートを拾ったことがあった。念のために紙をずらしてみると、やはり、コピーが下に重なっていた。

「同じのが二つあるね」と、わたしは思わず口にしていた。

「ああ、そうなんですよ」

高村くんは嬉しそうに笑う。

「参考にさせてほしいって言われたんで、コピーしてあげたんですよ」

高村くんの笑顔を見た瞬間、海岸に打ち付ける大波のように、強烈な閃きがやってきた。いくつもの可能性が、瞬時に一つに繋がる。その感覚は、難しいパズルが解けた時のそれによく似ていた。

――もしかして。

「……ねえ、高村くん。それって、誰に頼まれたの」

「えへへ。それがですね、中大路さんなんですよ」

彼女に頼られたのが嬉しいのだろう、高村くんは頭を掻きながらはにかんでいた。

「沙織ちゃんが……」生み出された回答が、まぶたの奥に具体的な光景を描き出す。

わたしは続けて訊いた。「いつコピーしたの?」

「え? 今日の夜ですよ」

高村くんはきょとんとした表情を浮かべていた。

「六時半くらいでしたっけ。ケータイにメールが来たんです。月曜の朝に渡してほしいって言うんで、それでまあ、これは急がなきゃ、と思いまして。本田さんに頼んで、自飲実験を延期してもらって、ダッシュでコンビニにコピーに行きましたけど」

「延期……」

わたしは、一周目の現場検証で見た、本田のメモの内容を思い出した。一番上の行に残っていた、中途半端な記述。途中で消されたあの一行が、高村くんの証言を裏付けている。自飲実験を延期した事実は、オリジナル周、引いては、これまでのすべての周に当てはまるはずだ。

「コンビニって、大学の前のセブンスヘブンだよね」

「ええ。普段なら事務室の共用機でコピーしますけど、日曜は閉まってますからね。遠いのは分かってますけど、しょうがないんでそこまで行きました。……って、まさか」

「そのまさか……かも」

沙織ちゃんが惚れ薬を盗み出した。わたしは頭からその可能性を否定していた。なぜなら、わたしは沙織ちゃんと一緒にチョコレートを作っていたからだ。

しかし、沙織ちゃんがウチに来る前に、すでに惚れ薬が盗まれていたとしたらどうだろうか。当然、彼女のアリバイは消滅する。どうやって惚れ薬のことを知ったのか、という疑問は残っているが、容疑者であることを否定することはできない。

「確かめてみる」

考えすぎなのかもしれない。もし、わたしの考えが全く的外れなものであれば、彼女はちゃんと否定してくれるだろう。

違うと笑ってくれることを祈りながら、わたしは沙織ちゃんに電話をかけた。

呼び出し音が鳴っている。まるで、そうすることで会話が聞き取れる、とでもいうように、高村くんはじっとこちらを見つめている。

「――もしもし」

「ごめんね、急に。もう家に着いた？」

「……いえ、まだですけど。どうかしたんですか」

「うん。どうしても確認しておきたいことがあって。沙織ちゃんって、今日、大学に寄ったりしてないよね」

一瞬の沈黙。沙織ちゃんが息を呑む気配が伝わってきた。

「……行っていたとしたら、何か問題があるんですか」

『否定しないな。遠慮せずに、堂々と訊いてみろ』

クロトに促され、わたしは携帯電話を握り直した。

「実験室から、サンプルがなくなってたの。誰かが盗んだんじゃないかって、そういう話になってるんだけど。……沙織ちゃんじゃ、ないよね？」

「……やっぱり」

少しの間を置いて、沙織ちゃんは穏やかな声で言った。

「やっぱり、悪いことはできませんね。高村くんや本田さんならともかく、まさか、奈海さんに気づかれるなんて」

「じゃあ、沙織ちゃん」

わたしの呟きを聞いて、高村くんが驚いた表情を浮かべた。

「はい。すみませんでした。ご迷惑をお掛けして。犯人は私です」

「――どうして」

思わずわたしは訊いていた。

「沙織ちゃんが、どうして惚れ薬のことを知ってるの？　ううん、それだけじゃない。どうしてサンプルを盗んだりしたの？　動機がないじゃない、全然」

「惚れ薬のこともバレちゃってるんですね。もしかして、今、大学にいるんですか」

「そうだよ。高村くんに全部教えてもらったよ。っていうか、そんなことはどうでもよくって。どういうことなのか説明して」

「分かりました。じゃあ、これからそちらに向かいます。それほど時間は掛からないと思いますので、ちょっと待っていてください」

「え？　だって、沙織ちゃん、結構前に電車に乗ったでしょ。わたしが見送ってから、もうずいぶん時間が経ってるけど」

「いえ、そうじゃないんです。私、電車には乗りませんでした。せっかく見送ってもらったのに、ごめんなさい」

「じゃあ、今どこにいるの」

「それは……あっ」

沙織ちゃんの声に混じって、ドアの開閉音が聞こえた。誰かが部屋に入ってきたようだ。

「替わります」

聞こえてきた。

沙織ちゃんの声はそこで途切れ、微かな物音に続いて、「もしもし」と野太い声が聞こえてきた。

それは、わたしのよく知っている人物の声だった。

「あの……浅野です」

すっ、と電話の向こうで彼が息を吸い込む音が聞こえた。戸惑っている。わたしはそう感じた。

背後で、「もう、全部話そうよ」と沙織ちゃんが言った。懇願するような、甘えるような響き。沙織ちゃんがそんな声を出すのを、わたしは初めて聞いた。

「……悪い。少し待ってくれ」

そう言って、彼は電話を切った。一分か二分。それくらい待たされただろうか。わたしの携帯電話に一通のメールが届いた。

〈大学で待っていてくれ。これから二人で説明に行く〉

『どうやら、オレたちは大きな勘違いをしていたようだな』

クロトの言葉に、わたしは小さく頷いた。

『……そうみたい。勘違いが大きすぎて、話を聞かないと、何がどうなってるのか全然分からないけど』

わたしは〈分かった。高村くんと待ってるから〉と川上くんに返信のメールを送った。

（４）――彼女の告白――

実験室で待っていると、ふいにわたしの携帯電話が震え始めた。未来子さんからの着信だった。

「奈海ちゃん、あのさ、『タイタニック』観終わったんだけど！」

未来子さんはやけに高いテンションで一方的に喋りだした。

「途中までは退屈だったんだけど、後半は急にアクション映画っぽくなってさあ。すんごい面白かったよ。あのさ、これを言っちゃうとネタバレになるんだけど、いいかな」

「なんですか」

「実はね、タイタニックって、最後は沈んじゃうんだよ！」

「知ってますから！」思わず声が高くなる。「っていうか、沈まなかったら逆に驚きますよ。今、ちょっと立て込んでるんです。映画の話をしてる場合じゃ……」

「んん？　そういえば、今どこにいるの？　沙織ちゃんの見送りにしちゃあ、やけに遅いけど」

「いやあの、大学に来てるんですけど」

「大学ぅ？　そんなところで何やってんの」

「それは……あ、そうだ。沢井くんって、まだそっちにいますか」

ついでだ。死の時間帯が訪れる前に、二人を監視下に置いておこう。

「いるよ。今、帰り支度をしてる」

「ちょうどよかった。一緒にウチの実験室に来てくれませんか」

「えーっ。寒いし、めんどくさいんだけど」

未来子さんならたぶんそう答えるだろうと思っていた。それならばと、わたしは切り札を使うことにした。

「あのですね。もうわたし、知っちゃってるんですよ。惚れ薬のこと。未来子さんも関わっていたんですよね」

「……あら。バレてたんだ」未来子さんに悪びれた様子はない。「で、どこまで知ってるのかな？」

わたしは本田の自飲実験や、サンプルが盗まれた話をかいつまんで伝えた。すでに、本田が副作用で眠ってしまったことは確認してある。

「そっか。それじゃ、ちょっと様子を見に行ってみるよ、うん。あたしにも責任の一端はありそうだし」

「お願いします。あと、沢井くんも一緒に、ですよ。一人だけ仲間外れっていうのも可哀想ですし」

「ＯＫ。じゃ、十分くらいで着くから」

電話を切り、わたしは息をついた。

『いよいよ、関係者一同勢揃い、って感じになってきた』

『そうだな。理想的な展開と言っていいだろう』

『ようやくたどり着いた……のかな。これってなんだか、推理小説の謎解きのシーンみたいだよね』

『謎解き？』

『そう。広い部屋に登場人物が集められて、探偵が真相を語るの。といっても、わたしは探偵じゃないし、全員が同じ謎を共有してるわけじゃないんだけど』

答えを知る人物――川上くんと沙織ちゃんは、二人でここに向かっているはずだ。

先に現れたのは、未来子さんたちだった。

どこか落ち着ける場所を、ということで、本田を教員室に残して、みんなで会議室に移動することになった。現在の時刻は、午後十一時十二分。例の「死の時刻」まではまだ時間がある。本田を一人で寝かせておいても、致命的な問題は起こらないだろう。

会議室はちょうど建物の逆側の端にある。みんなで廊下を歩いている途中で、高村くんは何度も後方を振り返っていた。本田のことが気になるのだろう。律儀に言いつけを守ろうとする姿勢は相変わらずなようだ。

わたしは沙織ちゃんたちを迎えるために玄関ロビーでみんなと別れて、隅っこのソファーに腰を下ろした。

クロトが『いよいよだな』と呟く。

『だね。今度こそうまくいくといいけど』

わたしは目を閉じて、夢の終わりのことを考えた。

このシミュレーションを終えた時、わたしは後悔のない未来を獲得できているだろうか。本田が生きていて、他の誰も命を落とさずに済む。そんな明日を迎えることができるだろうか。理想の未来。自分が言い出したことではあるが、その実現がいかに困難なものであるか、ようやく実感できた気がする。あと少し、あと少しで、手が届くはずだ。

しばらく物思いにふけっていると、自動ドアが開き、川上くんと沙織ちゃんがロビーに姿を見せた。

わたしは「ホントに早かったね」と立ち上がり、二人を出迎えた。

「はい。川上さんのところにいましたから」

　そう言って、沙織ちゃんは隣にいる川上くんに視線を向ける。

「惚れ薬の件はもう知ってるんだな」

「うん。高村くんから聞いたから。本田と一緒に、そんなものを作ってたんだね」

「ああ。それで、高村はどこにいるんだ」

「会議室だよ。ついでに、未来子さんと沢井くんも呼んである。もし席を外してほしいんなら、そういう風に言うけど」

「いや」今度は、川上くんが沙織ちゃんに視線を向けた。「逆に都合がいい。みんなに聞いてもらうことにするよ」

　沙織ちゃんの頬に、小さなえくぼが浮かぶ。わたしとクロトがテレパシーで会話をしているのと同じように、川上くんと沙織ちゃんの間にも、音声以外の、特別な意思疎通手段が存在しているように見えた。

「じゃ、行こっか」

　本田の自飲実験のことを二人に説明しながら、会議室までの短い道のりをゆっくり歩く。

　部屋に入ると、「お、きたきた。さ、座って座って」と、未来子さんが立ち上がった。

会議室には、十五人ほどが座れる、長方形の大きなテーブルが設置されている。川上くんと沙織ちゃんは並んで奥に座り、わたしは入口の近くに陣取った。

「さて、奈海ちゃん。司会進行、よろしくね」

「わたしがやるんですか？　未来子さんの方が適任じゃないですか。年長者だし」

「つまんないこと言わないでよ。あたしと沢井くんは、お呼ばれしたゲストなんだよ。宗輔は寝てるし、奈海ちゃんしかいないでしょ」

未来子さんは強引な理屈をつけて、わたしに司会を押し付けた。

『お前がやればいいだろう。この夜のことを一番知っているのはお前なんだからな』

『まあ、そうだね。司会をやるの、別に嫌いじゃないし』

クロトと未来子さん、二人に促されるように立ち上がり、わたしは咳払いをした。

「沢井くんはまだ何も知らないと思うので、話の前に、これまでのいきさつを簡単に説明したいと思います」

わたしは沢井くんに視線を向けた。少し緊張した様子で、彼は頷いた。

「きっかけは、大学に向かう川上くんを偶然見かけたことでした。チョコレートを作りに来ていた沙織ちゃんを見送ってから、わたしはコンビニに寄りました。そこで、歩道を早足で歩く川上くんを目撃したんです。あれ、何か変だな、と思いました。日曜の夜という時間もそうですし、普段は自転車で通学してる川上くんが、なぜか徒歩で大学に向かっていたのですから」

「はいはーい」と未来子さんが手を挙げた。「電車で来たって可能性は考えなかったんですかあ」

わざと敬語を使ったのは、この場をセミナーに見立てているからだろう。

わたしは頷いて、「それはもっと不自然です」ときっぱり言った。

「川上くんのアパートからは駅が遠いですし、一度乗り換えないと、大学の最寄り駅に来れません。そんなことをするくらいなら、自転車を使うでしょう」

未来子さんが何も言わないのを確認して、わたしは話を続ける。

「わたしは川上くんを追いかけていって、中央広場に入った辺りで声を掛けました。そこで、第一実験室と教員室に明かりがついていることに気づいたんです。誰かがいるのだろうと思い、わたしは川上くんと一緒に八号館に向かいました。ちなみにその時、教員室には本田が、第一実験室には高村くんがいましたが、二人とも眠っていました」

高村くんがこくりと頷く。

「川上くんは第二実験室に用があるということだったので、わたしは一人で第一実験室に入りました。そこで、実験台の上に見慣れないサンプルケースが置いてあることに気づいたんです」

「あちゃー。置きっぱなしにしてたの？」

高村くんが未来子さんに頭を下げる。

「すみません、まさか他の人が来るとは」

「ああ、いや、高村くんが謝ることないよ、うん。悪いのは宗輔だもん」

「それでも、管理責任は僕にありますから」

「ああもう、真面目なんだから。でも、そういうとこ、嫌いじゃないな」

「はあ。恐縮です」

二人のやりとりが終わったところで、わたしは説明を再開した。

「特に何かに気づいたわけではありません。強いて言えば、化学者の本能でしょうか。ふと、ケースに収められている化合物の構造式を確認してみたくなりました。未来子さんのために補足しておくと、ウチの研究室では、保存用のサンプル瓶の側面に、構造式を描いたラベルを貼ることになっています。それを見ようと、適当にサンプルを取り出してみました。ところが、サンプル瓶はなぜか空でした。わたしは高村くんに、どうして空っぽなのかと聞きました。そこで初めて、010が盗まれたことに気づいたんです。高村くん。ちょっと、惚れ薬の話をしてあげてよ」

「分かりました。えっと、実はですね……」

高村くんの説明を聞いて、沢井くんは「マジですか！」と大きく仰《の》け反《ぞ》った。「にわかには信じられないですね……。『もやしもん』に出てきた媚薬《びやく》じゃあるまいし、完全にフィクションの世界じゃないですか。未来子さん、そんなことが本当に可能なんですか?」

「メカニズム的にはありうる」未来子さんは力強く頷いた。「宗輔に動物試験を頼まれた時はさすがに驚いたけど、たぶん世界初の試みだし、なにより面白そうだったからね。生物屋として、プロジェクトに参加させてもらったの」

面白そうだからやろうと思った。シンプルなその答えに、わたしと沢井くんはほぼ同時に苦笑した。

高村くんが座るのを待って、わたしは再び立ち上がった。

「サンプルを盗んだ犯人は誰なのか。推理のプロセスは以下の通りです。高村くんは午後七時過ぎから、ずっと第一実験室にいました。その間、誰も実験室に来なかったそうです。一方、彼は午後九時半から仮眠を取っていました。よって、化合物が盗まれたのはそれ以降と考えられます。ですが、第一実験室は施錠されていました。未来子さんは鍵を持っていないから実験室に入れません。沢井くんと沙織ちゃんはそもそも惚れ薬のことを知りませんから、容疑者から除外できます。残りは一人です」

ちらりと視線を向ける。沙織ちゃんは真剣な面持ちでわたしの話を聞いている。

「川上くんが怪しい、高村くんは即座にそう断言しました。しかも、彼は隣にいる。そこで、いったん外に出て、川上くんの行動を見守ることにしました。しばらくすると、川上くんは第二実験室から第一実験室に入っていきました。一分か二分、それくらいの時間で、すぐに実験室をあとにすると、川上くんはそのまま帰ってしまいました」

「見られてたのか。全然気づかなかったな」と、川上くんがため息をついた。

「実験室に戻ってみると、空だったサンプル瓶に粉末が補充されていました。ちなみに、それが010ではないことはMSで確認してあります。――ここまでで、何か質問はありますか」

会議室を見渡す。沢井くんが軽く右手を挙げた。

「状況としては、いささか不自然ですね。ちなみに、サンプル瓶が空だと気づいたのはいつですか」

「だいたい、十時十五分くらいかな」

「ということは、高村くんが眠っている間に化合物を盗んで、そのわずか数十分後に、補充するために戻ってきたことになりますよね。いくら寝ているとはいえ、高村くんに気づかれるリスクだってあるわけですし、最初に来た時に補充も済ませておくのが筋じゃないですか」

「わたしたちもそう考えました。どうしてそんなことをしたのか。その時、高村くんが、コンビニで授業のレポートをコピーしたことを思い出してくれました。午後六時四十分から十五分ほど、実験室を空にしていたんです。レポートのコピーを頼んだのは、沙織ちゃんでした。偶然にしてはできすぎていると思いました」

「ってことは、沙織ちゃんが高村くんをおびき出して、それから川上くんが実験室に忍び込んだわけ？」

未来子さんの質問に、わたしは「たぶん、違うんじゃないでしょうか」と答えた。

「二人が共同作業をしていれば、一気に化合物を補充するところまでいけたはずなんです。どちらかが高村くんの動きを見張ってればいいわけですから。だから、沙織ちゃんが一人でやったことなんじゃないかと思います」

わたしはふう、と息をついて、沙織ちゃんに向かって頷いてみせた。

沙織ちゃんは川上くんと視線を交わして、静かに立ち上がった。

「……奈海さんの言う通りです。０１０を盗んだのは私です」

「ど」高村くんが飛び上がるように腰を浮かせた。「どうしてそんな……」

「順序立てて話します。質問があれば、随時挟んでもらって構いません」

沙織ちゃんの涼やかな声が、会議室に響き渡る。彼女の口調もまた、セミナーに挑む研究者のそれに変わっていた。

「まず、一番重要なことを先にお話しします。皆さんには内緒にしていましたが、私は、川上さんとお付き合いしています」

（5）――真相――

「惚れ薬のことは、川上さんから聞きました」

沙織ちゃんの説明はそこから始まった。

「合成している、という話だけではなく、プロジェクトの進捗状況も教えてもらっていました。だから、今日の夕方、未来子さんから送られてきたメールの内容を知ることができたんです」

沢井くんは律儀に手を挙げてから質問をした。

「メールっていうのは何のことですか？」

「ああ、宗輔と高村くんには直接ＰＫ試験の結果を伝えたんだけど、川上くんは大学に来てなかったから。早く知りたいだろうと思って、メールしてあげたの」

「そんな大事な時に、どうして川上さんは休んでいたんですか」

沢井くんの問い掛けに、川上くんは視線を逸らし、耳を真っ赤にしながら、「日曜はデートをすることに決まってるんだ」と小声で答えた。その隣で、高村くんがぴくりと肩を震わせるのが見えた。

沙織ちゃんは質問がないことを確認して、説明を再開した。

「結果を知り、私は惚れ薬を持ち出すことを決めました。これは、川上さんには言わなかったことです。奈海さんとチョコレートを作ると言って、川上さんと別れて、大学に向かいました。それが、午後六時半くらいのことでした。ところが、第一実験室には明かりがついていました。こっそり覗いてみると、高村くんの姿がありました。さすがに目を盗んで化合物を持ち出すのは難しそうだったので、レポートのコピーをお願いしたんです。高村くんの性格なら、きっとすぐにコピーに行ってくれるだろうと思いました」

「ちょっと待って」と未来子さんが話に割り込んだ。「それさ、もしいたのが宗輔だったらどうするつもりだったの」

「それは特に問題はないと思っていました。本田さんは、私と川上さんが付き合っていることを知っていましたから。使いたいと言えば、分けてくれるのではないか――そう考えていました」

「そりゃ見込み違いだよ。自飲実験なんてやらかすくらいなんだからね。安全が確認できてない以上、沙織ちゃんに頼まれても、きっぱり断ったと思うよ」

「そうかもしれませんね。いま考えると、見込みが甘い面はあったと思います」

沙織ちゃんは未来子さんに頷いてみせた。

『そっか。本田は二人が付き合ってることを知ってたから、川上くんは犯人じゃない、って言い切ったんだ』

『そういうことか』クロトは悔しさを滲ませた口調で言う。『……本田がもっと早くに目を覚ましていれば、あっさり真相にたどり着けていただろうな』

『いまさら言ってもねえ……』と心の中で呟いて、沙織ちゃんの話に意識を戻す。

「私は無人になった第一実験室に入り、010を別のサンプル瓶に移し替えました。空のままで放置するのは危険だとは思いましたが、いつ高村くんが戻ってくるか分からなかったので、早々に実験室を抜け出しました。誰もいなくなったあとで、こっそり補充しに来るつもりだったんです」

「補充って、どうやってやるつもりだったの」

今度は沢井くんが質問をする。

「一段落したら、川上さんに相談するつもりでした。いわゆる事後承諾ですね。川上さんは010を持っていませんが、類縁体が手元に残っていました。同じ惚れ薬なら気づかれる可能性は低いと思いました。普通、完成した化合物の分子量を測り直すことはありませんから」

「そんなら、最初から川上くんにもらいなよ。わざわざPK試験用のやつを使うことはなかったんじゃないの」と、未来子さん。次々と質問が飛び出す辺り、さすがにみんなセミナーで鍛えられているだけのことはある。

沙織ちゃんは臆することなく毅然《きぜん》と回答する。

「使うなら、効果が期待できる一番強い化合物を選びたかったですし、事前に言ったら、川上さんは認めてくれないと思ったんです」

「なるほど」と、未来子さんが頷く。「で、それからウチに来た、と」

「はい。予定通り、奈海さんとチョコレートを作りました。それが終わって、マンションを出る直前に、川上さんに電話で連絡をしたんです」

川上くんがすっと手を挙げた。

「そこから先は俺が言おう。俺は九時半頃に、彼女から連絡を受けた。サンプルを持ち出したこと、空の瓶を補充する必要があること、その二点を告げられた。彼女は二人で大学に行くと言ったが、一人でやれる作業だったから、先に帰ってもらった。下手にうろついて見つかっても困るしな」

「帰るって……どこに？」

「ウチのアパートだよ。浅野、お前、さっき言ってたよな。俺が徒歩で大学に向かっているのを見て、おかしいと思ったって。実はな、途中までは自転車で来てたんだ。自転車を降りたのは、途中で彼女と会ったからだ。代わりに彼女が自転車に乗って、俺のアパートに向かったってわけだ。誰かが見てるって知ってたら、たぶん交代しなかっただろうな」

「じゃあ……」

今日はきっと泊まるつもりだったのだろう。そう思ったが、口にはしなかった。これ以上高村くんを傷つけたくはない。

「あとは浅野たちが見た通りだ。タイミングを見計らって補充しようと思っていたが、いざ入ってみたら誰もいなかった。まさかそれが罠だとはな。夢にも思わなかったよ」

川上くんが説明を終え、会議室に沈黙が下りてきた。誰もが今の話を頭の中で反芻し、何が起こったのかを理解しようとしているのだろう。

その沈黙を破ったのは、ずっと黙っていた高村くんだった。

「中大路さん。……一つ、教えてほしいことがあるんだ」

「うん」

「中大路さんは……川上さんと付き合ってる。じゃあ、どうして、惚れ薬を持ち出そうと思ったの？」

「それは……」沙織ちゃんは潤んだ瞳でわたしを見つめていた。「奈海さんのためだったんです」

「……わたし？」

「この前の新年会で言ってましたよね。片思いしてる相手がいるんだって。でも、奈海さんは告白する勇気が持てないとも言ってました。それで、惚れ薬を使うことを思いついたんです」

「そっか！」未来子さんがテーブルを叩いて立ち上がった。「さっきから考えてたんだ。どうして今日だったのかって。そんなに慌てなくたって、惚れ薬の開発はこれからも続く。リスクを冒して盗み出す必要なんかないんだよ。じっくり待って、誰かが作った化合物を自分で合成すればいい。でも、それじゃあ遅かったんだ。なぜなら、バレンタインデーは明日だから」

「……なるほど」沢井くんが腕組みをしたまま頷いた。「バレンタインデーなら、チョコレートに混ぜることで、自然な形で惚れ薬を摂取させられますね」

「そうです。そのつもりで、強引にチョコレートを作るように誘ったんです。手作りじゃないと、惚れ薬を混入することができませんから」

「じゃ、じゃあ、わたしたちが作ったあのトリュフチョコって……」

「大丈夫です。あれには何も入っていません。覚えていませんか？　私が途中で白い粉をこぼしたこと。あれが、盗み出した惚れ薬だったんです」

もちろん覚えている。あの時、沙織ちゃんはカルダモンをこぼした、と言っていた。それはとっさについた嘘だったのだ。

「そうだったんだ……」

わたしは会議室の、クッションが効いた椅子に深々と体を埋めた。

惚れ薬盗難騒ぎの発端は、わたし自身にあった。

要するに、わたしは自分がまいた種から生まれたトラブルを解決するために、何度も未来をやり直していたわけだ。本田の死はともかく、わたしが沙織ちゃんに余計なことを口走らなければ、惚れ薬が盗まれることはなかっただろうし、事態ははるかにシンプルになっていたはずだ。

ふと気づくと、沙織ちゃんが悄然とした様子でわたしのそばに立っていた。

「怒ってますよね、奈海さん」

「え、いや、そんなことは……」

「いえ、怒られて当然のことをしたと思っています。奈海さんの気持ちを無視して、無理やり惚れ薬を使わせようとしてたんですから。本当にごめんなさい」

沙織ちゃんは大粒の涙をぽろぽろとこぼした。

わたしは立ち上がって、ぎゅっと彼女を抱き締めた。

「大丈夫だよ。全然怒ってないから」

沙織ちゃんは嗚咽《おえつ》混じりに「……ホントに？」と訊いてくる。

子供のような仕草に、わたしは胸を締め付けられるような息苦しさを覚えた。

わたしは苦笑した。こんなに可愛い子を、どうやって叱ればいいというのだろう。

きっと川上くんも、沙織ちゃんを思いっきり甘やかしているに違いない。

泣きじゃくる沙織ちゃんをなだめていると、未来子さんがいきなりわたしたちをまとめて抱き締めてきた。

「よっし！　仲直りも済んだところで、みんなで飲み会といきましょ！」

「え、だって、今日は日曜日で……」と沢井くんが目を白黒させる。

「曜日なんて関係ないっ！」

未来子さんは堂々と言って、部屋をぐうっと見回した。

「さっき聞いたよ。高村くんは、宗輔が目を覚ますまで、ずっと居残ってなきゃいけないんだよ。それなのに、あたしたちだけ帰ったら可哀想でしょうが！」

「いえ、僕は別に……」

高村くんはむにゃむにゃと何事かを呟いていたが、すぐに未来子さんの勢いに掻き消され、黙り込んでしまった。

もう、こうなったら彼女を止めることはできないだろう。唯一対抗できそうな本田は、未だに教員室で眠っている。

だが、これはわたしが望んでいた展開でもある。みんなが一ヶ所に固まっていれば、トラブルが起こった時の対処も簡単になる。普段ならためらってしまうような提案だが、ここは思い切って乗っかるしかない。

「やりましょう、未来子さん」

「おっ、話が分かるね、奈海ちゃん」

「場所はここでいいですか。ちょっと寒いですけど」

「えーっ。こんな殺風景なところはダメだよ。ウチでやろうよ。酔い潰れたら寝られるしさあ」と未来子さん。「よし。そうと決まったら、宗輔を起こして、さっさと移動しなくちゃ」

そこで、沢井くんがおずおずと手を挙げた。

「あの、まずくないですか、それ。本田さん、惚れ薬を飲んでるんですよね。近くにいたら、見境なしに告白しちゃうんじゃ……」

「大丈夫大丈夫。いざとなったらあたしが押さえ込むから。さ、行きましょみんな。買い出しもしなきゃだし」

未来子さんは満面の笑みを浮かべながら、男子三人を連れて会議室を出て行った。

「あの……」つんつん、と沙織ちゃんがわたしの背中をつつく。「お化粧を直しに行ってもいいですか」

「うん。ここで待ってる」

頭を下げて出て行く沙織ちゃんを見送って、わたしは思いっきり伸びをした。

『……なんだか、気が抜けちゃったよ』

『終わったな……と言いたいが、本来の目的はまだ果たせてない』

『分かってる。でもね、今までの未来とは全然展開が違ってるし、なんていうか、予感みたいなものがあるんだよね。もう、誰も死なずに済むような気がする』

『ようやくだな』と、クロトは明るい声で言った。『ここまで付き合ったんだ。お前が望んだ、「理想の未来」とやらを見届けさせてもらおうか』


わたしと沙織ちゃんは一足先にマンションに戻り、飲み会ができるようにリビングの片付けをした。派手に騒ぐと苦情が来るかもしれないが、わたしにとっては必要な飲み会なのだから、そこは一つ勘弁してほしい。

そうして簡単な掃除を終えたところで、川上くんと高村くんが本田を連れてやってきた。本田はほとんど意識を失った状態で、磔《はりつけ》にされたキリストのような姿勢で運ばれてきた。

「はあ、重かった」

本田をリビングの隅に転がし、高村くんは額の汗を拭った。

「起こせばよかったのに」

「いやあ、何度も試したんですけど、全然ダメで。惚れ薬の副作用ですかね」

「もしかして、大学からずっと引きずってきたの？」

「途中まではそうしようかと思ってたんですけど、さすがにきつくって。しょうがないんで、僕のスクーターに乗せてきました。あ、でも、二人乗りじゃないですよ。座席にいたのが本田さんで、僕はアクセルを回す係、川上さんが本田さんを支える係でした」

川上くんは肩を揉んで、ふう、と息をついた。

「……労力は引きずるのと変わらなかった気がするが」

「まあ、連れてこれたからよかったじゃないですか。浅野さん、マンションの前にスクーターを停めましたけど、大丈夫ですか」

「うん、特に何も言われないと思う。あ、でも、帰りは乗っちゃダメだよ」

「分かってますって。飲酒運転なんかしませんよ」

高村くんは屈託なく笑っている。ついさっき失恋したばかりとは思えない。だけど、吹っ切れたわけじゃないはずだ。たぶん、無理をしているのだろう。それでも、ああやって川上くんと普通に話している姿を見るとほっとする。

二人の様子を見ているうちに、引っ掛かっていた疑問の一つが、紐《ひも》がほどけるようにするりと解決した。

『ねえ、クロト。高村くんが事故を起こした未来があったよね』

『ああ、あったな。五周目だったか』

『なんとなく、事故の原因が分かった気がする。たぶん、高村くんは川上くんのアパートで、沙織ちゃんに会っちゃったんだよ』

高村くんは川上くんのアパートを訪れていた。そしてその時、部屋の中には沙織ちゃんもいた。もし部屋に乗り込んだのなら、彼女と出くわしてしまった可能性がある。

わたしは想像する。二人が付き合っていることを知り、ショックを受けた高村くんは、それでもなんとか笑顔を浮かべて、アパートをあとにした。それは精一杯の気力を振り絞って作った、渾身《こんしん》の笑顔だったに違いない。そこで力を使い果たし、呆然としたままスクーターに乗って——そして、自損事故を起こした。無理もないことだと思う。

『きっと、今だって辛いはずだよ。だから、飲み会の間、高村くんの様子には気を付けておこうと思うの。さすがにベランダから飛び降りたりはしないだろうけど、滑って転んで後頭部を強打する、ってこともなくはないし』

『そうだな。特に、危険な時間帯の行動には注意すべきだろう。もちろん、他の連中についても同じだ』

『うん。せっかくここまで来たんだし』

クロトと相談をしていると、セブンスヘブンに行っていた未来子さんと沢井くんがリビングに入ってきた。

「やっほー。いろいろ買ってきたよお」

とか言いながら、未来子さんは明らかに自分用と思しきワインを持っているだけだった。対照的に、沢井くんはパンパンに膨らんだ袋を両手に提げている。

わたしは沢井くんに駆け寄り、ビニール袋を片方受け取った。虐げすぎて、沢井くんをキレさせたら、またろくでもない事態になるかもしれない。

「すわぁーって！　それでは乾杯と行きますかあ！」

未来子さんはもうすでにでき上がってるのでは、と勘違いしてしまうほどテンションが高い。リビングの片隅で寝ている本田を踏みつけながら、赤ワインが波々と注がれたグラスを高々と掲げて叫んだ。

「それでは、この素晴らしき夜に――乾杯っ！」

こうして、バレンタインデー・イヴの不思議な飲み会が始まったのだった。

（6）――もう一つの告白――

華々しく飲み会がスタートしたものの、わたしは最初の一杯以降、一切アルコールを口にしなかった。酔い潰れたりしたら、いざという時に動けなくなってしまうからだ。

わたしは未来子さんの執拗なお酌を、高村くんに押し付けるという方法で巧妙に回避しつつ、リビングで思い思いに過ごすみんなを観察していた。

無事に公認カップルとなった川上くんと沙織ちゃんは、握りこぶし二つ分の距離を開けて、同じソファーに腰掛けていた。互いに言葉を囁き合ったりするようなことはなく、沢井くんを相手に、惚れ薬の合成に関する苦労話なんかをしていた。

高村くんは二人から視線を逸らしながら、ダイニングテーブルで未来子さんと会話をしていた。ワインの話でそれなりに盛り上がっているようだ。こういう時、未来子さんの明るさと強引さはきっと救いになるだろう。

酔いが回るにつれ、みんなの会話の内容は徐々に恋愛の話に移っていった。そうなると、中心に来るのはもちろん沙織ちゃんたちで、高村くんの表情は、乾いた砂浜に潮が満ちていくように、少しずつ暗さの度合いを増していった。

「二人はどういうきっかけで付き合い始めたんですか」

高村くんの恋心を知らない沢井くんが、傷口に塩を塗り込むような質問をした。

一瞬、川上くんと沙織ちゃんの視線が交差する。

「……きっかけは、奈海さんだったんです」

「どういうこと？」いきなり自分の名前が出たので、思わず訊いてしまった。「わたし、何かやったっけ」

「覚えてますか、奈海さん。去年の研究室旅行で、お化け屋敷に行ったこと」

「うん。覚えてるよ」

旅行先で入った遊園地で、たまたま、わたしと本田と川上くんと沙織ちゃんの四人で行動する機会があった。その時のことを言っているのだろう。

「あの時、奈海さんは気を利かせて、入口で二対二に別れるようにしてくれましたよね。私、怖いのが本当にダメで。きゃーきゃー言って、川上さんに抱きついたりしたんですけど、それがきっかけになって、少し打ち解けられたんです。……前から気になってたんですけど、話す機会がなくて」

「え、あ、そうだったの」

実は、気を利かせたわけではなく、ただ単に、わたし自身が本田と二人きりになりたかっただけだったりする。仕掛けに驚いたふりをして急接近を図るつもりだったが、いざとなると恥ずかしさが勝ってしまい、結局、薄暗い通路をお互いに黙って通り抜けるだけに終わってしまった。

沙織ちゃんは身を乗り出して、わたしの手をぎゅっと握った。

「あの時のことがなければ、今みたいにはなれなかったと思うんです。だから、私、決めたんです。奈海さんが恋愛で悩んでる時は、絶対力になろうって」

「それで、010を持ち出すことを計画したわけだ」と、川上くんが横からフォローする。「悪気はなかったと思う。あんまり怒らないでくれよ」

「怒らないよー」とわたしは笑ってみせた。

「それならいいんだ。……そもそも、惚れ薬プロジェクトの存在は知っていたが、俺は参加する気はなかった。本来の研究とは全く無関係だからな。ところが、今年の新年会で浅野に片思い相手がいると聞いて、彼女が張り切ってしまってな。しつこく頼むもんだから、俺も合成に加わったんだ」

川上くんはビールをちびちび飲みながら、しみじみとそう語ってくれた。顔が赤いのは、アルコールの影響だけではないはずだ。

「川上さんはツンデレ系だったんですね」沢井くんが感心したように言う。「私はもっと硬派なイメージを持ってました。ガンダムで言うと、アナベル・ガトーみたいな」

「こう見えて、すっごく優しいんです」沢井くんの意味不明な比喩を無視して、沙織ちゃんは嬉しそうに言う。「日曜はデートだよね、って言ったら、ちゃんと実験を休んでくれてますし。私のために、っていうところが、すっごくキュンとしちゃうんですよね」

二つの意味で酔っているのだろう、沙織ちゃんはいつもよりぐっとくだけた口調になっていた。

と、その時、高村くんが突然立ち上がった。

「すみません。お手洗いをお借りします」

早口でそう言い残し、高村くんはリビングを出て行ってしまった。

ドアが閉まるのを見届けて、わたしはウーロン茶で喉を潤した。

『……やっぱりしんどかったのかな』

『楽しくはないようだな』と、クロトも同意する。『よくない傾向だ』

肝心の沙織ちゃんは、高村くんがいなくなったことを気にする様子もなく、変わらず楽しそうに喋り続けている。

「――でも、実は一つだけ不満があったんですよ。川上さん、私たちが付き合ってることを隠そう隠そうとするんです。そろそろ打ち明けよう、って私が頼んでも、いっつもむにゃむにゃ言うだけで、全然応じてくれないんです」

「いや、待ってくれ。俺の言い分も聞いてくれよ。あのな、俺は、周りのやつにチャラチャラしてると思われたくなかっただけなんだ。彼女の写真を携帯の待ち受けにしたり、これ見よがしにペアリングをしたり、そんな真似はしたくなかったんだよ」

それを聞いて、沙織ちゃんが眉を顰める。

「ほら、あんなこと言ってる。そのくせ、親友だからって、本田さんにはちゃんと教えてたんですよ。お世話になってるし、せめて奈海さんだけには伝えようよ、って言ったんですけど、それもダメで。いっそのこと、川上さんのケータイで奈海さんに電話しちゃおうか、なんて思ったこともあったんですよ」

「もしそうしてたら、川上さんはどうします？」

沢井くんの質問を受けて、「仮定の話じゃない」と川上くんはため息をついた。

「ついこの間、実際にそういうことがあったんだ。俺はもちろん止めたよ。そういうのは、こっちの承諾を取ってもらわないと。不意打ちなんて卑怯だ」

「だって……」

沙織ちゃんは不服そうに唇を尖らせた。

「まったく。今日もそうだけど、時々妙な行動力を発揮するから困る。そのせいで、結構ケンカになることがあるんだ。ケンカの時の彼女を見たら、きっとみんなビックリするだろうな。普段と全然違うからな。例えば――」

言葉を続けようとする川上くんの二の腕を、ぐいっと沙織ちゃんが押す。

「あー、それ言わないって約束だったじゃないですかあ」

「ああ、そうだったかな。じゃあやめておこうか」

川上くんは話題を打ち切ろうとしたが、そこですかさず、「何々、訊きたい訊きたい」と、未来子さんが首を突っ込んできた。

「ケンカが勃発して、それからどうなったの」

「俺は必死でなだめようとしたんですが、全然言うことを聞いてくれなくって。いきなり俺の部屋から飛び出していくんですよ。参りましたよ」

未来子さんはワインをくっと呷《あお》って、「またまた、そんなこと言ってえ。どうせ仲直りしたんでしょ」と川上くんの肩を叩いた。

「ドラマみたいに追っかけていって、行き止まりで追いついて、それであれだよ。もう、がばーっの、ぎゅーっの、ぶちゅーっ、だよ。ね！」

「そんな派手なことはしませんよ」

困ったようにビールを飲む川上くんの横で、沙織ちゃんは首を横に振った。

「私はそれくらいやってもらってもいいと思ってますけど」

『今の話で分かったな。どうして川上が交通事故に遭ったのか』

視線は沙織ちゃんに向けたまま、わたしはクロトの言葉に意識を集中した。

『お前はあの時、川上に連絡を取ろうとした。ところが、電話に出たのは中大路だった。それは、お前にカミングアウトするための行動だったんだ』

『ああ、なるほど。それでケンカになって、沙織ちゃんは思わず部屋を飛び出した、と。追いかけていって……川上くんは車に撥ねられちゃったんだ』

そう考えれば、事故現場に沙織ちゃんがいたことや、上着を羽織っていなかったことにも説明がつく。

ただし、オリジナルの未来では、そのケンカは起こらなかったはずだ。沙織ちゃんは、二人の関係をわたしに打ち明けたがっていた。川上くんの携帯電話にわたしの名前が表示されていたから、勝手に電話に出たのだ。オリジナル周では、わたしは誰にも電話をしなかった。当然、沙織ちゃんはおとなしくしていただろう。

『……ホント、どこがどう繋がってるか分からないもんだね』

『運命というのは、元来そういうものだ。だが、もう安心していいだろう。謎はすべて解決した』

『そうだね』

わたしはピスタチオを奥歯で噛み砕きながら、オリジナル周でみんながどう動いたのか、頭の中で簡単にまとめてみた。

午後七時前。沙織ちゃんが第一実験室から010を持ち出す。彼女はわたしのマンションにやってきてチョコレートを作り、午後九時半くらいに帰っていく。そのあと、川上くんのアパートを訪れ、朝までそこにいた。

沙織ちゃんが帰ったのと時を同じくして、沢井くんは未来子さんの携帯電話を持ち出した。メールの履歴から惚れ薬の存在を知った沢井くんは、首尾よく実験室から018を盗み出し、いったん自宅に帰った。その後、未来子さんに電話をかけ続けるが、未来子さんはそれに気づかない。

一方、川上くんは沙織ちゃんの依頼を受け、010の瓶に別の化合物を入れるために大学に向かう。補充の直前、第一実験室で沢井くんと顔を合わせている。

午後十時半過ぎに第一実験室で目を覚ました高村くんは、018の盗難に気づく。犯人は川上くんに違いない、と彼は推理する。直接確かめたいが、本田がいるので実験室から離れられない。となれば、とりあえず川上くんに電話をしたのではないだろうか。

高村くんは、川上くんに惚れ薬が盗まれたことを告げる。ところが、そこで挙げられたコード番号は、010ではなく018だった。当然、川上くんは何も知らないと言うだろう。それは嘘ではない。本当に知らないのだ。

困った高村くんは、同じ実験室を使っていた沢井くんに話を聞こうとした。その証拠に、連絡を取り合う関係じゃないのに、高村くんは未来子さんに電話をしていた。その時点で、未来子さんと沢井くんの携帯電話は入れ替わっていた。わたしが未来子さんの部屋で目撃した着信は、彼女宛てではなく、沢井くんにかけた電話だったのだ。事情を伝え合った結果、未来子さん、あるいは高村くんは、携帯電話の入れ替わりと、018の盗難を関連付けて考えたかもしれない。未来子さんの携帯電話に残されていたメールを読んで、惚れ薬開発プロジェクトの存在を知った、そう推測してもおかしくはない。

そして、それは正鵠《せいこく》を射ている。どこまで問い詰めたかは分からないが、わたしが指摘した時も、沢井くんは結構あっさり盗難の事実を認めていた。案外、すんなりと解決したのではないかと思う。

　これで盗難の件は一件落着、となる。沢井くんは018を使うことなく自宅に待機したままで、未来子さんは一人で静かに眠りにつく。そして高村くんは……あれ？

『……ねえ。今、まだ疑問が残ってることに気づいたんだけど。オリジナル周の高村くんは、本田が死んじゃったことを知らなかったっぽいよね。未来子さんにも、わたしにも連絡がなかったし。それってつまり、本田の言いつけを破って家に帰ったってことじゃないかな』

『そう考えるのが妥当だろうな』

『どうして、あっさり帰っちゃったんだろ』

『さあな。いつまで経っても起きないから、もう大丈夫だと判断したんじゃないのか』

『そうなのかな……』

　ピスタチオを口に放り込みながらあれこれ推理してみるが、すっきりとした理由は思いつかなかった。

　ま、いっか。気になることは気になるが、それを確かめるためだけにやり直しをする気にはなれない。今はとにかく、みんなの行動に気を配らないと。

　そう思ってリビングを見回して、高村くんが戻ってきていないことに気づいた。

『あれ……トイレに入ってから、結構時間が経ってるよね』

『ああ。十分は経ってる』

『ちょっと遅い気がするんだけど』

『……そうだな。様子を見てきた方がいいな』

現在の時刻は午前〇時半。すでに危険な時間帯に差し掛かっている。何かの拍子に転んで頭部を強打し、トイレで倒れているという可能性もある。

わたしはリビングを出てトイレに向かった。明かりは消えている。一応ノブを回してみたが、個室はもぬけの殻だった。

『ここにいないってことは……』

『誰かの部屋にいるか、外に出て行ったんだろう』

『見てみようか』

わたしはトイレを出て、自分の部屋に入った。だが、そこにも高村くんの姿はなかった。やはり、高村くんは外に出たのだ。きっと、沙織ちゃんののろけ話を聞くことに耐えられなかったのだろう。

——まずい。

背中を焦燥感が走り抜ける。

今の高村くんは打ちひしがれている上に酔っている。フラフラしていたら、どんな事故が起こるか分からない。一刻も早く連れ戻さないと。

慌てて部屋を飛び出そうとした時、誰かが廊下を歩いている気配がした。

　高村くんが戻ってきたのかと思ったが、音の方向からして、どうやら玄関に向かっているようだ。少しだけドアを開けて隙間から様子をうかがうと、未来子さんが外に出て行くのが見えた。

『ちょっと待ってよ……。こんな展開、今までになかったんだけど』

『当たり前だ。すべてがすっかり変わってしまっている。もう、これまでの経験は役に立たないだろう』

　つまり、何が起きてもおかしくない、ということだ。このまま指をくわえて見ているわけにはいかない。少し待って、未来子さんのあとを追って外に出た。

　廊下に出て左右を見回してみるが、人影は見当たらない。念のために手すりの向こうを覗き込んでみたが、植え込みに人が倒れている、なんてことはなかった。

　外に面した廊下には、雪の結晶がちらほらと舞い込んでいた。強い風が休みなく吹きつけてくるので、寒くってしようがない。わたしは風を避けるように前屈みになりながら、足早に廊下を通り抜けた。

　廊下の先は、共用スペースである、エレベーターホールに繋がっている。円形の空間は閑散としていて、周囲の冷気をわざわざ集めて作ったような、冷え冷えとした空気に包み込まれていた。

『どこに行ったんだろ……高村くんも、未来子さんも』

わたしは焦りを抱えたままエレベーターの前に立った。とりあえず下に行こうと、プラスチックのボタンを押した時、どこからか微かな話し声が聞こえてきた。

『今の声……もしかして』

ぼそぼそと囁くような声は、エレベーターの反対側にある階段室から聞こえていた。

わたしは足音を殺しながら、階段室に繋がるドアに忍び寄った。

慎重にドアを開け、そっと覗いてみると、下に向かう階段の途中に、高村くんと未来子さんが並んで座っているのが見えた。

「ずっとここにいたの？　疲れちゃったのかな」

「いえ、そんなことはないです」

階段室は狭いので、声がよく響く。わたしは二人の会話に耳を澄ませた。

「迷惑だったかな。無理やり誘ったりして」

高村くんは小さな声で、「大丈夫です」と答える。全然大丈夫そうに聞こえない。

「ホントに？　なんだか、元気ないじゃない」

「やっぱり、そう見えますか」高村くんが大きなため息をついた。「……ちょっと、息苦しくって」

「……ねえ、間違ってたらごめんんね。高村くんって、もしかして、沙織ちゃんのことが好きだったりする？」

一瞬、沈黙が二人の間に落ちる。呼吸音でさえ聞かれてしまいそうで、わたしは反射的に息を止めていた。

「……はい。そうです」

「そっか。うん、そうじゃないかな、って思ってたんだ。表情とか、態度とか、雰囲気とか、そういうのが、なんて言うのかな、重かったから」

すみません、と高村くんが謝る。

「なるべく、普段通りに振る舞おうと思ってたんですけど」

「無理することないよ。……誰だって、失恋したら傷つくと思うよ」

未来子さんの口調は妙に優しい。自分の楽しさを一番に考え、好き勝手に振る舞うのが彼女のスタイルだと思っていた。こうして傷心の後輩を慰めるなんて、ちっとも未来子さんらしくない。

「……あの。ちょっと訊いてもいいですか」

「ん。いいよ。なんでも訊いて」

「こういう時、どうやって気持ちを落ち着ければいいんでしょうか。僕、失恋するのって、これが初めてなんで……」

「ごめん。あたし、そういう気分転換法とか、よく分かんなくて」

「そう、ですか。すみません、つまらないことを訊いてしまって」

「謝ることないよ。なんでも訊け、って言ったのはこっちだし。……あ、そうだ。いいこと思いついた。フラれた時にどうやって対処するか、って質問に答えられるかも」

「いい方法があるのなら、ぜひ教えてください」

「うん、じゃあ、さっそく試すね」

未来子さんが小さく息を吸い込む気配があった。

「――あたし、ずっと高村くんのことが好きだったの」

わたしは自分の耳を疑った。鼓膜を震わせた音がどういう意味を持っているのか、とっさには理解できなかった。

『あのさ、今、未来子さん……なんて言ったの』

『聞こえていただろう。未来子さん。高村のことが好きだと言ったんだ』

やはり聞き間違いではなかった。

未来子さんが高村くんに片思いをしていた。その事実のインパクトに、ドアノブを押さえている手が震えそうになる。何度も二月十三日の夜を繰り返しているが、そんな可能性について考えたことは一度もなかった。きっと、無限の時間を与えられていても思いつかなかったに違いない。

わたしと同じようにパニックを起こしているのだろう。高村くんは仏像のように沈黙を守っている。

「……これでよし、と。もしここで高村くんにフラれたら、あたしも高村くんの気持ちが理解できる。そしたら、失恋の対処法が思いつくかもしれない」

「あの……つかぬことをお伺いしますが……」あえぐように、高村くんが言う。「その気持ちを味わうために、冗談で言ってるんですか」

「ばーか。……そんなわけないでしょ」

未来子さんが高村くんの肩にもたれかかるのが見えた。

「もちろん、本気で言ってるの」

「ほ、本気、ですか」

高村くんの声は微かに震えていた。動揺が手に取るように伝わってくる。部外者のわたしがこれだけドキドキしているのだ。彼の心臓への負担が心配になってくる。

「……こんなこと訊くのもなんですけど、どの辺がお気に召したんでしょうか」

「うん？　可愛いとこ」

未来子さんの甘えたような声を聞いた瞬間、わたしは自分がとんでもないことをしているのでは、という罪悪感に囚われた。こんな場面を覗き見ていいはずがない。

「ねえ、すごい秘密教えてあげよっか」

「な、なんですか」

未来子さんは体をさらに接近させる。後ろからだと、二人がキスをしているように
しか見えなかった。実際、していたのかもしれない。
『これ以上はやめとこ。なんだか申し訳ないよ』
細心の注意を払ってドアを閉め、わたしはそおっとエレベーターホールを離れた。
未来子さんが醸し出していた甘ったるい雰囲気に当てられたのか、顔がほてってってし
ようがなかった。ホールから外廊下に出ても、ちっとも寒さを感じない。
なんて夜だろう、とわたしは思った。失恋シーンと同時に、告白シーンまで目撃し
てしまうとは。
『ま、まあ、あの感じだったら放っておいても大丈夫そうだね。高村くんもまんざら
じゃなさそうだったし、間違っても自殺したりはしないでしょ』
『そうだな。本田の姉は、なかなかの策士だな』
『どういう意味？』
『高村が落ち込んでいるのを見て、チャンスだと思ったんだろう』
『ああ、よく言うよね。失恋したばかりの時ほど落としやすいものはないって』
『オレも、失恋でショックを受けた対象者を担当したことがある。失恋のダメージの
大きさは、時にオレたちの理解を超える。……そういう意味では、沢井の動きには注
意した方がいいな。あいつも失恋する運命にあるわけだからな』

そうだね、とわたしは頷いた。いずれは気づかれるにしても、死の運命に魅入られている今夜だけは避けなければならない。

廊下を歩きながら、わたしはこれからのことを考えていた。

化合物010。沙織ちゃんが盗み出したあの最強化合物は、床にこぼしてしまったことで、一時的に世界から姿を消した。だが、再び010を合成すれば、簡単に惚れ薬が手に入る。眠りから覚めた本田は、誰かに使うために再合成を始めるかもしれない。

今夜を無事に乗り切って、明日を迎えることができたら、本田を説得しよう、と思った。反則技で人の心を盗む——本田には、そんな卑劣な真似をしてほしくなかった。正々堂々と告白して、嘘偽りのない本物の答えを聞く。それが告白なんだ、としっかり言い聞かせてやりたかった。

そう決意した時、ふとある可能性に思い至り、わたしは立ち止まった。

もし、本田がフラれたら——。

ぽっかり空いた心の隙間に忍び込む。わたしにも、そういう恋愛の駆け引きができるだろうか。

……いや、それは難しいかな。

自分のことは自分が一番よく知っている。わたしには、未来子さんほどうまく立ち回ることはできそうにない。本田の恋がどうなろうと、わたしの態度は変わらないだろう。

きっと、わたしはわがままなのだと思う。自分が本田を想う強さと同じくらい、自分のことだけを見ていてほしいと、心の奥底で願っている。

でも、それはそれとして、約束は果たさなければならない。

『どうしようっかなあ』

心の中で呟いた独り言に、クロトが『何の話だ』と反応した。

『チョコレート。もし、生きて明日を迎えられたら、本田に渡すって、決めてるんだ。でも、明日になったら、このシミュレーションの記憶をなくすでしょ。だから、どうしようかなあと思って』

『なんだ、そんなことか。簡単なことだ。明日の七時までシミュレーションは続けられる。朝に渡せばいいだけの話だ』

『そっか、そういう手もあるんだ。でも……』

わたしは廊下の途中で立ち止まり、粉砂糖を振りかけたように、雪で白くコーティングされつつある夜の街を見下ろした。

『拒絶しようとする、もう一人の自分を説得しなきゃいけないんだよね……。死の運命を回避するのと同じくらい難しいかも、それ』

（7）——最後から二番目の選択——

わたしがリビングに戻ってしばらくすると、未来子さんと高村くんが別々に帰ってきた。

高村くんは魂が抜けたようにぼんやりしていたが、未来子さんの様子は普段と全く変わらず、明るくみんなにワインを勧めて回っていた。

未来子さんのお酌に乗せられたのか、午前一時を過ぎ、危険な時間帯が終わりに近づくにつれ、徐々にみんなの顔色が怪しくなっていった。

いつもはクールキャラの川上くんも、呂律《ろれつ》が回らなくなるほど泥酔していた。沙織ちゃんとの交際を公にしたことで気が緩んでしまったのだろう。

その隣では、沙織ちゃんが「可愛《かい》らしなあ」と京都弁全開で川上くんの坊主頭を撫でたりしていた。こちらもかなり酔っ払っているようだ。

本田は、と見ると、わたしが持ってきたシーツにくるまってリビングの隅で寝ていた。一度も目を覚ましていないが、無事であることに間違いはない。

それでもやっぱり不安で、露骨にならない程度にこっそり本田の様子をうかがっていると、沢井くんが「ちょっといいですか」と小声で話し掛けてきた。

「どうしたの」

「お話ししたいことがあります。ここだとまずいので、廊下で」

そう言って、沢井くんはおぼつかない足取りでリビングを出て行った。

一体何を言おうとしているのか。手ひどいカミングアウトの気配に不吉な予感を覚えつつ、みんなに気づかれないように、彼を追って廊下に出た。

暗い廊下の端で、沢井くんは体を支えるように壁に手をついている。

「えーっと、何の話なのかな」

「……実は、『タイタニック』を観終わったあと、未来子さんに打ち明けられたんです。好きな人がいるんだ、と」

「えっ」わたしは思わずリビングを振り返っていた。「……そうなんだ」

「どうやら、未来子さんは私の片思いに気づいていたみたいです。告白する前にフラれるというのは、なんというか、力の差を見せつけられたようで、結構ヘコみますね」

何と言っていいか分からなかった。わたしが『タイタニック』を観るようにしつこく頼んだせいで、未来子さんは沢井くんの気持ちに気づき、告白そのものを拒絶してしまった。わたしはまた、余計なことをしでかしたわけだ。

「その……元気出して、っていうのは違うかもしれないけど、きっとまた、素敵な人に逢《あ》えると思うよ」

「ええ、その通りだと思います」沢井くんはずれたメガネを直して、力強く頷いた。「というか、もう巡り会ってしまいました」

「は？　どういう意味？」

「飲み会の前に、未来子さんと一緒にセブンスヘブンに行ったのですが、そこにいた女の子に……その、気持ちを持っていかれてしまいまして」

沢井くんは照れたように頭を掻いた。

「その、私はいわゆる『ポニーテール萌《も》え属性』の持ち主でして。まあ、それ自体はそんなに珍しくはないんです。『涼宮《すずみや》ハルヒの憂鬱』のキョンも私と同類ですし。ただ、私の場合はいささか特殊で、ギャップ萌えの要素が混ざっているんです。普段はポニテ、そこが第一段階で、ポニテを解いた姿を目撃する、というのが第二段階になります。その二つの条件を満たした時、私は無条件にその相手を好きになってしまうらしいんですね。未来子さんの場合もそうでした」

饒舌《じょうぜつ》に自分のフェティシズムを語る沢井くんは、すっかり吹っ切れたのか、初めて学会発表を終えたあとのような、充実した表情をしていた。

「今回は店員さんでした。彼女は普段はポニテなんですが、今日はどうやら客として店に来たらしく、髪を解いていたんです。しかもコンビニの制服ではなく私服。ダブルのギャップ要素が重なったわけですから、これはもう、どうしようもありません」

「あの、沢井くん。それで、結局何が言いたいのかな」

「ああ、肝心なことを言うのが遅れました。浅野さんにはご協力いただきましたが、未来子さんのことはすっぱり諦めようと思います。どうも、ありがとうございました」

沢井くんはぺこりと頭を下げると、わたしの横をすり抜けて、いそいそとリビングに戻っていった。

彼の背中を見送って、わたしは首をかしげた。

『えーっと……これでよかったのかな』

『本人が納得しているんだ。好きにさせておけ』クロトは気持ちがいいくらいきっぱり言い切った。『初めてだな。お前の行為がいい方向に転がったのは』

『……言われてみれば、そうかもしれないね。それってつまり、いろんなことがうまくいき始めた、ってことなのかな』

『そう判断してもいいだろう。時間を見てみろ』

わたしは袖をまくり、腕時計で現在の時刻を確認した。「01：35」。最も危険な時間を越えてから、すでに一時間が経過していた。

『もう一度、確認してみる』

わたしはリビングに戻り、みんなの顔を順番に見ていった。

本田、高村くん、未来子さん、沙織ちゃん、川上くん、沢井くん。酔っ払ったり、眠っていたり、楽しそうに笑っていたりと、それぞれに様子は違っているが、間違いなく、みんなちゃんと生きていた。

未来改変に成功したんだ――。

そう実感した時、風船がしぼむみたいに、急に体から力が抜けていった。わたしはくずおれるようにソファーに座り、深いため息をついた。

長かった。わたしは心の底からそう思った。

トータルで何時間経過したのかは分からないが、年単位で同じ時間を行き来していたのでは、と疑いたくなるくらい、精神的に疲れ果てていた。

そうして目をつむり、親しげに交わされる様々な会話に耳を傾けているうちに、頭がぼんやりしてきた。

『……あれ。なんだか、眠くなってきた』

『それなら、もう寝てしまったらいいんじゃないのか。早めに起きて、シミュレーションが終了時刻を迎える前に、全員の無事を確認するんだ。そのあとなら、何の心配もなく未来を書き換えることができるだろう』

『……そっか。じゃあ、そうしようかな……』

わたしは最後の気力を振り絞って、「早起きして、チョコレートを渡すかどうか決めなくちゃ」と、未来の自分に対しての動機づけを行ってから、携帯電話のアラームを午前六時半にセットした。

再び目を閉じると、ちょうど未来子さんにもらった睡眠薬を飲んだ時のように、あっという間に五感があやふやになっていった。


意識を取り戻した時、わたしはリビングのソファーに横たわっていた。

カーテンの隙間から、人見知りの子供のように控えめな朝の光が漏れている。はす向かいのソファーでは、沙織ちゃんと川上くんが寄り添うように眠っていた。

ぎゅうっと目をつむり、わっと開いて、わたしはソファーに座り直した。ジーンズのポケットに突っ込んであった携帯電話を取り出してみると、「06：29」と表示されていた。

『起きたか。ちょうどいい時間だな』

クロトの声を聞いた瞬間、自分がまだシミュレーションの世界にいることを思い出し、セットしておいた携帯電話のアラームを解除した。

『おはよ。自然に目が覚めちゃった』

何気なくテーブルに目を向けて、そこから突き出した二本の足首にぎくりとする。体を伸ばして覗き込んでみると、大事そうにテーブルの足を掴んで寝ている沢井くんの姿があった。どうやら、みんな帰らずにここで一夜を明かしたようだ。

わたしはあくびを嚙み殺しながら本田の姿を探した。

『――あ、あんなところにいた』

本田は、ダイニングキッチンのテーブルに突っ伏していた。途中で起きて、飲み会に参加させられたのだろう。コップやワイングラスがいくつもテーブルに並んでいた。目を凝らし、薄闇に浮かぶ本田の背中を見つめる。呼吸に合わせて規則正しく動いているのを見て、大丈夫だ、と安堵する。

『あれ……』わたしは立ち上がって、もう一度辺りを見回した。『未来子さんと高村くんがいない』

『本田の姉はともかく、高村は帰ったんじゃないのか』

『それ……まずくない？』

わたしはリビングを出て、未来子さんの部屋に向かった。未来子さんはアルコールに強い。十中八九、最後まで起きていただろうし、あのあと何があったか知っているはずだ。

ドアを開けて部屋を覗いてみる。――いた。布団が盛り上がっている。

「未来子さ……」

声を掛けようとしたところで、布団の膨らみが妙に大きいことに気づいた。

途端に鼓動が早くなる。わたしはごくりと唾を飲み込んで、目が暗さに慣れるのを待とうとした。だが、それより先に、わたしの目は、床に散乱した二人分の衣服を捉えていた。

わたしはそっとドアを閉め、廊下に出てから、思いっきり深呼吸した。

『その、なんていうか、二人とも無事だった、ということだね』

わたしは白々しく言って、我ながらぎこちない足取りでリビングに戻った。

『シミュレーションの終わりまで、あと二十分だ』

クロトの声に動揺の気配はない。さすがと言うべきだろう。

わたしはとくとくと小刻みに震える心臓を持て余しながら、ソファーに座った。

『もうすぐ七時……ってことは、今のうちにチョコレートを渡さないと』

そうは言っても、すぐに体は動いてくれない。やっぱり、ちゃんと動機づけをしなければならないようだ。

リビングは冬の朝らしい、硬さのある静寂に包まれている。みんなの寝息の合間を縫って、エアコンから温風が吹き出す音が聞こえる。

こうして一人でソファーに座っていると、オリジナル周の朝、同じようにチョコレートを渡すか否かで迷っていた時の記憶が蘇ってきた。未来の形は大きく違っているのに、わたしの悩みは同じところに戻ってきてしまった。最後の難敵は自分自身ということか。

こんなことだったら、むしろ本田に本命の相手がいることを聞いておくべきだったかもしれない。そうすれば、義理チョコと開き直って堂々と渡すこともできただろう。

いまさら言っても仕方がないことだ。わたしは軽く頭を振ってから、気分転換をしようとテレビの電源を入れた。

二月十四日の朝のニュースを見るのはこれが二度目だが、前回は意識がチョコレートの方に行っていたので、ろくに内容を覚えていなかった。

適当にチャンネルを変えていると、コンビニ強盗のニュースをやっていた。

『あ、これって、大学のそばのセブンスヘブンなんだよね』

『そうだな。オリジナル周と同じ映像だ』

毎日のように通っている場所がテレビに映るというのは、なかなか新鮮な体験だった。わたしはソファーにもたれながら、ぼんやりとアナウンサーの声を聞いていた。

「……十四日午前〇時三十分頃、文京区向丘一丁目のコンビニエンスストア・セブンスヘブン向丘店で、店員の……さんが店の前に倒れているのが見つかりました。……さんの頭部には鈍器のようなもので殴られた痕があり、その後、搬送先の病院で死亡が確認されました。店の防犯カメラにはフルフェイスヘルメットをかぶった不審な人物が映っており、特徴から、最近二十三区内で頻発しているコンビニ強盗である可能性が高いと見て、警察は犯人の行方を追っています」

『……わたしの聞き間違いかな』アナウンサーが妙なことを口走った気がした。『店員さんが、亡くなったって言わなかった？』

『言ったな。強盗犯に殴られたようだな』

『……おかしいよ、それ』

わたしは体を起こし、膝の上で両手を組み合わせた。さっき、ちらりと画面の端に映った写真。あれは紛れもなく、わたしのよく知っている男性店員さんのものだった。いつもハキハキ仕事をしている、真面目な店員さんだ。

『わたし、この目で見たんだよ。店員さんが、警察の人から事情聴取されてるの』

『確かに、そうだったな。あれは……そう、六周目だったか』と、クロトはなんでもないように言った。

『でしょ？　なのに、なんで結果が変わってるの』

『……おそらく、死の運命がそちらに波及したんだろうな』

『どうしてそんなことになるわけ？　わたし、何もしてないよ』

『接点は、ゼロではない』クロトは嚙んで含めるように言う。『お前は、大学に向かう川上を見張るために、あのコンビニに立ち寄っている』

『確かに入ったけど！　でも、何も買ってないし、店員さんとは会話もしてないよ』

『ここから先はもう、想像の領域だ。未来が変化した以上、お前が店に入ったことが、店員の男になんらかの影響を及ぼしたと考えるしかない』

『そんなのって……』

『どうした。妙に焦っているな』

『そりゃそうだよ！　だって、わたしの行動が原因で、店員さんが死んじゃったんだよ。なんとかしないと……』

『お前は何を言っているんだ』声を聞いた瞬間、クロトが眉を顰めている表情がありありと思い浮かんだ。『身近な人間ならともかく、この男は全くの赤の他人じゃないか。ここで死んだとしても、お前の人生には何の変化もない。それに、このシミュレーションの記憶は消えてなくなる。罪悪感を抱く必要もない』

『……確かに変化はないかもしれない。未来のわたしは、最近、あの店員さん見かけないな、って思うだけかもしれない』

『そうだ。気にする必要なんか――』

言いかけたクロトの言葉を遮って、わたしは心の声で言った。

『でも、わたしは知ってしまった。死んでしまうと知ってしまった以上、見て見ぬふりをすることなんて、絶対できない』

『……』

胃が重くなるような、気詰まりな沈黙。

十秒の静寂を経て、クロトがため息をついた。

『……このシミュレーションを通じて、ある程度お前の性格を把握したつもりだ。その店員を救いたいという発想も、全く理解できないわけじゃない。だが、到底納得はできない。お前は、せっかく手にした理想の未来を捨てるつもりなのか』

『あなたがわたしのためを思って言ってるのは分かる。それでも、やっぱりダメ。他の誰かをスケープゴートにしたくない』

『……どうせ言っても聞き入れはしないだろうな』

リビングの風景が消える。わたしは再び、二月十四日の朝から抜け出した。地球上のどこにもない、完全な暗闇。ここに来るのは、これで何度目になるのだろう。

クロトは白衣の裾を気にしながら、「どの時間に戻るつもりだ」と事務的な口調で訊く。「まさか、最初からやり直すなどと言い出さないだろうな」

「うん。さすがにそれは無理。八周目が、ほぼ完璧な未来だったのは確かだし。コンビニ強盗が起こる直前に戻って、店員さんが殺されるのを防ぐだけにする」

「いいだろう。自由に使える最後のチャンスだ。慎重にやるんだな」

クロトがわたしの手を取ろうと近づいてくる。

「あの、そのことなんだけど」わたしはクロトの機嫌をうかがうように、上目遣いで訊いた。「十周目も、わたしの好きにさせてもらえないかな」

クロトは、割れたガラスの断面のような鋭い視線をわたしに向けた。

「話が違うじゃないか」

「……ごめん。そこは申し訳ないと思う。でも、次で失敗して、それで納得できるかって言われたら、絶対違うと思うんだ」

「オレは今まで、すべての対象者の魂魄を救ってきた。お前は、オレに最初の失敗を強いるつもりなのか」

「それは……それはほら、一回失敗すると、気が楽になるかも」

冗談めかしたわたしの言葉を聞いて、クロトはすっと視線を逸らした。

「……オレは成功を重ねることにのみ、やりがいを感じている。失敗を許容するほど腑抜《ふぬ》けてはいないつもりだ」

「そっちの言い分も分かるっていうか、むしろ、正しい方向に導いてくれてると思う。でも、これは言いたくないけど……シミュレーションの主導権はわたしにあるはずでしょ」

「ああ、その通りだ」

クロトは視線を逸らしたまま、「オレはお前の頼みを断れない」と独り言のように呟いた。

「本当にごめんね。でも、あと二回、やらせてもらえないかな」

「断れないと言っただろう。好きにすればいい」そう言って、クロトはゆっくりとこちらを向いた。「……ただ、これだけは訊いておく。もし、最後まで理想の未来が得られなかったら、どうするつもりだ」

「それは……」

クロトの声の残響が頭の中から消えるのを待って、わたしは自分の気持ちを伝えた。

「その時は……オリジナルの、本田が死んじゃう未来を選ぶ」

「それは、本田がお前以外の女に想いを寄せているからか」

わたしは間を置かずに「違う」とその考えを否定した。

「本田が憎いんじゃないよ。わたしが望む結末を得られなかった以上、未来をオリジナルの姿に戻すべきだと思うの。わたしは信じてる。同じ立場にいたら、本田だって、誰かを犠牲にしたりしないって。最後までベストを尽くして、それでもダメなら、元の未来を選ぶって」

その代わり、とわたしは続ける。

「もし何も変えられなかったら、わたしがいなくなった本田の代わりをする。就職するのをやめて、一年待って博士課程に進んで、本田がやろうとしていた研究をやる。未来子さんが寂しくならないように、ずっと一緒に住み続ける」

「それがお前の覚悟か」

「覚悟なんて、立派なものじゃないよ。そうしたいと思うだけ」

「……そうか。いいだろう。どの道オレには反対できない。せいぜい、すべてが丸く収まるように祈るだけだ」

「そうだよ！」

わたしは演説中の政治家のように、握りしめた右手をぶん、と振ってみせた。

「失敗するって思ってたら、本当に失敗しちゃう。絶対に成功させる」

「ああ、その意気だ。オレのキャリアを傷つけないようにしてくれ」

クロトは諦観の面持ちで言って、わたしの手を取った。

最後の最後に、またしても運命の剛直性がわたしの前に立ちはだかっている。

もう、何度こいつに苦しめられたか。本田に始まり、高村くん、未来子さん、川上くん、そして、セブンスヘブンの店員さん。すでに五人が犠牲になっている。

だけど、何も変えられなかったわけじゃない。

バラバラだったみんなが、今はウチで一緒に飲み会をやっている。もう少し、ほんのちょっとだけ何かを変えれば、きっとすべてがうまくいく。それはわたしの願望であり、直感でもあった。

軽い浮遊感。コーヒーに牛乳を混ぜた時のように、闇の濃度が薄まり、景色が白で満たされていった。世界が切り取られ、また縫い合わされる。そして、魂魄が新たな未来の始まりの地点に戻っていく。
この奇妙な感覚を味わうのも、あと一回か二回。
時間旅行の終着点が明るい世界であることを、わたしは強く願った。

九周目

——殺意なき殺人——

意識を取り戻すと同時に、わたしは腕時計で時間を確認した。午前〇時十分。コンビニ強盗が発生するまで、およそ二十分。飲み会は始まったばかりで、全員がリビングに揃っている。

最初にやらねばならないことははっきりしている。強盗事件が起こる前に、自然な形でセブンスヘブンに向かう。まずはそこからだ。

決めていた作戦を実行するために、みんなの話を聞くふりをしながら、さりげなくソファーから身を乗り出した。テーブルの隅に、ワインのボトルが載っているのが見える。未来子さんが二杯飲んだだけなので、まだ七割近く残っている。

「惚れ薬って、どんな構造なんですか」

川上くんは沢井くんの質問に、「ＭＡＯ阻害剤とフェネチルアミンをリンカーで繋いだものなんだが……」と答えて、リビングを見回した。「描いた方が早いな。メモ用紙みたいなものはないか」

「取ってくるよ」と、わたしは素早く腰を上げた。

意図的に振った左手を、ワインボトルの首にぶつける。漫才のツッコミのような形になり、ワインボトルがテーブルから落下した。すぐに、フローリングにガラス瓶が転がる音が聞こえてくる。割れるかと思っていたが、高さが足りなかったようだ。

「あ！　やっちゃった」

わたしは戸惑ったふりをしながら、なるべくゆっくり動き、ワインが十分に床にこぼれたタイミングで瓶を拾い上げた。

それを見て、ダイニングでチーズを物色していた未来子さんが「うわーっ！」と、崖から滑り落ちてしまったかのような悲鳴を上げた。彼女は慌ててこちらに駆け寄ってくると、床にできたワインの池の手前に座り込んだ。

「ううう……。もったいないことを……」

そのまま床に口を付けてすすり始めそうな勢いだったので、わたしは「すぐに拭きますから」と、キッチンに向かった。

ここまではもちろん、計算通りの行動だった。

わたしは持ってきた雑巾でワインを拭き取りながら、液量が激減したワインボトルを恨めしそうに見ている未来子さんに、「すみませんでした。お詫びに、ワインを買い直してきますよ」と申し出た。

「え、ホント？」未来子さんがぱっと顔を上げた。「でも、外寒いでしょ。まだ開けてないやつもあるし……」

「別に大丈夫ですよ。それにほら、約束も果たさなきゃいけないし」

約束ぅ？　と未来子さんは子供っぽく首をかしげる。わたしはちらりと沢井くんを見て、「ほら、ＤＶＤの件」と小声で言った。

わたしは八周目で、最後まで『タイタニック』を観たら、ワインを一本プレゼントする、と未来子さんに約束した。今は八周目を途中からやり直しているので、あの約束はまだ生きている。それをここで持ち出したわけだ。

「ああ、そんな話、あったっけね」

「わたしも忘れかけてました」と、笑顔を見せる。「でも、せっかく思い出したんだし、約束はちゃんと守ります」

「うーん。そこまで言うなら、お願いしちゃおっかな。うふふ」

未来子さんは嬉しそうに立ち上がると、寝ている本田の脇腹をいきなり蹴飛ばした。当たり所が悪かったのか、本田は体を折り曲げて「げほっ」と咳をした。

「ほらっ！　いつまで寝てんのあんた！　奈海ちゃんが買い出しに行くって言ってるんだから、率先してお供しなきゃダメでしょ！」

なんという暴君っぷり。前の周で高村くんにしなだれかかっていた人とは思えない。このままでは本田が蹴り殺されかねないと思い、慌てて未来子さんをなだめにかかった。

「いいですいいです。近いですし、ぱーっと行って、さーっと帰ってきますから」

「あら、そう？　そんじゃあ、悪いけどヨロシクね」

「はい」

わたしは未来子さんとの会話を打ち切って、財布を掴んでさっさと玄関に向かった。

当たり前なのだが、外に出るたびに、寒さがわたしに襲いかかってくる。わたしがどんな行動を取っても気候には影響がないので、気温や風向きは変わらない。

時刻は午前〇時二十三分。ひと気のない夜の街を歩いていると、鼻の頭にひやりとした感触があった。空を見上げると、白いものがしきりに舞っているのが見えた。ちょうど雪が降りだした瞬間に出くわしたようだ。

雪はふわふわした綿雪で、巨大なキノコが放つ胞子のようにサイズが大きい。手に触れるとすっと溶けて、皮膚にじんわりと滲んでいく。

立ち止まって眺めたくなるような風景だが、のんびりしている暇はない。死の運命が猛威を振るう時刻が近づいている。

わたしは顔についた雪片を払いながら本郷通りに出た。ぱっと左手に視線を送るが、あの、闇を薙《な》ぎ払うように回る赤色灯の光は見えなかった。

まだ事件は起こっていない。どのくらい店に近づくべきか迷ったが、ぎりぎりレジが見える地点まで寄っていくことにした。

店員さんは店の前で倒れていた、とニュースで言っていた。頭部を殴られたら、もう犯人を追いかけるどころではないから、凶行の現場は店外だったと推測できる。たぶん、逃げる犯人を捕まえようとして、返り討ちにあったのだろう。

不自然にならない程度に周囲に気を配りながら、シャッターが降りたパン屋さんの前を通りすぎる。その三軒隣がセブンスヘブンなのだが、よほど車道側に体を寄せないと、店内の様子は見えない。

雪が少しずつ激しさを増している。この調子で降れば朝には相当積もるはずだが、実際にはそれほどでもなかったので、比較的早い段階で止んでしまうのだろう。

屋根とベンチを備えた広めのバス停に一台のバイクが停まっていて、黒いヘルメットをかぶった男性がタバコを吸っている。頬がこけていて、表情には覇気がない。気難しい哲学者、といった風貌だ。

ほんの一瞬、男性と視線を交差させて、バス停の前を行きすぎる。犯人は、フルフェイスヘルメットをかぶっていたはずなので、この人は関係なさそうだ。

午前〇時二十五分。時計で時刻を確認してから、店の様子がうかがえる地点まで慎重に近づいていった。

レジが見えた瞬間、うわ、と声が出そうになった。

歩道に白い光を投げかける蛍光灯に照らされた、真っ黒な人影。レジの前に、全身黒尽くめの怪しすぎる人物が立っていた。フルフェイスヘルメットをかぶっているせいで、後頭部が異様なほどに輝いている。

『分かりやすいな』クロトが口笛でも吹き出しそうな軽さで言う。『あれが犯人か』

まるでその言葉に反応するように、犯人と思しき人物が右手を振り上げた。黒い革手袋に握られた赤いバール。ニュースで言っていた「鈍器のようなもの」として、これ以上ふさわしいものはないだろう。

助けに行かなくちゃ、と心で思うが、体の反応は鈍い。未来の「わたし」はあっけに取られているらしい。

その場で立ち竦んでいると、強盗犯が強引にカウンターの向こうに体を伸ばすのが見えた。どうやら、自ら紙幣をむしり取ろうとしているようだ。店員さんは抵抗することもなく、おとなしく壁に背中を付けている。

数秒ほどで強盗犯はレジを離れ、自動ドアをこじ開けるように店外に飛び出してきた。左手には、むき出しのお札を握り締めている。

わたしと強盗犯との距離は五メートルくらい。こちらには気づいていないようで、歩道の中ほどで立ち止まり、紙幣を詰め込もうとジャンパーのポケットをまさぐっている。表情はうかがえないが、焦っている様子が手に取るように伝わってくる。

と、そこで店員さんが店の外に出てきた。その手には、鮮やかなオレンジ色のボールが握られていた。レジの奥に置いてあるのを見たことがある。蛍光塗料が詰まったカラーボールだ。

気配を察したのか、強盗犯が振り返る。すでに振りかぶっていた店員さんは、委細構わず、カラーボールを思いっきり犯人の顔に投げつけた。

オレンジ色の球が、狙いすました軌道で強盗犯に向かって飛んでいく。

命中を確信した刹那、強盗犯がテニスのバックハンドストロークのように、右手に持っていたバールを横ざまに薙ぎ払った。

「あっ」

それが誰の声だったのか、わたしには分からなかった。

強盗犯の手から、きれいにバールがすっぽ抜けた。

二人の距離が近すぎた。空中で一回転したバールが、ボールを投げ終わったばかりの店員さんの側頭部を直撃した。

ごっ、と嫌な音が辺りに響き渡り、店員さんはその場に崩れ落ちた。

「わ、わああっ！」

強盗犯が狼狽に満ちた甲高い叫び声を上げる。彼は左肩を蛍光色に染めたまま、四つん這《ば》いに近い格好でその場を逃げ出し、一度も振り返ることもなく、飛び込むように路地に姿を消した。

いろんなことが一瞬の間に起こったせいで、わたしは放心状態になっていた。

後方でけたたましい音が聞こえ、わたしは反射的に振り返った。視界に、黄色がかった光が飛び込んでくる。バス停にいた男性がバイクにまたがっている姿が、ヘッドライトの光の向こうに見えた。

男性は躊躇なくアクセルを開けて発進すると、強盗犯が消えた細い路地を通りすぎて、ひとブロック先の交差点を左に曲がった。きっと、犯人を追いかけるつもりなのだろう。

バイクの排気音が消え、辺りには静けさが戻ってきていた。

自分が、息を止めていたことに気づく。わたしは冷たい空気を吸い込んで、店の前にうつぶせで倒れている店員さんの元に駆け寄った。歩道の舗石を掴むように伸ばされた右手の指が、微かに痙攣している。何度も見た、死のサインだ。

『もう十分だな』

世界が静止し、辺りの景色がぼんやりしたもやの向こうに消える。うっすら白くなった歩道に散った赤い斑点も、ほとんど見えなくなってしまった。

『……こういうことだったんだ』

『殺人というより、事故だなこれは。雪の影響で手が滑ったのかもしれない』

『うん。この周はダメだったけど、これならなんとかなるんじゃないかな』

動きを見る限り、強盗犯には店員さんを傷つけるつもりはないようだった。カラーボールを投げられたから反射的に弾き返そうとしただけであって、殴り倒すのが目的だったとは思えない。

『その言い方だと、やはりやり直すつもりのようだな』

『もちろん。せっかくここまで来たんだもん。引き返したりはしないよ』

『そうか』

クロトはあれこれ言わず、すぐにわたしを黒い空間に連れ出してくれた。説得を試みても時間の無駄に終わると、ここに来てようやく理解してくれたらしい。

「策はできているのか」

わたしは素早くいくつかの作戦を練り、最も成功確度の高そうなものを選んだ。

「……確実とは言えないけど、変化は起こせると思う」

クロトはため息をついてから、「これが最後だ。強盗事件発生の直前に戻す」と言って、ぐっとわたしの手を摑んだ。

スタート直前の陸上選手の気分だった。意味がないと分かってはいたが、時を遡る直前、わたしは頭の中で呼吸を整えるイメージを作った。

十周目

――リフレインは幕を閉じる、そして――

ぱっ、と音を立てるように時が遡り、わたしの肉体は本郷通りに出る交差点に移動していた。

腕時計をちらりと見る。事件発生まであと二分。焦る必要はないが、二人に干渉できる位置にいなければならない。

前周の行動をなぞるように左に曲がり、前方を見据えながら、鋪石を踏みしめて進んでいく。雪の結晶が顔に当たって溶け、撫でるように肌を滑り落ちていく。

バス停の前を通りすぎる。悲劇が起こることも知らず、男性が眉間にしわを寄せながらタバコを吸っている。

わたしは意図的に、同じ速さでここまで歩いてきた。おそらく、そろそろ――。

見えた。前と同じように、レジのところに強盗犯の姿があった。動きも前周と全く同じ。お札をひっつかんで店を出るまで、あと三十秒ほどだろう。

心の中で、自分の取るべき行動を再確認する。

大丈夫、きっとやれる。言い聞かせながらもう三歩進み、強盗犯が一瞬立ち止まるはずの場所から、約三メートルのところで足を止めた。

店内に視線を向ける。台本通りに進む演技を見ているようなものだ。腕時計で時間を確認しなくても、二人の動きで出てくるタイミングは分かる。

五秒後、予定通りに強盗犯が店から飛び出してきた。それを追って、店員さんも店の外に出てくる。

店員さんがカラーボールを投げようと、小さく振りかぶる。

わたしはそれに合わせて思いっきり息を吸い込んで、「ドロボーっ！」と振り絞るように叫んだ。

静かな夜を引き裂く大声に、首の筋を違えそうな勢いで強盗犯がこちらを振り返る。フルフェイスヘルメットの向こうの目がわたしを捉えるのと同時に、強盗犯の肩に、毒々しいオレンジの蛍光色が広がった。真っ黒なジャンパーが、途端にサイケデリックな風合いを帯びる。

強盗犯は場にそぐわない、どこかコミカルな動きで自分の肩に目を向ける。それでようやく状況を把握したらしく、手にしていたバールを投げ捨てて、泡を食ってその場から逃げ出した。

『やった！』

わたしは心の声で快哉《かいさい》を叫んだ。

『これでもう、あの店員さんは――』

助かるよ、とクロトに言いかけたところで、店員さんと視線がぶつかった。

彼の口が「あ」の形に開いた、その次の瞬間、予想外の事態が発生した。店員さんが強盗犯の背中に強烈な飛び蹴りをかましたのだ。

あっけなく吹き飛ばされ、強盗犯は歩道に激しく顔面を打ち付けた。店員さんはすかさず男にのしかかり、相手の右手を取って体を押さえ込んだ。

「浅野さん！」店員さんがこちらを向いて叫ぶ。「それを拾って！」

——なんでわたしの名前を？

不可解な状況に、一瞬戸惑いを覚えたが、凶器を回収してしまえば危険は完全に遠ざかる。店員さんと話をするのは、バールを拾ってからでも遅くはない。

数メートルの距離を軽く駆け、歩道に転がっているバールを拾おうとした。

ふと、背中に人の気配を感じた。

反射的に振り向こうとした、その時——。

何かが体に侵入する、異様な感覚があった。

異変を知覚すると同時に、右脇腹に信じがたいほどの激痛が走る。

呼吸が止まり、声を出すこともできないまま、わたしは歩道に膝をついた。

ひざまずいたわたしのすぐ横を、誰かが駆けていく。

後ろ姿がぼやけた視界に映る。バス停でタバコを吸っていた男性だ。

どうして――？　よぎった疑問に吸い取られるように、体から力が抜けていく。バランスを保つことができず、わたしは左肩を下にして歩道に倒れ込んだ。

横向きになった視界の中で、駆け寄った男が、ペナルティ・キックを蹴るサッカー選手のように店員さんの背中を蹴り飛ばした。店員さんが、もんどり打って歩道を転がる。

「ヘマをやらかしたな」震える声で男が言う。「最悪だ」

「あ、兄貴……まさか、刺しちまったんですか」

「仕方ないだろうが！　誰のせいだと思ってんだ」

「す、すんません」

「もういい。さっさとずらかるぞ。上着はここで脱いでいけ」

「でも、バイクに乗ったら寒くないっすか」

「んなこと言ってる場合か！　ぐだぐだぬかしてたら置いてくぞ！　さっさと来いっ」

消えていく意識の片隅で、わたしは二人の会話を聞いていた。

じんじんと熱を放つ脇腹に手を当てる。ぬるりとした生温かい液体が、次から次へとあふれ出てくる。

『……クロト、わたし……どうなっちゃったの』

『バス停にいた男に刺された。あいつは強盗犯の仲間だったんだ』

世界の輪郭が歪んでいく。クロトが時間を止めると同時に、全身を包み込んでいたあらゆる感覚が消失した。

『……オレのミスだ。こういう事態を想定しておくべきだった』

クロトの声が頭の中に響く。

『オレも、お前も、あまりに他人の死に拘泥しすぎた。……お前自身が死の運命に捉えられる可能性だって、十分にありえた』

『……わたし、死んじゃうの』

『普通の状況なら、まだ助かる可能性はある。だが、今夜はそうじゃない。致死的なイベントは、そのまま死に繋がる』

『そっか……。もう、時間は戻せないんだよね』

歩道の茶色い舗石と、霧のように白く煙る雪と、夜の黒。三つの色から構成されていた景色が、完全に闇に閉ざされる。

気づくと、わたしは暗闇に浮かんでいた。

「シミュレーションは終わった」姿を見せたクロトは、苦りきった表情を露にしていた。「最後の選択をしてもらわなければならない」

「……うん」

「未来改変に挑んだ結果、お前は一つの新しい未来を作り出した。お前が強盗犯の仲間にナイフで刺されて命を落とす、という結末だ」

クロトが右手の人差し指を立てた。

「もう一つは、オリジナルの運命。つまり、本田は死に、お前がその遺体を発見する、という未来だ」

人差し指に寄り添うように、中指が立ち上がる。

「お前はそのどちらかを選ばなければならない。迷うことはないと思うがな」

「……そうだね」

長い旅路の果てに見出された未来。わたしの心は決まっていた。

「一応は成功した、と言っていいのかな」

「……何を言っている」クロトが両手を広げた。「何に成功したというんだ」

「決まってるでしょ。わたしの望む未来を作り出すことに、だよ。本田も、高村くんも、未来子さんも、川上くんも、コンビニの店員さんも、みんな生きてる」

「いや、それはそうだが……だが、代わりにお前が死ぬんだぞ」

「そうだね」

「そうだね、って……。それでいいのか」

「いいわけないでしょ！」わたしは蓄積した感情を爆発させた。「わたしの家族はすごく悲しむと思うし、未来子さんや沙織ちゃんだって……」

シミュレーションで悲劇を見続けてきたせいだろう。二人が悲しんでいる様子が、嫌になるほど簡単に思い浮かんだ。

「……そこまで分かっているのに、お前は……」

わたしは奥歯を噛んで、無理やり頷いた。

「……二択なんだから、しょうがないよ。どちらかを選べと言われたら、わたしは本田が助かる未来を選ぶ」

クロトが微かに首をかしげた。

「お前、失恋のせいでやけになっているんじゃないのか」

「自暴自棄になってるつもりはないよ。確かに失恋はしちゃったけど、それでも、わたしはやっぱり本田のことが好きみたい。自分の命と引き換えに救えるのなら、そっちの方がいい。……他の誰かを犠牲にする未来より、ずっといい」

結末は悲惨なものになってしまったが、それでもわたしは安堵していた。もし、誰かが死んでしまう未来しか作れなかったら、わたしは本田を殺す選択をするつもりだった。それがフェアな世界のあり方だと思ったからだ。でも、なんとか最悪の未来は回避できた。自己犠牲を賛美するつもりはないが、わたしはこの未来に納得していた。受け入れ難いが、受け入れられなくはない。

わたしは言った。

「ありがとう、クロト。あなたのおかげで、本田を助けることができた」

「――やめろ！」

クロトは口元を歪めて、苦しそうに首を横に振った。

「感謝なんて必要ない。こんなもの、全然成功なんかじゃない」

「そうでもないでしょ？　わたしが死んでしまえば、後悔を抱く魂魄は存在しなくなる。きれいなまま、あなたが言っていたストックに戻っていくだけのことだよね。それって、ある意味では成功だと思うけど」

「……確かにそうだ。こんなケースは初めてだが、オレの成績には影響しないだろう。功績にはならないが、ペナルティもない。ノーカウントだ」

「ほら。じゃあ、全然問題ないじゃない」

「記録には残らないが、失敗した、という記憶は残る。それに……」

何かを言いかけて、クロトが目を伏せる。

「それに、なに」

「オレはお前と未来改変を続けるうちに、人間というものがよく分からなくなってきた。自分の利益が最優先で、他者がどうなろうと構わない――それが人間だと、オレは理解していた。だが……お前は、オレの知っているどの人間とも違っていた。……奈海。お前は、完全なイレギュラーなのか」

「初めて、名前呼んでくれたね」わたしは笑顔を浮かべてみせた。「自分じゃ自分のこと、よく分からないけど、そんなに変わってるとは思わないよ。むしろ、あなたの方が特殊なんじゃないかな。そういう、利己的な人ばかりに当たってたわけだし」

「……そうか。そういう解釈も成り立つのか。……もしそうだとすれば、イレギュラーなのはオレ自身なのかもしれない。想定もしていなかった答えだな」

「……よかった。人間のこと、少しは見直してもらえそうで」

「お前は人類のスポークスマンにでもなるつもりか」クロトが口元を緩めた。「だが、お前の言うことも嘘ではなさそうだ。お前の周りにいた人間の中にも、お前とよく似たやつがいた。高村は師匠である本田のことを第一に行動していた。中大路も、お前のために惚れ薬を盗み出すことまでやった」

「うん、そうだったね」

わたしが頷いたのを見て、クロトは視線を上方に向けた。

「……お喋りは終わりだ。そろそろ、お前の魂魄への干渉限界が来る。お前は夢から現実に戻り、選んだ通りの行動を取る」

「そっか。あなたともお別れなんだね」

この空間に長居していると、繰り返してきた未来が、急に遠い過去のことのように思えてきた。……不思議だ。時間が経《た》つにつれて、人生が終わることへの苦痛が薄まっている。もっと泣きわめいてもいいはずなのに、これまでに出会ったすべてを愛《め》でたくなるほど、わたしの心は晴れ晴れとしていた。

もしかすると、この真っ暗闇な空間には、人の心を安らげる効果があるのかもしれない。ちょうど、胎児が子宮で安心して眠れるように。

「チョコレート、渡せなかったな」と、クロトがぽつりと呟いた。

「そうだね。でも、気が楽になったところもあるよ。勇気を出して渡して、そっけない態度を取られるのも悔しいし。わたし的には、チョコレートより、本田を説得できなかったことが残念かな。惚れ薬を使うな、って言ってやらなきゃいけないのに」

「本田はずっと眠っていたからな。だが、お前が想いを寄せていた相手なんだ。惚れ薬を悪用するようなことはないと……」

　そこで、クロトは突然口を噤んだ。

「……待て。オレは今、なんと言った？」

　様子がおかしいことに気づき、わたしは「どうしたの」と声を掛けた。だが、耳に入っていないのか、クロトは厳しい顔つきで自分の手のひらを睨みつけている。

「……本田は眠り続けていた。最初から最後まで、ずっと眠っていた。……そして、オリジナル周で、高村は本田の姉と電話で話をしていた。それなら、高村が本田を置いて帰ってしまったことにも説明がつく。——くそ、どうしてこんな簡単なことに気づかなかったんだ！」

「急になんなの。いまさら、オリジナル周の話をしても……」

「そうじゃない。おそらく、オレたちはとんでもない思い違いをして……」

クロトの声が途中でかすれるように消えていく。辺りの闇が、霞《かすみ》がかったように白くなる。干渉限界が近づいてきたらしい。

——ごめん、もう、聞こえないや。

わたしの言葉は伝わっただろうか。すでにわたしの体は雲のようなものに包まれていて、クロトがどこにいるのかすら分からなかった。

ふと、体が下に引っ張られる感覚がやってきた。

ああ、これはきっと重力だな、と曖昧な意識の中で思う。

五感が戻ってくる。背中とお尻に柔らかいものが触れている。

がちゃり、とドアが開く音で、わたしは意識を取り戻した。

——ここは……。

ぱっとまぶたを開く。フローリングの床、横長のガラステーブル、白いソファー、オレンジ色のカーテン。

わたしはなぜか、見慣れたリビングの風景に懐かしさのようなものを感じた。

「いやあ、きれいなトイレでした」

声の方向に視線を向けると、沢井くんが丁寧にドアを閉めるのが見えた。ハンカチで手を拭いて、沢井くんがわたしのはす向かいのソファーに座る。どうしてだろう。そんなありふれた仕草も妙に懐かしい。

なんとなく沢井くんを見ていると、「私の顔に、何か付いてますか」と彼が怪訝な表情を浮かべた。

「ううん。なんでもないよ」と答えて、わたしはぎゅっと目を閉じた。

長い夢を——すごく長い夢を見ていた気がした。

だが、しばらく目を閉じていても、夢の内容は何一つ浮かんできてはくれなかった。

エピローグ

――確定した未来――

失敗したなあ、と反省しながら、わたしはマンションの玄関から外に出た。飲み会が始まったばかりだというのに、うっかり手をぶつけて、ワインを床にこぼしてしまった。

でも、ちょうどよかったのかな、とも思う。未来子さんにワインをプレゼントする約束をしていたし、どの道買いに行くことにはなっていただろう。

ひどい冷え込みの中を一人で歩いていると、鼻の頭に冷たいものが落ちてきた。はっと上空に目を転じると、雪がはらはらと舞い降りてくるのが見えた。牡丹雪《ぼたんゆき》と言ってよさそうなほど粒が大きい。皮膚の上で柔らかく溶けて、小さな水滴をあとに残して消えていく。なんとも儚い存在だ。

見ていて飽きない景色だが、のんびり雪見をするには寒すぎた。手をかざして、雪を避けながらコンビニへと急ぐ。

バス停でタバコを吸っている男性の前を通りすぎると、セブンスヘブンの店内の照明が見えてきた。闇夜を照らす仄白《ほのじろ》い光に、なんとなくほっとする。

レジが視界に入ったところで、あれ、とわたしは違和感を覚えた。フルフェイスヘルメットをかぶった、怪しげな人物が店員さんと向き合っている。

――あれって、もしかして。

スイッチが入ったように、鼓動が早くなる。

それに呼応するかのように、男性が右手を振り上げる。黒い革手袋に握られた、赤いバール。

やっぱり、コンビニ強盗だ！

カウンターに身を乗り出していた犯人が、慌てた様子で店から飛び出してくる。

このまま見逃すわけには――。

唐突に生まれた使命感に押されるように、わたしは「ドロボーっ！」と叫んでいた。

声に驚いた強盗犯がこちらを向く。ほぼ同時に、その肩にオレンジ色の塗料が広がる。店員さんがカラーボールを投げたんだ、とすぐに思い当たる。

強盗犯はひどく慌てた様子で、手に持っていた赤いバールを放り出して、その場から走って逃げようとした。

そこでふと、店員さんとわたしの視線がぶつかった。見覚えのある顔に、驚いたような表情が浮かぶ。

すると、店員さんは勢いをつけて、駆け出そうとした強盗犯の背中に強烈な飛び蹴りをかました。強盗犯は、なすすべもなく歩道に倒れ込む。

「浅野さん！」相手を押さえ込みながら、店員さんが叫ぶ。「それを拾って！」

名前を呼ばれたことに戸惑いを覚えながら、わたしは言われた通りに、歩道に転がっていたバールを拾おうと、二人に近づいた。

ふと、背中に人の気配を感じた。

反射的に振り向こうとした、その時――。

「浅野ーっ！　避《よ》けろーっ！」

わたしの名を呼ぶ、聞き馴染みのある声。

振り返ると、わたしのすぐ後ろに、さっきバス停にいた哲学者風の男性が立っていた。

その後方に、まばゆい光が見える。悲鳴のようなブレーキ音を響かせながら、一台のスクーターがこちらに突っ込んでくる。

逃げなくちゃ、と思うが早いか、誰かがわたしの手を取った。

「こっち！」

強い力で引っ張られ、わたしは歩道に尻餅をついた。

二秒後、わたしの目の前で、バス停にいた男性がスクーターに弾き飛ばされた。

走り幅跳びのような姿勢で数メートルの距離を飛んだ肉体が、立ち上がろうとしていたコンビニ強盗犯を直撃する。二人が折り重なるように歩道に転がったところに、さらにスクーターが突入していく。

二度目の衝撃音。スクーターは犯人ともどもその場に横転し、運転していた人が、空中を一回転して街路樹の根本に倒れ込んだ。

それらすべてのことが、数秒のうちに終わっていた。

「どうなってるんだよ……」

セブンスヘブンの店員さんが、わたしを抱きすくめたまま呆然と呟く。

わたしは彼の手をそっとほどいて立ち上がり、街路樹の根本に近づいた。

見間違いではなかった。

そこに倒れていたのは、本田だった。


翌朝。

わたしは根津神社のそばにある大きな病院を訪れていた。

本田はあの事故で頭部を強打し、意識不明のまま病院に運ばれた。かなり激しく衝突したように見えたが、幸い命に別状はないらしく、診察に当たった医師は、そのうち目を覚ますだろうと太鼓判を押していた。

ちなみに、スクーターに撥ねられたコンビニ強盗犯と、バス停にいた男性（実はこの人は強盗犯の仲間だったらしい）は体のあちこちを骨折して、これまた病院直行となったが、二人とも意識ははっきりしているということだった。

本田の病室に入ると、「あら、おはよ」と未来子さんがわたしを迎えてくれた。「もっとゆっくり寝てくればよかったのに。お肌に悪いよ」

「さすがに、そんなに寝てられませんよ」

「睡眠薬、使わなかったの？」

「ありがたく使わせていただきました。じゃないと、たぶん眠れなかったと思いますし」

未来子さんはパイプ椅子から立ち上がり、わたしの手を取った。

「さ、座って座って」

「そんな、悪いですよ。未来子さんを立たせておくなんて。疲れてますよね」

「そうだよ。疲れてるから、交代してもらおうと思って」と言って、未来子さんは思いっきりあくびをした。「うーん、さすがに徹夜はこたえるわあ」

「それなら、たっぷり寝てください。今日はわたし、大学を休みますから」

「そんなら、お言葉に甘えちゃおっかな。あたしも今日は有休にしよっと」

と、そこで病室のドアがノックされた。「どうぞーっ」と未来子さんが応じると、引き戸が開き、女の子が病室に入ってきた。

わたしは息を呑んだ。クリスマスの夜、本田と親しげに会話をしていた、セブンスヘブンの店員さん――「ひめがさき」さんだ。

彼女はポニーテールを揺らしながら興味深そうに病室を見回して、「本田先生が入院したって聞いたので、お見舞いに来ました」と、キュートな笑顔を見せた。

「どちら様?」未来子さんが首をひねる。「宗輔の知り合いの方?」

「はい。もしかして、お姉様ですか」彼女がぺこりと頭を下げた。「お噂は本田先生から聞いてます。私、高校の時に、本田先生に教わってた生徒です」

「ああ、家庭教師《かてきょー》のバイトの。わざわざ悪いねえ」

「いえいえ。本田先生のおかげで、強盗犯も捕まりましたし。店長、すごく感謝してましたよ。……あ、そうだ」と、「ひめがさき」さんは手にしていた紙袋を差し出した。

「これ、チョコレートです。バレンタインとお見舞いを兼ねて」

「これはこれは」未来子さんが、両手で丁寧に紙袋を受け取る。「ずいぶん念入りなラッピングだけど、これって手作りチョコ？」

「いやあ、その予定だったんですけど、失敗しちゃって。なので、ウチのコンビニで買った既製品です」と、彼女は照れ臭そうに微笑む。息苦しくなるほど可愛い。

「じゃあ、これは宗輔に渡しておくね」

「はい。よろしくお願いします」

そこでふと、彼女の視線がこちらに向いた。

「あの、こちらの方って……本田先生の彼女さんですか」

「うん。そうだよ」

未来子さんが勝手に頷く。わたしは慌てて手を振って、「ちょ、勝手に決めないでくださいよ！　そんなんじゃないです。普通の幼馴染みです」と突然与えられた称号を拒否した。

「ひめがさき」さんは、わたしの顔をじっと見つめて、大きく頷いた。

「幼馴染みってことは……あなたが浅野奈海さんなんですね」

「は、はい。そうですけど」

「ご高名はかねがね、ってやつですね。本田先生は、しょっちゅう浅野さんの話をしてましたよ」

「そうなんですか。ちなみになんて言ってました、あいつ」

「それは……」彼女はベッドの上の本田とわたしを見比べて、「本人に訊いてみるのが一番ですよ」とにっこり笑った。

「ひめがさき」さんは「それじゃあ、またお店に来てください」と言い残して、仔馬のような元気さで病室を飛び出していった。

「へえ、なるほどねえ。宗輔もなかなかやるじゃない」

　未来子さんはにやにや笑いながら、棚に置いてあった自分のバッグを手に取った。

「これは負けてられないね。奈海ちゃん。チョコレートは持ってきた？」

「え、ああ、はい。メールにそう書いてあったんで、一応」

　わたしは持参した紙袋にちらりと目をやった。さっきの店員さんのものよりかなり地味だ。なんとなく負けた気がする。

　未来子さんがわたしの肩に手を置いて、「あのさ」と顔を寄せてきた。

「奈海ちゃんがチョコを渡そうとしてる相手って、宗輔でいいのかな」

「えっ」いきなり核心を突かれ、わたしはうかつにも動揺してしまった。「ど、どうしてそう思うんですか」

「小さい頃から二人を見てたからね。そうじゃないかな、っていうより、そうならいいなあ、と思ってさ。奈海ちゃんが妹になってくれたら、最高に嬉しいし。——で、どうなの。正直に答えてよ、ね？」

横目でベッドを見る。本田はしっかり目を閉じていた。まだ意識は戻っていない。

それでも、声に出して認めるのには抵抗があった。

わたしはしばらく逡巡してから、こくりと頷いた。

「やっぱりそうなんだ。そういうことなら、こいつの出番もありそうだね」

未来子さんは、バッグから嬉しそうにサンプル瓶を取り出した。

「なんですか、それ」

「プレゼント。えへへ。なんだと思う」

未来子さんはいたずらっぽく笑って、白い粉が入ったガラス瓶をわたしに握らせた。

「……薬っぽいですけど、見た目だけじゃあなんとも」

「3、2、1……はい、時間切れーっ！」未来子さんが両手でバッテンを作る。「残念でした、正解は惚れ薬でーす！」

「惚れ薬って、本田たちが作ってた、あれですか」

「そう。化合物010」

わたしは自分の耳を疑った。

「……未来子さん、今、なんて言いました」

「ん？　010って言ったんだよ。それがどうかしたの」

「どうかしたって……」

手の中のサンプル瓶を改めて観察する。蓋には何も書いていないし、ラベルも貼られていない。

「おかしくないですか。どうしてそれがここにあるんですか」

わたしは昨夜の記憶を呼び覚ます。サンプルケースに入っていた010は、沙織ちゃんによって持ち出され、その後、川上くんの手で補充された。ただし、中身は川上くんが合成した化合物であり、010そのものではない。本物の010は、チョコレートを作っている最中にこぼしてしまい、永遠に失われたはずだ。

わたしがそう指摘すると、未来子さんはちっちっと、顔の横で指を左右に振った。

「ふふ、それがそうでもないんだな。あたしはPK試験を担当してたんだよ。試験をする時、サンプルケースはどこにあったのかな？」

「動物に投与するんですから、それは当然……」

「そ。あたしが預かってた」未来子さんは得意げに言う。「入れ替えるチャンスはいくらでもあったってこと」

未来子さんの言葉が脳に浸透するまで、わたしはサンプル瓶を見つめていた。

「……あれ。じゃあ、本田が飲んだ010って」

「うん。あたしがすり替えた偽物だよ。あれ、実は睡眠薬だったんだよね」

「睡眠薬って、未来子さんが使ってるやつですか」

「うん。思ったよりよく効いてたね。宗輔って、ああ見えて薬とかに弱いんだよ。昔、風邪薬を飲んだせいでめまいを起こしたくらい。そんなんで、よく自飲実験なんてやったと思うよ。ってことで、最初は一ミリグラムくらいにしといた方がいいかな」

「……本田に010を使え、って言ってませんか、それ」

そだよ、と未来子さんは頷いた。

「奈海ちゃん次第だけどね。こいつさ、奈海ちゃんに惚れ薬を使うつもりはない、なんて生意気なこと言ってたんだよ。相手を訊いても答えてくれないし。でも、既成事実を作っちゃえば、もう奈海ちゃんの勝ちだよ。強引にモノにしちゃえばいいんじゃない？」

「いや、それはちょっと……」

強引に、の意味が理解できるだけに、簡単には頷けない。

「……怖い？」未来子さんは優しく微笑んだ。「まあ、気持ちはよく分かるけど、とりあえず受け取っておいてよ。宗輔が目を覚ますまで、ゆっくり考えればいいよ。あたしはもう帰るから。結果報告、楽しみに待ってるね」

未来子さんはわたしのお尻をぽんと叩いて、そのまま病室を出て行ってしまった。

わたしはサンプル瓶を握り締めたまま窓際に向かった。窓の外には、枯れた芝生に覆われた中庭が広がっている。

なんとなく流れで受け取ってしまったが、惚れ薬を使う気にはなれなかった。この化合物で本田の気持ちを動かせたとしても、全然嬉しくない。こんなもの、トラブルの元になるだけだ。

ガラス窓を開けると、冷たい外気が吹き込んできた。わたしはキャップを外して、躊躇なくサンプル瓶を逆さまにした。細かな白い粉末はあっという間に風に吹き飛ばされ、すぐに見えなくなってしまった。

――これでよし、と。

わたしは窓の桟に肘をついて、昨日の雪がわずかに残る芝生を見つめた。

そうしているうち、ふと、心がほっこりと温かくなっていることに気づいた。嬉しいような、楽しいような、すっきりしたような、不思議な気分だった。

わたしは首をかしげた。特に喜ぶような出来事はなかったのに、どうしてこんなに穏やかな気持ちになれるのだろう。

「……寒いな」

ふいに聞こえた声に振り返る。

本田は眩しそうにこちらを見ていた。ほんのり温かかった心が一気に熱を帯びる。

わたしは窓を閉めて、高鳴る鼓動を感じながら、パイプ椅子に腰掛けた。

「いつから起きてたの」

「……よく分からん。寒いから目が覚めた」

「そう」

膝の上で手を組んで、わたしは言葉を探す。昨日一日会話しなかっただけなのに、なぜだろう、何年ぶりかで話をするような、奇妙な距離感がある。

「──あ、そうだ！　どうしてあんなことしたの」

「……あんなことってなんだ」

「あのスクーター、高村くんのでしょ。なに勝手に乗り回してるの」

「いや、浅野についていくように、姉貴に言われてな。荷物が重くなってもいいようにと思って、スクーターを使わせてもらった。こう見えても、一応免許は持ってる」

「知ってるよ。大学一年の夏休みに、一緒に教習所に通ったじゃん」

「そういやそうだったな」と、本田は頭を掻く。

「あれって、わざとなの？　強盗犯だと知ってて突っ込んできたわけ？」

強盗犯？　と首をかしげた本田に、わたしは事故の顛末《てんまつ》を話して聞かせた。

事情を知って、本田は「いや、あれはただのミスだ」と顔をしかめた。「俺は普通に走ってたんだ。そのつもりだったんだが……。雪のせいかな。なんか、手が滑ったんだ。で、歩道に乗り上げちまってな。焦ってるうちにどんどん加速するし、ブレーキを掛けるまでにかなり手こずったんだ。で、あのザマだ」

「もう、なにやってんの。一応、警察の人には、コンビニの強盗犯を捕まえるためだった、って言っておいたよ」

「ああ、それは助かる。書類送検とかになったら困るからな」

ふっと笑って、本田は小さくため息をついた。

言葉が途切れ、沈黙が病室を支配する。

足元に置いた紙袋に目が行きそうになり、慌てて顔を元の位置に戻す。まだ、渡す決断をしたわけじゃない。

「……なあ」と、本田がベッドの上で体を起こした。

「今、ふと思い出したんだ。俺、昨日の夜、お前の家のリビングでずっと寝てただろ。その時に、変な夢を見たんだ」

「変なって、どんな？」

「俺は、姉貴に蹴られて目を覚ますんだ。リビングには研究室のメンバーが揃ってて、酒を飲んでる。でも、浅野はそこにはいなかった。コンビニに買い出しに行ってた」

「それ、夢っていうか、現実にあったことじゃん」

「そこまではな。でも、しばらくしたら姉貴のケータイに警察から電話がかかってきた。セブンスヘブンで強盗事件があって、浅野が犯人に刺されたって」

わたしは思わず自分の右の脇腹を押さえた。ナイフが突き刺さった感覚を妙にリアルに想像してしまい、背筋が寒くなった。

「俺はみんなと一緒にタクシーで病院に向かった。緊急手術が行われたが、出血多量によるショックで、朝になる前に……お前は死んだ」

「え、なに、わたし死んじゃったの？　それで終わり？」

「いや、違う。ここからが本番っていうか、変なところなんだ。気がつくと、俺は宇宙の果てみたいな、真っ暗な空間に浮かんでいた。何が起こったのか分からずに戸惑ってると、そこに、白衣を着た男が現れた」

「へえ……」

わたしはなんとなく、整っているけどあまり特徴のない、若い男性の顔を思い浮かべた。

「で、そいつが言うんだ。浅野を助けるチャンスを与える、ってな。魂がどうとか、未来予知がどうとか、シミュレーションがどうとか、ルール破りがどうとか、裏技がどうとか、長々と説明してたけどな、とにかくやる、って答えた」

「……それからどうなったの」

「気づくと、俺はまたリビングにいて、お前はやっぱり外に出ていた。俺はお前を追いかけて、セブンスヘブンに向かった」

だけど手遅れだった、と本田は続けた。

「すでにお前は刺されていて、犯人たちは逃亡していた。刺されたらアウトだと思って、もう一度やり直すことにした。十回まで、やり直しができるんだ」

「うん」

「やり直すにしても、歩いていったら間に合わないのは明らかだった。自転車を使おうかと思ったが、駐輪場に行くだけで時間がかかる。諦めかけたところで、マンションの前に路駐してあった高村のスクーターに気づいたんだ。これなら間に合うかもしれないと思ったから、高村から強引にスクーターのキーを奪った」

それでも、運命を変えるのはそう簡単じゃなかった、と本田は苦笑した。

「スクーターを使ったことで、確かに刺される前にセブンスヘブンにたどり着くことはできた。浅野を助けることにも成功した。ところが、今度は店員が殺されちまった。これはいかんと思ったから、もう一回やり直した」

「……うん」

「限界までやったけど、結局、ああやってスクーターで突っ込むパターン以外に、全員を助ける方法が見つからなかったんだ。で、シミュレーションが終わって、ぱっと目を覚ましたら、俺はリビングにいて、浅野は買い物に出たばかりだった」

「じゃあ、夢の内容を覚えてて、その通りに動いたってこと？」

「いや、さっき思い出すまで完全に忘れてた。今にして思うと、かなり不自然な行動をしてると思うんだけどな。その時は何の疑問も感じなかった。……これって、まるっきり予知夢だよな。俺、そういうオカルトな話は信じてなかったんだけど、当事者になってみると、案外ありうるのかも、って気になってきた」

わたしは頷いた。普段の自分なら鼻で笑っていたかもしれないが、今はなんとなく、そういうこともあるのかな、と肯定したい気分だった。

「ああ。もう一つ思い出した。そいつ、浅野に伝言があるって言ってたな」

本田は目を閉じて、噛み締めるようにゆっくり言った。

「理想の未来はまだ完成していない――だそうだ」

本田の声が、どこかで聞いた男性の声と重なる。

――理想の未来、か。

手を伸ばして、チョコレートが入っている紙袋を少しだけ持ち上げてみた。今これを渡さなければ、一生後悔しそうな気がした。

ただ、その前に、どうしても確認しておかなければならないことがある。

「ねえ、本田。未来子さんたちから聞いたよ。……惚れ薬のこと」

「……そうか、バレたのか」

「そのことを責めるつもりはないよ。でも、どうしても知りたいの。……惚れ薬、誰に使うつもりだったの」

「それは……」

本田は唇を固く結んでから、ためらいながらわたしの顔に視線を移した。

「俺だよ。あれは、自分に使うために開発したんだ」

「ごめん。意味が分からないんだけど」

「……いつからだったかな。もう覚えてないが、俺は昔から、ある一人の相手にずっと片思いをしてた。小学校、いや、もっと前から今に至るまで、そいつはずっとそばにいてくれた。でも、俺は自分の気持ちを伝えることができなかった」

本田は頭に巻かれた包帯を撫でて、ため息をついた。

「そうこうするうちに、そいつとの別れが近づいてきた。そいつは博士課程に進まずに、四月から社会人になることが決まっていた。関西に行っちまうし、卒業したら、もう会えないような気がした。だから、俺は惚れ薬を飲んで、告白しようと思ったんだ」

「ふ、ふうん。そうなんだ」

体が熱くってしようがなかった。さっきから心臓はバクバク言いっ放しだ。

理想の未来はまだ完成していない――。

不思議な夢からこぼれ落ちたメッセージ。

その言葉が、わたしに最後の一歩を踏み出す勇気を与えてくれた。未来を完成させるのは、わたしの役目だ。

わたしは微笑みそうになる頬を引き締めて、紙袋からチョコレートを取り出し、本田に押し付けた。

「あげる」

「なんだよ、これ」

「チョコレート。今日、バレンタインデーでしょ。手作りだから、ちゃんと味わって食べてよ」

なるべくぶっきらぼうに言ってから、わたしはこう付け加えた。

「惚れ薬、いっぱい入ってるから」

本作品は、二〇一二年九月に小社より単行本として刊行した『ラブ・リプレイ』を改題・加筆修正したものです。この物語はフィクションです。もし同一の名称があった場合も、実在する人物、団体等とは一切関係ありません。

〈解説〉時間がループする〝リプレイものSF〟に有機化学ラブコメを絡めた会心作

福井健太（書評家）

形式に縛られない「エンターテインメントを第一義の目的とした広義のミステリー」を募ることで、宝島社の『このミステリーがすごい！』大賞はユニークな作家たちを輩出してきた。乾緑郎《いぬいろくろう》『完全なる首長竜《くびながりゅう》の日』は虚実が混濁するSF、深津十一《ふかつじゅういち》『「童石《わらしいし》」をめぐる奇妙な物語』は石にまつわる奇《き》譚《たん》だが、犯罪や謎に拘泥することなく、アンリアルなシチュエーションを活かした点では、喜多喜久もこの系譜の一人に違いない。

喜多喜久は一九七九年徳島県生まれ。東京大学大学院薬学系研究科修士課程修了。二〇一〇年に「有機をもって恋をせよ」（刊行時に『ラブ・ケミストリー』と改題）で第九回『このミステリーがすごい！』大賞優秀賞を受賞してデビュー。現在は製薬会社の研究員を務めている。本書はその第三長篇『ラブ・リプレイ』を改題・文庫化したものだ。

本書の話を始める前に、先に書かれた二冊を紹介しておこう。東京大学大学院で有機化学を専攻する草食系男子・藤村桂一郎《ふじむらけいいちろう》には、有機化合物の合成ルートが閃《ひらめ》くという特殊能力があった。新人秘書・真下美綾《ましたみあや》に心を奪われて能力を失った藤村は、死神と名乗る少女カロンの協力を得て恋を叶《かな》えようとする――『ラブ・ケミストリー』はそんな物語だ。

第二作『猫色ケミストリー』では、計算科学専攻の大学院生・菊池明斗《きくちあきと》と同級生女子・辻《つじ》森《もり》スバル（と野良猫）が落雷を受け、各々《おのおの》の身体が入れ替わってしまう。菊池の精神は辻森の身体に入り、辻森の精神は猫の身体に入り、菊池の身体は昏睡《こんすい》状態に陥ったのだ。事態を隠して解決策を探る二人は、研究室で違法薬物が合成されたことに気付くが……。

漫画やアニメが好きな人であれば、これらの設定には見覚えがあるはずだ。藤村は『もやしもん』の（菌が見える）主人公・沢木惣右衛門直保《さわきそうえもんただやす》を思わせるし、カロンの造型はいかにもアニメ的。菊池のトラブルは男女入れ替わりネタのアレンジにほかならない。アニメファンである著者がその類型を好んでいることは明らかだろう。

前提を踏まえたところで、本書のストーリーを見てみよう。農学部修士課程二年の浅野奈《あさのな》海《み》は、研究室仲間・本田宗輔《ほんだそうすけ》の変死体を発見し、白衣の男クロトに「お前は対象者に選ばれた」と告げられる。本田への恋心を自覚した浅野はクロトの提案を受け、歴史を変えるために「二月十三日の午後七時から十四日の午前七時までの時間帯」を幾度も体験していく（挑戦は十回まで）。しかし本田が惚《ほ》れ薬を作っていたことが判明し、事態は混迷の度を増すばかりだった。

ループする時間線を描くリプレイものはSFの定番だが、本書にはアニメ『シュタインズ・ゲート』（原作はPCゲーム）の影響も窺《うかが》える。死に収束する理屈や「五周目」のプロット、あるいは「流転輪廻の軛《くびき》」という造語のセンスは明らかにそれだろう。ヒロインの幼馴染《おさななじ》み属性、惚れ薬を介した擦れ違いなどはラブコメの王道だが、本書にはミステリの興味もある。本田は惚れ薬を誰に使おうとしたのか——という謎がプロローグで示され、それは浅野ではないと断言される。この演出がストーリーの牽引《けんいん》力を強めていることは疑いない。

デビュー作から本書までの三作は同じ大学を舞台にしており、藤村の名前が全作に登場するなど、作品間には細かいリンクが張られている。状況説明のために魂魄《こんぱく》（人間の魂）の性質が語られるのも共通点だ。別世界の存在であるカロンやクロトは、任務として魂魄の救済を行うのである。

著者はこの三部作において、自分の好きなもの——アニメや漫画のセンスに貫かれた特殊状況下のラブコメに徹している。ベタな感性を踏まえつつ、有機化学を絡めることで独自色を出した好シリーズとして、アニメやライトノベルのファンにもお薦めしたい。

最後にノンシリーズ作品にも触れておこう。『美少女教授・桐島統子の事件研究録』は東京科学大学（首都大学東京がモデル）のエピソード。完全免疫を持つ新入生・芝村拓也《しばむらたくや》が再会した教授——テロメア研究の第一人者である八十八歳の桐島統子《きりしまもとこ》は、若返り病によって十代の外見を備えていた。二人は吸血鬼の噂《うわさ》を追い、やがて巨大な陰謀に辿《たど》り着く。『化学探偵Mr.キュリー』は初の短篇集。四宮《しのみや》大学の新人事務員・七瀬《ななせ》舞衣《まい》がトラブルに遭遇し、化学マニアの准教授・沖野《おきの》春彦《はるひこ》が真相を暴く（東野圭吾《ひがしのけいご》の〈ガリレオ〉シリーズを思わせる）五篇が収められている。ファンタジーの要素を排し、初の三人称スタイルに挑んだ著者の新境地と言えるだろう。

【単行本リスト】
『ラブ・ケミストリー』宝島社（一一年三月）→宝島社文庫（一二年三月）
『猫色ケミストリー』宝島社（一二年四月）→宝島社文庫（一三年五月）
『ラブ・リプレイ』宝島社（一二年九月）→宝島社文庫（一三年九月）※本書
『美少女教授・桐島統子の事件研究録』中央公論新社（一二年一二月）
『化学探偵Mr.キュリー』中公文庫（一三年七月）

【単行本未収録短篇】
「クリスマス・テロ」（『このミステリーがすごい！　2012年版』宝島社／一一年十二月）
「父のスピーチ」（『『このミステリーがすごい！』大賞10周年記念　10分間ミステリー』宝島社文庫／一二年二月）
「地下鉄異臭事件の顛末」（『5分で読める！　ひと駅ストーリー　乗車編』宝島社文庫／一二年十二月）
「Csのために」（『もっとすごい！　10分間ミステリー』宝島社文庫／一三年五月）
「カナブン」（『5分で読める！　ひと駅ストーリー　夏の記憶　東口編』宝島社文庫／一三年七月）

宝島社
文庫

リプレイ2.14
(りぷれいに・いちよん)

2013年9月19日　第1刷発行

著　者　喜多喜久
発行人　蓮見清一
発行所　株式会社 宝島社
〒102-8388　東京都千代田区一番町25番地
電話：営業 03(3234)4621／編集 03(3239)0599
http://tkj.jp
振替：00170-1-170829（株）宝島社
印刷・製本　中央精版印刷株式会社

First published 2012 by Takarajimasha, Inc.
ISBN 978-4-8002-1567-3